人民共和國文化與文學叢書

十 一 編

李 怡 主編

第 **3** 冊

當代歌詩批評（下）

陸 正 蘭 著

花木蘭文化事業有限公司

國家圖書館出版品預行編目資料

當代歌詩批評（下）／陸正蘭 著 -- 初版 -- 新北市：花木蘭
文化事業有限公司，2023〔民 112〕
目 4+166 面；19×26 公分
（人民共和國文化與文學叢書 十一編；第 3 冊）
ISBN 978-626-344-370-9（精裝）
1.CST：中國詩 2.CST：詩歌 3.CST：詩評
820.8   112010203

特邀編委（以姓氏筆畫為序）：

吳義勤 孟繁華 張 檸
張志忠 張清華 陳思和
陳曉明 程光煒 劉福春
（臺灣）宋如珊
（日本）岩佐昌暲
（新西蘭）王一燕
（澳大利亞）鄭 怡

ISBN-978-626-344-370-9

9 786263 443709

當代歌詩批評

陸正蘭

人民共和國文化與文學叢書
十一編 第三冊   ISBN：978-626-344-370-9

當代歌詩批評（下）

作　　者　陸正蘭
主　　編　李 怡
企　　劃　四川大學中國詩歌研究院
總 編 輯　杜潔祥
副總編輯　楊嘉樂
編輯主任　許郁翎
編　　輯　張雅淋、潘玫靜　美術編輯　陳逸婷
出　　版　花木蘭文化事業有限公司
發 行 人　高小娟
聯絡地址　235 新北市中和區中安街七二號十一三樓
　　　　　電話：02-2923-1455／傳真：02-2923-1452
網　　址　http://www.huamulan.tw 信箱 service@huamulans.com
印　　刷　普羅文化出版廣告事業
初　　版　2023 年 9 月
定　　價　十一編 12 冊（精裝）台幣 30,000 元

目

次

第三章　歌詩的「詩性」

第一節　立象衍情

　　雖然歌詩的主要功能在於表情達意，似乎更偏重直抒胸臆，但是，歌詩並不是總是用一種聲音、一種方式直接陳述自己的情感，歌詩的情感常常寄託於有形的語象。

　　任何一種形象在一定的語境中都能同時呈現意義和情感兩種狀態。中國詩將這包含有主觀情感的客觀具象稱為「意象」，指歸主要在於立象呈意。西方意象派創始人艾茲拉·龐德的「意象」重在開發感覺，他認為「只有意象的瞬間出現才給人以突然解放的感覺；才給人以擺脫時間侷限與空間侷限的感覺；才給人以突然壯大的感覺；這在我們讀最偉大的藝術作品時各有所體驗。」〔註1〕

　　詩歌意象遠比歌詩複雜，詩歌意象的分類，也就成了是詩歌理論重要的一環。學者各有分類。比如，威爾斯（H. W. Wells）在他的《詩歌意象》一書中，依據視覺感受，將意象分為七種類型，裝飾性意象、強合（或浮誇）意象、精緻意象、繁複意象、潛沉性意象、基本意象、擴張意象。〔註2〕並認為後三種特別具有文學性、內在性及旺盛的繁殖性，而前面得四種大多是圖像式的、視覺性的、明顯而精緻的。不難看出，對詩的藝術而言，他更崇尚前三者。

　　但歌詩偏重於一個能激發心緒的「情象」。它不停留在表意上，也不停留

〔註1〕龐德《回顧》，譯文載《詩探索》1981 年第 4 期。
〔註2〕轉引自勒內·韋勒克，奧斯汀·沃倫《文學理論》，劉象愚等譯，南京：江蘇教育出版集團，2005 年，第 230 頁。

在語言文字上，它必須激發心緒，產生強烈的情感。歌詩的特點，決定了它更傾向於視覺性的意象，在短暫的時間裏，快速調動出情緒，而不作沉潛性的思考〔註3〕。L. A 瑞恰茲《文學批評原理》裏指出，「人們總是過分重視意象的感覺性。使意象具有功用的，不是它作為一個意象的生動性，而是它作為一個心理事件與感覺奇特結合的特徵。」對歌詩作者來說，尋找這樣一個具有將「心理事件與感覺奇特結合的特徵」的情象，才能呼喚出歌眾的情感。

　　《兩隻蝴蝶》是 2004 年是最富爭議的一首網絡歌曲，不少歌詩研究者都譴責這首歌詩的淺顯，媚俗。

> 親愛的你慢慢飛
>
> 小心前面帶刺的玫瑰
>
> 親愛的你張張嘴
>
> 風中花香會讓你沉醉

　　然而，這首歌卻成為 2004 年最熱門的歌曲之一。我認為其中重要的原因之一，在於歌詩巧妙地重構了「兩隻蝴蝶」這種最容易激發歌眾情感的「情象」。兩隻蝴蝶追逐飛翔是自然界中最容易起興染情的現象，加上家喻戶曉的《梁祝》故事，更容易疊加於歌眾的想像中。所以這首歌能成功流傳，至少是歌曲作者充分調動了歌眾對這個「情象」的心理反應。

　　陸機的《文賦》「遵四時以歎逝，瞻萬物而四紛。悲落葉于勁秋，喜柔條於芳春。心懍懍以懷霜，志眇眇而臨雲。」其實也就傳達了「物」與「情」呼應的心理現象。歌詩正是在這種心理機制中，發揮出它的表情功能：以意象帶動「知、情、理、意」合而為一，從而使歌眾在情緒上應合。

　　意象被多次重複使用後，就會老化、死亡，變成平板詞彙，不在是一個活生生的意象。因此文學家不斷地努力，把意象激活。這個重構過程，常被稱為「再語義化。」歌詩的意象經常借其緣情而重構。

　　不同於詩歌意象的刻意求險求異求怪，歌詩意象再語義化，更注重意象的

〔註3〕在勒內・韋勒克，奧斯汀・沃倫《文學理論》一書中，指出「繁複意象」實際上是把「兩個含義寬闊且具有想像價值的詞語」並置在一起，兩個寬闊、光滑的平面以面貼面的形式接觸。為此他們列舉了英國詩人彭斯《我的愛人像一朵玫瑰》中的詩句，「My love is like a red, red rose…… My love is like a melody/That's sweetly played in tune.」（譯為：我的愛人像一朵紅紅的玫瑰……我的愛人像一支旋律奏出甜蜜和諧的聲音。」我認為這種並置在歌詩中很有用處，它們將玫瑰和女性色彩、肌膚、結構甚至相同的美的價值都重合在一起，相互映證，渲染。

「熟而不俗」。大多數流傳的歌曲中，歌詩意象都為人們所熟悉，甚至就是風花雪月、草木樹林、江河日月等，然而獨特的歌詩同樣需要歌詩的生命力，如何在「熟」的基礎上做到「不俗」，就要求把熟悉的形象語言重新加以「陌生化」，即置放在新的語境中，給予新的再語義化表達方式。

比如，「花」是歌詩中常用的意象之一〔註4〕。這首江蘇民歌《茉莉花》〔註5〕：

> 好一朵茉莉花，
>
> 好一朵茉莉花，
>
> 滿園花草香也香不過它；
>
> 我有心採一朵戴，
>
> 又怕那看花的人兒將我罵。

「採花」這個非常陳舊的熟語，因為擔心被看花的人罵，語象突然更新，程式化象徵落入全新情感語境，意義突然出現幽默化的轉折，但是文字並沒有故作深奧，意象卻恢復了活力。

現代歌詩中，詞作者依然鍾情「花」意象，更樂意從不同的角度充分拓展、運用它，歌詩中出現了《女人花》、《失眠花》等多種「花」歌。

另一首民歌《桃花紅杏花白》也很有趣味：

> 榆樹你這開花針你這多，
>
> 你的心眼比俺多呀啊個呀呀呆。

〔註4〕輸入「花」一詞，通過百度網絡 MP3 歌曲搜索，就能找出 1900 多首與「花」相關的歌詩，可見，許多歌詩通過對花意象具體化或變形，營造「熟而不俗」的效果。

〔註5〕《茉莉花》被譽為江南民歌「第一歌」，早在兩百多年前，由玩花主人選輯，錢德蒼在清乾隆明間（1736～1759）出版的戲曲劇本集《綴白球》六集卷一中，就有相近歌詩的記載：「好一朵茉莉花，好一朵茉莉花。滿園的花賽不過了它，本待要，採一朵戴，又恐怕看花的罵；本待要，採一朵戴，有恐怕看花的罵。」1838 年貯香主人所編的《小慧集》中，民歌《鮮花調》的唱詞也很與此相近。據《中國經典民歌鑒賞指南》記載，《茉莉花》也是最早傳入到外國的一首中國民歌，大約在乾隆五十七至五十九年（1792～1794），首任英國駐華大使的秘書英國地理學家約翰．巴羅（1769～1848）回國後，於 1804 年出版了一本《中國旅行》，書中提到《茉莉花》「似乎是全國最流行的歌曲」。由於《中國旅行》的巨大影響，1864 年到 1937 年間歐美出版的多種歌曲選本和音樂史著述裏都收入了《茉莉花》。其中意大利作曲家普契尼在《圖蘭多特》中的男聲齊唱，那濃鬱的中國民歌風格，將《茉莉花》的影響擴展到整個世界。

鍋兒你這開花下上你這米，

不想旁人單想你呀啊個呀呀呆。

這是陝西左權民歌「開花調」的代表曲目，歌詩是典型的「開花調」格式，每段都必以花起興，但巧妙的是每段的一種種花突然變成「鍋兒開花」「正要下米」，「花」這陳舊意象突然變成「水花」之花，非花之花──花中最特別之花。但「鍋水開花」又是老百姓日常生活中最熟悉的情景，這是歌詩意象「熟而不俗」的最好例子之一。

這也是歌詩意象緣情重構的一個原則，它要求歌詩盡可能選擇新穎但不怪異的意象。比如「蛇」意象，常常被詩人鍾愛，比如馮至的詩作《蛇》，就是「蛇」象徵的複雜展開。但在歌詩中一般不使用怪異且複雜的象徵，即便使用，也很難取得好的流傳效果。比如伍佰演唱的《蛇》，詞人試圖以「蛇」開闢新意，結果效果卻相反。「來搖搖也，來吐蛇也。／月皎潔兮妹嬌媚，／把酒歡兮月光杯。／你是一條婀娜的蛇，／蜿蜒在銀色的月河。／閃亮的身軀舞動著舌，／夜晚的星空唱著歌。」通常來說，意象激發的情緒必須和歌眾的期待情緒向同一個方向，如果引起的心理感受相牴觸，意象就不能產生期待的效果。

臺灣詩人紀弦曾有一詩《狼之獨步》〔註6〕，用來比喻詩人個人主義的孤高獨行。如此意象自況，一般只能出現在允許個人化程度較高的詩中。齊秦取其意象、意境，甚至一部分詞彙，創作了《我是一隻來自北方的狼》，險中取勝的秘訣在於用情貫之：

我是一匹來自北方的狼，

走在無垠的曠野中。

淒厲的北風吹過，

漫漫的黃沙掠過。

我只有咬著冷冷的牙，

報以兩聲長嘯，

不為別的，

只為那傳說中美麗的草原。

〔註6〕此詩原文：「我乃曠野裏獨來獨往的一匹狼。／不是先知，沒有半個字的歎息。／而恒以數聲淒厲已極之長嗥，搖撼彼空無一物之天地，／使天地戰慄如同發了瘧疾；／並刮起涼風颯颯的，颯颯颯颯的：／這就是一種過癮。」

在上文談論歌詩與詩的區別時，說到歌眾接受歌詩的「褒義傾斜」心理機制，這個原則也非常適合歌詩意象重建。就如錢鍾書談到的「蝸牛」這個多邊比喻，在歌詩中，意義都會向褒義傾斜。比如這首《蝸牛與黃鸝鳥》，謙卑的形象卻以一種可愛的姿態出現：

> 阿門阿前一棵葡萄樹，
> 阿嫩阿嫩綠地剛發芽，
> 蝸牛背著那重重的殼呀，
> 一步一步地往上爬。
> 阿樹阿上兩隻黃鸝鳥，
> 阿嘻阿嘻哈哈在笑它，
> 葡萄成熟還早地很哪，
> 現在上來幹什麼？
> 阿黃阿黃鸝兒不要笑，
> 等我爬上它就成熟了。

歌詩中可以有貶義詞，比如指敵人為「豺狼」，但歌詩以褒頌居多，因此需要不斷更新一些正面形象詞，使之向褒義傾斜，這也是對歌詩的一大考驗。

歌詩的意象組合也不同於詩歌。漢語語法重並置少連接特點給漢詩歌意象組合以極大方便。沒有嚴格意義的形態變化，不受時、數、性、格的限制，自由組合時空關係、主賓關係，重意合而不重形合等等，這些特點的運用，往往在意象組合時，省略連詞、介詞，詞和詞、句和句，幾乎不需要任何中介而直接組合。這樣，不僅增加了意象密度，而且增強了多義效果，使詩歌更為含蓄、跳躍。歌詩意象組合不及詩歌靈活，它不追求跳躍，需要連貫。

第二節　比興的歌詩之理

魏源《詩比興箋序》中寫道，「詞不可徑也，故有曲而達；情不可激也，故有譬而喻焉。」說出了比喻性意象在歌詩中的重要性。

現代詩歌追求比喻兩極，即所謂喻本與喻旨之間的「遠距」。瑞恰茲在《修辭哲學》中指出，「比喻是語境間的交易」（transaction between contexts），如果要使比喻有力，就需要把非常不同的語境並列，用比喻作一個扣針把它們扣在一起。也就是艾略特所稱的「異質的東西用暴力枷拷在一起」。而比喻雙方的

「遠距」被瑞恰茲認為是產生詩歌張力最有效的方法之一。現代詩的遠距，可以使張力非常智性化，例如艾略特的詩句「黃昏如手術臺上麻木的病人……」再例如德國詩人保羅‧策蘭的詩：「信像一隻死鳥一樣年輕」(《夜的光線》)〔註7〕，「我們睡去，像酒在貝殼裏」(《花冠》)〔註8〕，如此遠距的比喻，在歌詩中並不太合適。

正如本文所強調，歌詩和書面詩受各自功能和接受條件的限制，它們對比喻性意象的選擇和應用也不相同。歌詩不追求遠距，換句話說，不能有語境間的交易，不能有語境突兀。相反，因為一首歌基本只能是一種情調，所有的意象都必須為其服務，只有統一，而不能有矛盾。

歌詩的比喻常常是「近距」，或者處於「近距」和「遠距」之間的「中距」，「近距」過淺，「遠距」過澀，「中距」比喻在歌詩中普遍存在：

眼睛星樣燦爛眉似新月彎彎

穿著一件紅色的紗籠紅得象她嘴上的檳榔——莊奴《南海姑娘》

她那粉紅的笑臉好像紅太陽

她那活潑動人的眼睛好像晚上明媚的月亮——王洛賓《在那遙遠的地方》

即使以下的比喻意象，比喻兩極之間看起來有一定距離，但因為歌眾對意象比較熟悉，也只能算是一種「中距」。

花瓣雨像我的情衷，落在我身後。

花瓣雨就像你牽著我，失去了你，只會在風中墮落。——王中言《花瓣雨》

歌詩中的比喻雖不以突兀、驚人求勝，卻常常通過曲喻的運用，蔓延盤生。上文引用的《花瓣雨》的詞例，已經出現了「延展比喻」：花瓣曲如愛情，就會牽掛，就會失落，這是曲喻的開始。

曲喻是一種特殊的比喻。錢鍾書《談藝錄》中詳加介紹：

長吉賦物，其比喻之法尚，有曲折。夫二物相似，故以此喻，然彼此相似，只在一端，非為全體。苟全體相似，則物數雖二，物類則一；既屬同根，無須比擬。長吉乃往往以一端相似，推而及之初不相似之他端。餘論山谷詩引申《翻譯名義集》所謂：「雪山似象。

〔註7〕《保羅‧策蘭詩文選》，王家新譯，河北教育出版社，2002年，第9頁。
〔註8〕《保羅‧策蘭詩文選》。第11頁。

可長尾牙；滿月似面，平添眉目」者也。如《天上謠》云：「銀浦流
雲學水聲」。雲可比水，皆流動故，此外無相似處；而一入長吉筆下，
則云如水流，亦如水之流而有聲矣。〔註9〕

「流雲」如水，因為同為流動之故，「雲如水」、「水有聲」，故「雲如水而
流而有聲」。因此，曲喻是一種比喻的延展，從一個起點出發，借助某物某情
的一點相似，再進展到一系列的相似。曲喻在17世紀英國玄學派中使常用手
法，在現代詩中，曲喻比較少用，但是曲喻非常符合歌詩的情感衍生機制，因
為歌詩展開在一條時間和情感線上，常需要層層推進，豐富情感，組合意象。

通常來說，歌詩意象的組合有主要兩種方式，並列和遞進，這兩種方式，
都需要曲喻的推進和豐滿。對並列意象，它的過程是幾個平行推進的反覆；對
遞進意象，它的過程是一種層層推動。比如這首曉光作詞的《那就是我》：

　　　　我思戀故鄉的小河，

　　　　還有河邊吱吱唱歌的水磨，

　　　　噢！媽媽，如果有一朵浪花向你微笑，

　　　　那就是我，那就是我，那就是我。

歌詩並列三段，此為第一段，每一段裏有一個曲喻，這一段中，從「小河」
到河邊的「水磨」，到河裏的「浪花」，然後用「浪花」用來比喻「我向母親的
微笑」。雖然第三個喻體離喻本隔了三層，但每層都包含著隱隱約約的關聯。

餘光中的歌詩《鄉愁四韻》異曲同工，四段並出，共抒鄉愁。每一段包含
一個曲喻，幾個意象中層層推出，在整體上形成一個並列關係。

　　　　給我一張海棠紅啊海棠紅，

　　　　血一樣的海棠紅，

　　　　沸血的燒痛是鄉愁的燒痛，

　　　　給我一張海棠紅啊海棠紅。

　　　　給我一片雪花白啊雪花白，

　　　　信一樣的雪花白，

　　　　家信的等待是鄉愁的等待，

　　　　給我一片雪花白啊雪花白。

「海棠葉」紅，紅可比「血」，血沸騰是為鄉愁，而海棠的原喻本是中國
地圖。「雪花白」如信箋，信箋應當從家鄉愛，家鄉信不來讓人愁苦，最後的

────────────
〔註9〕錢鍾書《談藝錄》，北京：中華書局，1943年，第60頁。

喻底是等待中的白了的少年頭。歌詩寫得極平易卻富於張力，其張力是由曲喻提供的。

偏愛用遞進曲喻的歌詩通常只有一個集中的意象，或者叫主要意象，曲喻在主要意象上反覆盤旋，本來不複雜的意象，就會向深處衍義。李海鷹詞曲的《彎彎的月亮》，意象的層層推進相當鮮明。

> 遙遠的夜空有一個彎彎的月亮，
> 彎彎的月亮下面是那彎彎的小橋，
> 小橋的旁邊有一條彎彎的小船，
> 彎彎的小船悠悠是那童年的阿嬌，
> 阿嬌搖著船唱著那古老的歌謠，
> 歌聲隨風飄飄到我的臉上，
> 臉上淌著淚像那條彎彎的河水。嗚——
> 彎彎的河水啊流進我的心上。嗚——
> 我的心充滿惆悵不為那彎彎的月亮，
> 只為那今天的村莊還唱著過去的歌謠。

這首歌詩的曲喻推進就更遠：從小船到初戀的姑娘，到姑娘唱的歌，到歌聲飄到的臉，再到臉上的淚，淚如河，河映月亮，月之故鄉，在一連串發生的比喻中，思鄉的憂傷被曲折地推進。

總的說來，歌詩受其功能和聽覺效果的限制，無論多個意象並列推進，還是一個或多個意象，層層推進，歌詩的意象都必須豐而不繁，總是圍繞一條情感線，一種方向，並列或迴旋，配合音樂，渲染積蓄，推湧向前。這一點和現代詩歌的旨意並不完全相同，更不接近英國詩歌歷史上的玄學詩，歌詩中的曲喻確實值得論者仔細研究。

象徵性意象在詩歌和歌詩中，都很難界說清楚。主要原因在於它們自身的模糊性。趙毅衡認為，「比喻和象徵之間沒有絕對的分界線。一般來說，當喻指是一個或一些特定精神內容，而不是一個語象時，就成了象徵。」〔註10〕以此審視歌詩，這樣純粹的象徵性意象，並不很多。

歌詩中的大多數比喻，尤其是不出現喻旨的隱喻，大部分是象徵。因為歌詩本來就是以具象來激發精神情緒。象徵有「公用」和「私設」兩種。上面舉出的例子中，海棠、月亮、小河，都是含有難以實說的「精神內容」，實際上

〔註10〕趙毅衡《文學符號學》，北京：中國文聯出版公司，1990年，第 180 頁。

是歌詩中常用的「公用」象徵，即一種文化下大多數歌眾多少明白所指的象徵。比如《紅梅贊》、《紅珊瑚》中這類象徵性意象。歌詩建構象徵意象，還有另外一個常用方法。即反覆詠歎造成的「復用語象」。再復用的象徵性意象具有整體性，一首歌取得的象徵效果，是從這個意象的反覆出現中累積而來的。這樣的象徵，是詞作家「私設」的，也就是說，是他個人安排的、建構的，但歌眾還是能理解其抽象意義。這首林秋離作詞、熊美玲作曲的《哭砂》：

> 風吹來的砂落在悲傷的眼裏，
>
> 誰都看出我在等你，
>
> 風吹來的砂堆積在心裏，
>
> 是誰也擦不去的痕跡，
>
> 風吹來的砂穿過所有的記憶，
>
> 誰都知道我在想你，
>
> 風吹來的砂冥冥在哭泣，
>
> 難道早就預言了分離。

這首歌詩中的「砂」，是詞作家私設的象徵，由於反覆使用，這個意象就成為象徵。反覆累積意義的形象因而最後也獲得深遠的象徵意義。從「哭砂」即「哭將要失去的愛情」，這一主題，是在一系列意象的反覆累積中而出現的。

很多歌詩的題目就點出簡要建構的象徵，然後加以情景的烘托、發展。三毛作詞的《橄欖樹》是一佳例：

> 不要問我從哪裏來，我的故鄉在遠方。
>
> 為什麼流浪，流浪遠方，流浪？
>
> 為了天空飛翔的小鳥，為了山間清流的小溪，
>
> 為了寬闊的草原，流浪遠方，流浪。
>
> 還有還有，為了夢中的橄欖樹，橄欖樹。

在一連串的意象之後，最後點出了「橄欖樹」，歸結到這個包容一切的象徵性意象之中。這個象徵沒有明確的所指，卻有累積起來的情緒意味：夢中家園等一切美好東西的具象代表，出現了最關鍵的「歌題詞眼」。

「興」是中國歌詩中特殊的技巧。《說文解字》云，「興，開頭也」。在一首詩的開頭，或一章詩的開頭起興，「先言他物，以引起所詠之辭」，也就是先描繪某種事物構成一個懸念，用以引發所要詠唱的內容。「興」必須靠

後面的詠才能起作用，因此，「先言他物」與「所詠之詞」之間形成呼與應的關係。

關於「興」性質，歷來眾說紛紜。大抵有兩種看法，第一種為興包含「比」。《文心雕龍》認為「興」是「託物起興」；梁代鍾嶸《詩品》中認為「文有盡而意有餘，興也」；唐代孔穎達《毛詩正義》中認為，「興者，託事於物，則興者起也，取譬如引類，起發己心《詩》文諸舉草木鳥獸以見意也，皆興辭也」。宋人蘇轍認為後世看不到比，是因為歷史變了，先籤的語義丟失，他在《欒城應詔集詩論》指出，「夫興之體，猶云其意爾，意有所融乎當時，時已去而意不可知，故其類可以意推而不可以意解也」。從漢以來，大部分學者主相關論，因為《詩經》被尊崇為典籍，主張「微言大義」（也就是指稱過多）的經學家附會，使關於「興」的討論誤入歧途千年之久。

關於「興」的另一種觀點是以朱熹代表的「全不取義」論。「興者，所以先言他物，以引起所詠之辭也……因所見聞，或託物起興，而以事繼其後，詩之興多是假他物舉起，全不取義。」鄭樵的觀點和他接近：「凡興者，所見在此，所得在彼，不可以事類推，不可以理義求也」〔註11〕。

說「興」與正文意義無任何關聯，也就是說「興」詞句的指稱性脫落。許多「興」只是提供一個語音（音韻與節奏）的呼喚，讓詩的正文應和。正如鄭樵說：「《詩》之本在聲，聲之本在興。」〔註12〕五四後，越來越多現代學者讚揚「無關興」原則，古史辯派更主無關論，鍾敬文早年就建議把「興詩」分為兩種，一是只借物以起興，和後面的歌意不相關的，命之為「純興詩」；二是借物起興、隱約中兼略暗示其後面歌意的，命之為「興而略帶比意的詩。」顧頡剛說，他開頭弄不明白「興」。「數年後，我輯集了些歌謠，忽然在無意中悟出興詩的意義。」〔註13〕啟發他的是蘇州民間唱本中的兩句詞：「山歌好唱起頭難，起好頭來就不難。」只要起頭，無須關聯。因此，「『關關雎鳩，在河之洲』，它最重要的意義，只在『洲』與下文『逑』的協韻」。朱自清同意這個看法，說「起興的句子與下文常是意義上不相續，卻在音韻上相關連著。」〔註14〕

〔註11〕鄭樵《通志‧樂略‧正聲序》。

〔註12〕鄭樵《通志‧樂略‧正聲序》。

〔註13〕顧頡剛，「起興」，《古詩辯》上海古籍出版社重印本，1982年，第三冊，第677頁。

〔註14〕朱自清「關於興詩的意見」，《古詩辯》，上海古籍出版社，1982年影印本，第三冊，第684頁。

錢鍾書引閻若璩《潛邱答記》解《采苓》，首句「采苓采苓」，下章首句「采苦采苦」，「乃韻換耳無意義，但取音相諧」。〔註15〕錢鍾書又把這個原則用於後世歌謠中，漢《饒歌》「上邪！我邪與君相知，長命無絕衰」。一般解首句為指天為誓的「天也」，而錢鍾書認為是「有聲無意」的發端興呼，類似「一二一」之類現代兒歌的起首。〔註16〕

歌詩中「興」的功能重在作出情調性的呼，導入並烘托感情，所以「興」並一定需要關聯，也就是擺脫上下文需要的指稱性。比興是中國傳統詩歌和歌謠常用的表現手法。後世歌詩的發展，使「全不取義興」減少到偶然一用，現代歌詩更是如此。但一旦用上了不相關「興」，就會很有味，因為它提供了比較古老的《詩經》式呼應結構。例如這首陝南民歌《芹菜韭菜栽兩行》，開首與全歌的內容不相關聯：

> 月亮出來亮堂堂，芹菜韭菜栽兩行；
>
> 郎吃芹菜勤思姐，姐吃韭菜久想郎

另一首土家族民歌《葡萄不熟味不甜》：

> 初三初四月不圓，葡萄不熟味不甜；
>
> 火燒巴茅心不死，不見情郎心不甘。

無根據的「興」的確是中國味特別濃厚，呼語與應語之間沒有比喻關係，而且這兩首歌的首句可以被其他詩句替代，無法解釋出一個「深意」，證明的確出現失去指稱性現象，尤其是以語音作為興的功能的呼在現代歌謠中依然存在，比如彝族民歌《妹家大門開朝坡》：

> 哩是哩來羅是羅　妹家大門開朝坡
>
> 有心郎來才找妹　不怕別人是非多

收錄此歌的書編者注首句：「襯詞，無實意。」〔註17〕再如陝北民歌《藍花花》：「青線線哩格，藍線線，藍格英英格采，生個藍花花實在個愛死人。」興與應語音配合的不是腳韻，而是關鍵詞韻「采」與「愛」。錢鍾書認為兒歌的起首「一二一」之類，是興〔註18〕。依此類推，以音樂唱名「哆來咪」或其他「類語言」開頭的歌，也是靠語音起興。另外，鍾敬文還指出過雙關語興，

〔註15〕錢鍾書《管錐篇》，第一卷上冊，北京：三聯書店，補定重排版，2001年，第125頁。

〔註16〕錢鍾書《管錐篇》，第一卷上冊，128頁。

〔註17〕陳子艾等編《民間情歌三百首》，上海：上海文藝出版社，1981年，第102頁。

〔註18〕陳子艾等編《民間情歌三百首》，第128頁。

他從他自己編集的《客音情歌》中舉了一例:「門前河水浪飄飄,阿哥戒賭唔(勿)戒嫖。」〔註19〕現代民歌也有「太陽落坡又不落,小妹有話又不說;有話沒話說兩者,莫叫小哥老等著。」實際上,雙關語起句是一種諧音的語音起興。當代詞作家喬羽作詞,高如星作曲的《汾河流水嘩啦啦》:

> 汾河流水嘩啦　陽春三月看杏　待到五月杏兒熟
> 大麥小麥又楊花　九月那個重陽你再來
> 黃橙橙的穀穗好像狼尾巴

雖然這首歌曲是作者為 1963 年電影《汾水長流》作的主題曲,但就從歌曲本身來看,首句實際上起了一個語音起興的作用,和整首歌的內容並沒有直接聯繫。

儘管歌曲受制於社會功能,但很多情況下,歌曲作為一種藝術符號依然保持著強烈的藝術的品性,歌曲歌詩的非指稱性,不僅使它在文本性上像音樂性靠攏,也是它作為藝術的符號表意形式,拉開了過於實用的一面,並顯示出歌曲作為獨特的體裁該有的表意魅力。

第三節　雙關語及複義

歌詩不像某些刻意追求多義、歧義的先鋒詩,歌曲流傳要求歌詩不過於深奧,但一首出色的歌詩往往在淺顯中化入了複雜的詩歌語言技巧,具有歌詩特色的雙關語和複義運用,同樣可以擴大歌詩的情感空間。

「詩含雙層意,不求其佳必自佳」。袁枚在《隨園詩話》中道出了雙關語的妙用。雙關語通常有兩種:語音雙關和語意雙關。中國古代詩詞,尤其可唱的樂府詩中有不少佳例。「春蠶不應老,晝夜常懷絲。」(《作蠶絲》)「絲」與「思」,諧音雙關,寄寓綿長思念。「霧露隱芙蓉,見蓮不分明。」(《子夜歌》)「芙蓉」寓「夫容」,「蓮」寓「憐」,委婉含蓄,情真意切。唐代劉禹錫的《竹枝詞》,更是一清二楚。「東邊日出西邊雨,道是無晴還有情。」語義雙關,通常要複雜一些。比如,卓文君的《白頭吟》「淒淒重淒淒,嫁娶不須啼,願得一人心,白頭不相離。」「淒淒」與「妻妻」,既是語音也是語意雙關。

現代歌詩中,也有不少語音雙關的例子,王蓉作詞並演唱的《哎喲》:

〔註19〕鍾敬文《談談興詩》,《古史辯》第三冊,上海古籍出版社影印本,1982 年,第 682 頁。

愛喲，哎喲哎喲

真難愛喲

愛喲，哎呦哎喲

「愛喲」與「哎喲」，一個實詞，一個虛詞，通過諧音，很好地傳達了「愛」的身心感歎。

歌詩中對雙關語的選擇，需要雙關意義互相延伸，而不互相排斥，消解，形成反諷式張力。因為歌詩所有的語言技巧是為了表達情感，而不是展現語境的複雜性。比如這首潘麗玉作詞、楊明煌作曲的《棋子》：

想走出你控制的領域，

卻走近你安排的戰局。

我沒有堅強的防備，

也沒有後路可以退。

想逃離你布下的陷阱，

卻陷入了另一個困境。

我沒有決定輸贏的勇氣，

也沒有逃脫的幸運。

沈德潛說到詩中的雙關語時，感歎說：「每託物連類以形之；郁情欲舒，天機隨觸，每借物引懷以抒之；比興互陳，反覆唱歎，而中藏之歡愉慘戚，隱躍欲傳，其言淺，其情深也，倘質直以敷陳，絕無蘊藉，以無情之語而欲動人之情，難矣。」〔註20〕

這首歌中的「棋子」是個雙關語，棋盤上的「棋子」和情感棋盤上的人相似，「下棋」在這裡象徵了「談情說愛」。將下棋的感受帶入愛情，這樣的雙關表達別致。雙關語在各國歌詩中有大量運用，但過於複雜的雙關，歌詩也會避免使用。

複義在詩歌中也叫「含混」。「含混」（Ambiguity）一詞源於拉丁文「ambiguitas」，其原意為「雙管齊下」（acting both ways）或「更易」（shifting）。

自從英國批評家威廉·燕卜遜的名著《七種類型的含混》（1930）問世以來，含混成了西方文論的重要術語之一。它既被用來表示一種文學創作的策略，又被用來指涉一種複雜的文學現象；既可以表示作者故意或無意造成的歧義，又可以表示讀者闡釋時的困惑（主要是語義、語法和邏輯等方面的困惑）。

〔註20〕沈德潛《說詩晬語》。

含混不僅是新批評派手中不可缺少的法寶，而且跟後現代主義文論中的『不確定性』這一理論概念有著千絲萬縷的聯繫。

「含混」一詞的普通用法往往帶有貶義，它多指風格上的一種瑕疵，即在本該簡潔明瞭的地方晦澀艱深，甚至含糊不清。燕卜遜對含混的定義也很含混，「任何語義上的差別，不論如何細微，只要它使一句話有可能引起不同的反應。」〔註21〕他自己對七種類型的區分，也不十分明確。但通過他的歸納以及大量例證的支持，含混成了詩歌最重要的語言技巧之一，它顯示出詩歌語言的能量。正如周珏良先生所評價，「燕卜遜的分析方法……對於新批評派之注重對文本的細讀和對語言特別是詩的語言的分析，可以說起了啟蒙的作用。」〔註22〕

歌詩也追求複義，但這種複義並不晦澀，也不矛盾歧義，通常為一種情感疊加。人的情感雖然可以分類，愛恨情愁，悲喜哀樂，但是每一種情感都比較泛化。比如，同為「愛」，愛國、愛人類、愛親人、愛老師、愛戀人等等，都屬於愛的範疇。歌詩的複義正是充分利用了情感的泛化特徵，加以重疊性的運用，取得複義效果。

劉半農的《教我如何不想她》就是一首充分調動情感複義的佳例。在這首歌中，中國新詩第一次出現「她」字。

　　天上飄著些微雲，地上吹著些微風。

　　啊！微風吹動了我頭髮，教我如何不想她？

劉半農作此歌時，可能是寄託對祖國或家鄉的思念，但是一個「她」字，使歌更像男女情歌。由於歌詩主要是語音表現，在實際演唱中，這個「她」字又因為和「它」、「他」，同聲異字，所以，歌詩的整個情感會隨著不同的演唱者、不同的演唱場合而變得複義。可以想像，當一個男性歌者在歌唱時，通常來說，「叫我如果不想她」中的「她」就會轉成女性的「她」。而女性歌者演唱，情況就會相反，「她」，又會自動變成男性的「他」。而對一個身處異鄉異土的遊子來說，「她」，可能就是祖國的「它」了。對詞作者劉半農來說，最後定此詞稿時，必定要選擇其一，一錘定字，一錘定音，然而卻無法一錘定義。正如前面所說，歌眾在二度演唱時，聽覺的藝術、加上漢語的同聲異字，自然會創造出超越更多意圖的複義效果。

〔註21〕威廉·燕卜遜《朦朧的七種類型》，周邦憲等譯，杭州：中國美術學院出版社，1996年，第10頁。

〔註22〕王佐良等主編《英國二十世紀文學史》，北京：外語教學與研究出版社，1994年，第303頁。

　　歌詩意象的模糊，也會給歌詩帶來複義效果。呂進在談到詩歌語言的彈性技巧時提出，「彈性技巧致力於事物之間、情感之間、物我之間在語言上的聯繫與重疊，致力於語言的『亦一亦萬』、『似此似彼』的『模糊』美，這種詩篇的爐錘之妙，全在『模糊』。」〔註23〕這段論述也非常適合歌詩，歌詩的複義也在於一定程度的「模糊」，比如這首《耶利亞女郎》：

　　　　很遠的地方有個女郎名字叫做耶利亞

　　　　有人在傳說她的眼睛看了使人更年輕。

　　　　如果你得到她的擁抱你就永遠不會老，

　　　　為了這個神奇的傳說我要努力去尋找，

　　　　耶利亞，神秘耶利亞，耶利耶利亞。

　　　　耶利亞，神秘耶利亞，我一定要找到她。

　　這個「神秘耶利亞」，似乎不是愛情的對象，因為她來自一個神秘的傳說，傳說中的「耶利亞」，在歌詩文本中的意義就不可能僅僅為一個實指的女郎，也許只要是任何一種讓人「永遠不會老」的事物：夢想、希望、愛情或者其他。從歌眾角度來說，或許人人都在歌唱或者尋找他們各自的「耶利亞」。孟子說「口之於味也，有同嗜焉；耳之於聲，有同聽焉；目之於色，有同美焉。人之常情，人情不常遠。」這樣，一詞就具有多個並列的意義。

　　利用歌詩意象和情感的模糊能指，追求複義效果的歌詩很多，比如，《鄉戀》與《讓世界充滿愛》，是情愛，還是博愛，不清楚；《小茉莉》既可能是一株植物，一個寵物，甚至一個小孩，一個戀人，也很模糊。

　　但正是通過創造的複義，幫助歌詩超越了表面的「淺顯」，獲得可貴的張力，並最大可能地擴展了情感容量，吸引更多的歌眾，造成歌曲的廣泛流傳。

第四節　重章疊句

　　在各種藝術門類中，重複在音樂中運用得最多。重複在傳播學中，是一種「冗餘」，是指「訊息中可預測或者說常規的內容」〔註24〕。正如費斯克指出，「冗餘是使藝術作品從形式或結構上符合審美的關鍵之處。」〔註25〕尤其是對

〔註23〕呂進《新詩文體學》，廣州：花城出版社，1990 年，第 62 頁。
〔註24〕約翰・費斯克《傳播研究導論：過程與符號》（第二版），許靜譯，北京：北京大學出版社，2008 年，第 9 頁。
〔註25〕約翰・費斯克《傳播研究導論：過程與符號》（第二版），第 10 頁。

聽覺藝術更為有效，因為相對於書面閱讀，「聽眾無法像讀者那樣通過反覆閱讀來建立自己的冗餘。」〔註26〕

　　構成音樂的材料是流動的音響，一首音樂是通過重複這種冗餘對比來組織樂曲的緊張與鬆弛，重複能建立起音樂結構的對稱，對比能顯示變化，使音樂擁有一個清晰的層次結構，音樂的重複保證了音樂結構穩定與統一。

　　重複在音樂中有不同的重複方式。單音重複是最簡單的重複，比如貝多芬的《第七交響曲》一段樂句中將同一個音重複了 12 次，就是一個典型的單音重複的例子。音型重複和樂句重複在音樂表現中極其頻繁，它們幾乎貫穿了所有的樂曲。

　　樂段重複在西方的迴旋曲式中表現得非常明顯，如比才的《卡門序曲》ABACA 式結構就具有典型的迴旋曲式，主題樂段重複了三次。實際上，大部分音樂作品中的變奏、擴展、壓縮等，也都是樂段重複的變形。比如從主題 A，到第一變奏 A1 到第二變奏 A2，再到第三變奏 A3，都建立在重複基礎上的變化。但在「變」的過程中，這種重複不是單純地重複，而帶有連續發展的意義。比如，肖斯塔科維奇的《第七交響曲》，主題反覆了 24 次，每次都加入新的變化，使得作品的情緒不斷高漲。巴赫《戈爾德堡變奏曲》中的 30 個變奏，貝多芬《迪阿貝利變奏曲》中的 33 處變奏，都使作品的意義不斷昇華，正如蘇聯音樂理論家勃·阿拉勃夫所說：「重要的是把所有的變奏構成得使人不感到枯燥，使曲式的趣味不斷增長地發展著。」

　　音樂中還有一種特殊的逆向重複。比如「逆行卡農」，即將各音按逆行序列重新呈現。「十二音系列」的作曲手法中最為典型：原型—逆行—倒影—逆行倒影，圍繞原型，在時間序列上，在音高序列，或者兩者都施行一種逆向重複。勳伯格為此形容「更富有美感的模進是在其中加以變化，這可使模進甚至產生更強烈的效果而又不致使人忘掉了原型。」〔註27〕

　　而在作品的演奏中，不同樂器的齊奏演奏或變奏同樣是一種重複，齊奏是共時性的重複，比如貝多芬的《第五交響曲》第一樂章結束前的「那種壓倒一切的音響效果，應歸功於小提琴的同音齊奏」。而莫扎特在《唐·璜》墓地一場一再使用的管樂獨奏，同時用低音提琴來重複長號的聲部，又是一種歷時性

〔註26〕約翰·費斯克《傳播研究導論：過程與符號》（第二版），第 11 頁。
〔註27〕阿諾德·勳伯格《和聲的結構功能》，茅於潤譯，上海：上海文藝出版社 1981 年，第 159 頁。

的重複。

美國美學家蘇珊‧朗格在《情感與形式》一書中指出，重複構成音樂的機體，「因為在聲音的經過中，通過某種熟識的感覺，即重現，我們得到了前樂段完全自由的變型，一個簡單的類推，或者僅僅是一個邏輯的重複。而恰恰就是這類基本樣式的進行，尤其是各部分結構對於整體方案的反映，才是有機反映的特徵。」蘇珊‧朗格借用了 B‧塞林科特的一段論述來說明重複的意義：「重複開始於小節線，在旋律中，在我們能夠使其得到解決的樂句或樂段中持繼著。音樂作品的發展可以一探花朵盛開的植物……那裡，不僅葉子與葉子相互重複著，而且葉子重複著花，莖和幹像捲曲的葉子。……順著枝幹排列和簇集的花朵，其進一步發展的式樣，就相當於那裡花的式樣，而枝子自己則在生命衝動的控制下，在勻稱的比例中分枝，仲展……音樂的表現，遵循同樣的規律。〔註28〕

重複是藝術構成的重要因素，這一點我們同樣可以在依據音樂結構構造的歌詩得到證明。例如，類似於勞動號子中的領唱，往往是音樂的變化部分，而齊唱則通常都是簡單的重複，是對一種不變狀態的強調。

德國美學家瑪克斯‧德索指出：「一首部落歌只是簡單短句的單調重複。思想的重複現在就很容易壓縮為這種思想的首要和最後部分的重複，而且其重複可能成為另一種形式下內容的復活。於是便產生了對應，隨後又漸漸變化為格律和節奏。」〔註29〕

作為一種修辭的重複藝術，重複幾乎貫穿於整個中國詩學傳統，中國傳統詩詞中使用了大量的重複。可以說，重複構成了中國古典詩詞重要的藝術特色。從《詩經》開始，作品中就存在大量的重複現象。《詩經》本是歌唱的文本，它實際上是失傳了曲調的歌詩，所以具有明顯的音樂結構。

比如《詩經‧鄭風‧將仲子》，從字面看，三段歌詩並不重複。但是其中部分詞句相同，三段詞的句式、語氣、含義、篇章結構都高度一致，除第三段「畏人之多言」，比前兩段的對應句多了一字外，其餘各句字數均相同。實際上這是一種音樂節奏的重複，從歌詩結構反觀，它是屬於一段體的曲式，即三段詞用同一曲調演唱。《詩經‧周南‧漢廣》，三段歌詩，每段歌詩的後四句相同，重複三次。完全是現代歌詩重複的副歌的一脈相承。

〔註28〕蘇珊‧朗格《情感與形式》，劉大基等譯，北京：中國社會科學出版社，1986年，第 149 頁。

〔註29〕瑪克斯‧德索《美學與藝術理論》，北京：中國社會科學出版社 1987 年，第284 頁。

南有喬木，不可休思。漢有游女，不可求思。

漢之廣矣，不可泳思。江之永矣，不可方思。

翹翹錯薪，言刈其楚。之子于歸，言秣其馬。

漢之廣矣，不可泳思。江之永矣，不可方思。

翹翹錯薪，言刈其蔞。之子于歸，言秣其駒。

漢之廣矣，不可泳思。江之永矣，不可方思。

　　唐代詩人王維的歌詩譜曲的《陽關三疊》，表現的是漫漫征途中離情別意，曲式中的「三疊」也是一種反覆迴環。類似的音樂作品《平沙落雁》、《梅花三弄》、《春江花月夜》，都有這樣的重複效果，而《胡笳十八拍》就是十八個段落相同的曲調的重複。

　　到了現代，大多現代歌曲包括主歌和副歌兩部分，少數的在兩者之間穿插橋段，或者在開頭和結尾加上引子或尾句。比如這首在每年的春節晚會上演唱的《難忘今宵》，由喬羽作詞、王酩作曲，李谷一原唱。

難忘今宵　難忘今宵無論天涯與海角

神州萬里同懷抱共祝願祖國好　祖國好

共祝願　祖國好共祝願　祖國好

告別今宵　告別今宵無論新友與故交

明年春來再相邀青山在　人未老　人未老

青山在　人未老　青山在　人未老共祝願　祖國好

　　副歌部分有變化，主歌是歌曲的高潮部分，通常都以重複的形式出現。可以說，重複同樣構成了現代歌曲最明顯的文體特色。

　　重複可以分外文本內的重複與文本外的重複。羅蘭・巴爾特（Roland Barthes）曾在其名著《明室》中提出一對「展面／刺點」（Studium/Punctum）。這一對很有用的概念。它以此來討論攝影，提出同一幅照片上既有展面，也有刺點。展面是一種「『中間』的感情，不好不壞，屬於那種差不多是嚴格地教育出來的情感」；它「從屬於文化，乃是創作者和消費者之間的一種契約，其意義可以被文化的人破解」。〔註30〕刺點則是個獨特的局部，是「把展面攪亂的要素⋯⋯是一種偶然的東西」。「展面」的存在任務是凸顯作品中最具有震撼力的「刺點」。

〔註30〕羅蘭・巴爾特《明室》，趙克非譯，北京：文化藝術出版社，2003 年，第 40 頁。

　　音樂也和任何一張優秀攝影作品一樣，同時存在著展面和刺點。比如貝多芬的《A大調奏鳴曲作品26》中把第一個旋律音E重複了34次，從而成為一個「刺點」加強了「重複性地識別」。而在勞動號子中，領唱通常代表音樂的變化部分，而齊唱都是一種重複，在這裡實際上起了一種加重「語氣」的作用。在穆索爾斯基的《圖畫展覽會》中，由侏儒、古堡等十個段落構成，各段落之所以給人一種自成一體卻又相互關聯的感覺，重要一點在於，全曲的引子「漫步」重複使用的「刺點」效果，它既起了一個段落的分割作用，也成為各個段落的聯結。

　　同樣，在音樂中，重複也是創造姿勢效果的一種方法，通過重複，音符達到「消義化」，成為純然的姿態，這種重複不加入新因素，放棄結論，沒有目的地，表達的內容不允許說什麼，本身即意義。簡約主義音樂是一種重複的「狂喜」（ecstasy），在某種意義上，它是鮑德里亞描述的現代社會熱衷的交流「狂喜」。重複在早期音樂中的作用是作為一種分節方法，作為「非—復現」（non-recurrence）背景而出現的。因此，在無休止的重複過程中，即使最細微的變化也能被看做一種形式成份，塑造一種德里達意義上差別和延遲結合的「延異」（différence）形式（Derrida1967）。

　　重複可以形成作曲家的風格，一個作曲家經常以他自己獨特的方式建立音樂情境，並重複輪換使用，就像普魯斯特談談個別聲音時的見解，貫穿一位作曲家的全部作品，也貫穿所有闡述者的表演，情境的重複可以最終形成作曲家的「風格」特徵。譬如，詹姆斯·海波科斯克（James Hepokoski）對西貝柳斯的《第五交響曲》的解讀，他認為西貝柳斯形式過程的核心概念是「旋轉原則」（rotation principle），其音樂形式從內向外發展，就像作曲家自己常說的。西貝柳斯使用重複來「擦抹」一部作品的線性時間，而讓某些要素、樂旨和所有內容一遍遍重複出現。海波科斯克認為這個現象來源於芬蘭民族史詩朗誦，就像那首《今晚》（Illalle）（歌劇17第6號作品），其中有11個音符片段被重複了16遍，返回時稍有變化，然後又多次重新出現，只是一次比一次加強。

　　中國從《詩經》中，就出現了大量的「重言」現象。比如這些用在不同歌詩中的詞語，有狐綏綏、彼黍離離、維葉萋萋、維石巖巖、其葉肺肺、其耳濕濕、其音昭昭、被之祁祁、泌之洋洋、氓之蚩蚩、心焉忉忉、載弁俅俅、灼灼其華、泄泄其羽、其流湯湯、其耕澤澤、載獲濟濟、蒸之浮浮、積之栗栗、公尸來止熏熏、至止肅肅，盧令令，其人美且仁；振振鷺，鷺于下，鼓咽咽，醉

言舞。

後來的漢樂府中也有大量的重言，如《行行重行行》中的「行行重行行」，《木蘭詩》中的「卿卿復卿卿」等。宋代李清照的《聲聲慢》開頭，「尋尋覓覓，冷冷清清，淒淒慘慘戚戚」十四個字，其深刻的感染力從某種意義上講完全得自重複手段。

雅柯布森借用詩人霍普金斯的話描述「詩性」。他說詩是「全部或部分地重複聲音形象的語言」。劉東方在《論中國現代「歌詩」》〔註31〕中，提出當代歌詩的「歌性」是語言音樂元素的表現機制，訴諸人的聽覺，大體包括「重現率」、「相似率」、「對比率」等多方面內容。而「詩性」則帶有訴求功能，訴諸人的視覺及思想，大概包括意辭層面、意象層面、意境層面、哲思層面、感情層面。

正如上文所分析，音樂與詩中，重複某些要素，比如押韻，聲母相異，但韻母相同也構成了一種同韻母的重複。這些變化中的重複形成有趣的形式對比，「藝術性」便產生於此。

音樂是一門時間藝術，音樂的無形性、非語義性，造成音樂記憶的困難。在音樂作品中，不管是嚴格的重複，還是變化的重複，都是樂思推進過程中對審美主體的心理和聽覺特徵有效補償，重複造成的再現，是審美主體和審美客體的雙重需要。

文本外的重複帶來文化的互文性。希利斯·米勒在《小說與重複》中，討論的對象雖然是 7 部長篇小說，但它對重複的理解已經躍出文本本身，而走向文化。它以《苔絲》為例，提出了重複從小到大的幾種類型：「首先，從細小的處著眼，我們可以看到言詞成分的重複：詞語、修辭格、外形或內在形態的描繪；以隱喻方式出現的隱秘的重複則顯得更為精妙……其次，從大處看，事件或場景在文中被複製著……最後，也是更大範圍地，作者在一部小說中可重複他在其他小說中的動機、主題、人物或事件。」其中，最後，也是他認為更大範圍的重複，可以看成是一種文本之間的互文性的重複。

互文性來自於重複。克里斯蒂娃指出「互文性意味著任何單獨文本都是許多其他文本的重新組合；在一個特定的文本空間裏，來自其他文本的許多聲音互相交叉，互相中和」〔註32〕。所謂「重新組合」、「互相交叉」、「互相中和」

〔註31〕劉東方《論中國現代「歌詩」》《中國現代文學研究叢刊》2008 年第 4 期。
〔註32〕Krisevia, Julia. *Desire in Language*. Oxford: Blackwell. 1980. p.145.

都為不同形式的重複。

　　西方的「互文性」（Intertextuality）概念，最早由 20 世紀 60 年代，符號學家朱麗葉・克里斯蒂娃提出。她認為，「任何文本都是一些引文的馬賽克式構造，都是對別的文本的吸收和轉換。」文本之間實際上存在一種文本間性，也就是一個文本和其他文本之間總存在著互文關係。比如一首詩，是一些指向其他詞語的詞語，而那些詞語又指向另外一些詞語。所以任何一首詩都只能是「互文詩」，它和其他詩歌文本之間有著文本間性。

　　克里斯蒂娃的互文性理論之所以產生很大的影響力，是因為它推動了 20 世紀「跨文本文化研究」。互文性批評，打破了通常只關心作者和作品關係的封閉式傳統批評，在跨文本、跨文類、跨文化層面上，展開了互文批評的空間。

　　在中國傳統詩學中，造就有「參互成文，含而見文」的「互文「藝術，中國的「典故」，通常也夾在互文性中，這就和克里斯蒂娃的所說的「馬賽克」式的鑲嵌異曲同工。而古典詩歌中的很多名句「秦時明月漢時關」，「將軍百戰死，壯士十年歸」，「明月別枝驚鵲，清風半夜鳴蟬」等，體現了典型的中國詩學互文的含義和運用。互文參義，不僅是一種很有效的修辭手法，它還和中國的駢文律詩的審美傳統有關，因為格律、對偶、音節的需要，互文和對句結合會成為一種很有創意的組合。就如莊子所道，「有無相生，難易相成，長短相形，高下相盈，音聲相和，前後相隨，恒也。」形式一旦形成，也就創造了一種審美習慣。

　　改寫，歌詩是最直接的互文歌詩。哪怕短小到一首歌詩文本，也可以是一種互文呈現，比如陳小奇作詞的《濤聲依舊》：「月落烏啼總是千年的風霜，濤聲依舊不見當初的夜晚，今天的你我怎樣重複昨天的故事，這一張舊船票是否能夠登上你的客船。」馬上讓人聯想到唐代詩人張繼的名作《楓橋夜泊》。歌中把「漁火」、「楓橋」、「鐘聲」、「客船」、「烏啼」等重新放進新的語境，將張繼《楓橋夜泊》的旅人思緒，嫁接到當代戀人的情感憂愁中。

　　方人也作詞的《一夢千年》：

　　　　多少次雨疏風聚，海棠花還依舊，點絳唇的愛情故事你還有沒有
　　　　感懷時哪裏去依偎你的肩頭，一夢千年你在何處等候。
　　　　知否誰約黃昏後？知否誰比黃花瘦？
　　　　誰在尋尋覓覓的故事裏，留下這枝玉簪頭。

　　此歌重複性地引述宋代詞人李清照的多首詩詞。現代歌曲也一樣明顯倚

重重複，這可能是因為歌曲越來越走向大眾，追求流行，而有規律的重複則是流行的保證。正如費斯克對重複這種冗餘傳播效果的總結：「如果想到達規模更大的、異質化的受眾，我們就需要設計一個有高度冗餘的訊息。」〔註33〕這也證明了他的觀點「一件藝術學品越流行，越是被廣泛接受，它在形式和內容上包含的冗餘就越多。」〔註34〕也就是說，越是注意在傳播的信息中建立冗餘的，就越是以受眾為中心。文化的傳承在不同的代際和人群中，互文的背後是不同的接受主體。

互文無處不在，互文形式也多種多樣。互文引語，或被直接引用，或被曲解，或被位移，或被凝縮，總是被不斷重新組織，每一次重新組織，也是一次創造新意義的過程。正是在這種可以永無止境創造性互文本中，一個滲透著歷史流動的文化之網被不斷地編制。

歌詩的重複是一種藝術表現，它不同於被重複的事物本身。歌詩作為一種替代不在場的事物而呈現的，它承載了人類的文化記憶。重複是結構，也是解構。雅柯布森在 50 年代提出：聚合軸稱為「選擇軸」（axis of selection），功能是比較與選擇；組合軸為「結合軸」（axis of combination），功能是鄰接黏合。雅柯布森進一步認為比較和連接，是人思考與行為方式依賴的兩個基本維度的意義探尋，也是任何文化得以維持並延續的二元。〔註35〕符號文本的雙軸操作，出現在任何表意活動中，符號表意，離不開這雙軸關係。這實際上也就是重複和變異：組合是文本內的對應結合，聚合是文本化的各種異同的選擇。組合文本的符號，互相之間必定有重複呼應。組合的每個成分都有若干系列的「可替代物」，不是「意義上可以取代」（即意義重複），而是「結構上可取代」（即在組合中有相同功能）。〔註36〕這一章上面所舉的例子，大多是組合重複，因為聚合重複是隱形的，它是從已有的符素中，為了各種目的在各種「同相符素」與「異相符素」〔註37〕之中選擇聚合，所作的選擇性重複，都是文化中已

〔註33〕約翰・費斯克《傳播研究導論：過程與符號》（第二版），許靜譯，北京：北京大學出版社，2008 年，第 10 頁。

〔註34〕約翰・費斯克《傳播研究導論：過程與符號》（第二版），第 11 頁。

〔註35〕Roman Jakobson, "The Metaphoric and Metonymic Poles", in Roman Jakobson and Morris Halle, *Fundamentals of Language*, Hague: Mouton Press, pp. 76～82.

〔註36〕Verda Langholz Leymore, *Hidden Myth: Structure and symbolism in Advertising*, New York: Basic Books, 1975, p.8.

〔註37〕趙毅衡《論重複：意義世界的符號構成方式》，《河南社會科學》，2014 年第 3 期。

有符號的改組與重新賦義，而符素的產生離不開文化語境，文本必然是聚合與組合雙軸操作的產物，更是雙軸上重複的構成物。

哲學家德勒茲在《差異與重複》（1968）與《意義邏輯》（1969）兩本書中，從差異與重複的關係高度，將重複分為兩種：一種為「柏拉圖式」重複，另一種為「尼采式」重複。「柏拉圖式」重複，是一種模仿原型或原型同化。這與柏拉圖的思想，世間萬物皆是對理念世界的「摹仿」一致，藝術是對「摹仿」的「摹仿」，但不管變異走多遠，必須回應到一個恒定的原型。而「尼采式」重複則相反，每一次重複都產生差異，重複在差異中產生。尼采認為世界本身是一種幻影的呈現，是一種「類象的世界」，它不具備柏拉圖式的理念原型基礎。因此，差異是自由的，也總偏離中心。

而中國歷代學者也注意到重複對人類文化和藝術的重大作用，明代學者葉晝評《水滸傳》：「文字妙絕千古，全在同而不同處有辯」。「同」與「不同處有變」，實際上，就是重複和重複的變異兩種不同的重複形式，而這兩種不同的重複形式，分別對應於「柏拉圖式」重複和「尼采式」重複，並交叉出現在各種文化體裁之中。

重複也是經驗與意義世界關聯的根本方式，每次經驗本身是要融會貫通地深入理解事物，就需要多次意義活動積累，重複因此也就成為人類認識的普遍形式。我們靠重複才得到，才能理解的意義。在文化的延續過程中，某些文化的表意方式，例如儀式，則必須強調一絲不苟的重複，其文化作用，就是在喧囂的變化之中，顯示歷史的不變的力量，顯示重複對人類符號表意的重要性。例如在中國少數民族地區，至今留存的儀式，湘西苗族人生活中巴岱雄、巴岱扎、仙娘的「儀式音聲」的重複表演，就是他們信仰世界中人和自然，人和人，人和族群以及人和神靈等各種關係的展現。這些儀式強調的就是一絲不苟的重複，其文化作用，就是在變化的社會中，不變的文化力量。

歌詩文化對某個比喻集體地重複使用，或是使用符號的個人有意對某個比喻進行重複，都可以達到意義積累變成象徵的效果。像「特瑞斯坦和絃」在不同音樂中反覆使用，就構成了某種音樂的象徵意義。

榮格認為組成集體無意識的主要是原型象徵（architypal symbol）。他把原型象徵看成一種人類試圖與神聖或神秘接觸的努力。原型構成了人類心理經驗中的先在的決定因素，它促使個體按照他的本族祖先所遺傳的方式去行動。人們的行為，在很大程度上是由這無意識的原型所決定的。原型之所以成為象

徵，是因為原型使用，與歷史一樣悠久。在有記錄的藝術與文學出現之前很久，人類已經有上萬年的符號文化，原型必然是意義強大的象徵。

重複使人類不僅形成經驗，而且這種經驗能夠借助重複延續下去，在意識中形成記憶，在人與人之間形成傳達，在代與代之間形成傳承。

第四章　歌詩的表意格局

第一節　呼應結構

　　歌曲是人類情感的一種交流方式，「我對你說」是歌詩最基本的呼應，也是歌曲最基本的表意模式。歌曲構成了一種交流「情境」〔註1〕，此「情境」不僅是事物或交流主體存在或成立前提、條件和環境，更構成意義，並內化為事物或交流主體的結構、秩序及規範。

　　歌曲作為一種特殊的文化體裁，在其短小的篇幅中，人稱代詞便成為其顯性的符號，「我對你說」這一表意模構成了兩個主體之間的對話和交流。

　　歌曲的外向語意，是從發送者到接受者的情感呼應，也就是「我」對「你」的情感呼應。歌曲中歌詩的自反性較少，而表現為情緒性較多（例如情歌），或意動性較強（例如鼓動歌、儀式歌）。貫穿這二者的，是信息的發送與到達。因此，歌詩中歌唱主體的訴求，決定了交流的基本勢態。

　　這和當代詩很不相同，詩和歌的這種差異相當容易驗證。可以隨機地選擇一百首已譜上曲傳唱的當代漢語歌詩，和一百首不入樂的當代漢語詩對照，很快就發現明顯的區別：一百首歌詩中，95%的歌詩包含著「我對你說」這個基本格局，都有「我」、「你」或稍微隱蔽變形的「我」和「你」出場，而一百首當代詩中只有三分之一左右的詩具有類似呼應訴求結構。通常詩的文本往往由一個或一組意象的呈現，其敘述主體和「聽者」通常隱沒，文本多為「第三

────────────────

〔註1〕熱衷於探索無意識與語言關係的拉康認為，語言從本質上說就是「情境」。轉引自《藝術的生存意蘊》高楠著，瀋陽：遼寧人民出版社，2001年，第71頁。

人稱式呈現」〔註2〕。而歌詩，即使是第三人稱開場，甚至貫穿全歌，最後也常常會出現「我」對「你」的訴求，回到「我對你說」的模式中。當代歌詩，很少有僅僅是純粹客觀地寫景，或一個場面的描寫。

例如，《在太行山上》這首歌的開始幾句，宏偉地描寫出抗日根據地的崇高形象，但不久就發出「看吧」，「聽吧」這樣的第二人稱訴求語，而結段歸為「我們在太行山上，山高林密，兵強馬又壯。」這是向全體民眾發出的參加戰鬥的籲求。

再例如《鼓浪嶼之波》，幾乎全都是寫景，是意象的客觀呈現，到最後，「快快回到你，美麗的基隆港」。把看似第三人稱的「基隆港」，變成了訴求對象的「你」。

同樣的例子很多，《彈起我心愛的土琵琶》是電影《鐵道游擊隊》的插曲，寫景開局，明顯推出了第一人稱主體：「彈起了我心愛的土琵琶，唱起那動人的歌謠。」極端的「唯你我而排他」的句子，也多出於歌詩，例如，陶喆演唱的「你愛的是我還是他」，李宇春演唱的「我的眼中只有你而沒有他」，景崗山演唱的「我的眼裏只有你」，徐小風演唱的《心戀》（方忭作詞，梁齡選作曲）：「我想偷偷和他說句話，只奈他的身邊有個她。」都希望將「第三者」推出歌之外，從而推出交流之外。〔註3〕這恐怕是愛情本質上唯我論之結果。

由此，「我對你說」作為歌詩最根本的情感發送方式，也是歌曲作為「被唱出來的」的先在的體裁框架，即使在這樣明顯的沒有人稱指示的歌曲中，也隱藏著這樣一個外在的言說框架。比如這首李叔同作詞的《送別》：

> 長亭外，古道邊，青草碧連天，
> 晚風吹落笛聲殘，
> 天之涯，地之角，知交半零落。
> 一壺濁酒盡餘歡，夕陽山外山。

〔註2〕翁穎萍在其《非自足性語言研究——以現代歌詩為例》中，為新世界出版社出版的《最美的詩》（100首）作了一個仔細的統計，得出：1. 從人稱代詞的分布情況看：現代詩中第三人稱代詞的使用頻率比歌詩語言要高得多。2. 從搭配情況看，「我」←→「你」的搭配情況比歌詩語言中要少，只占37%。課件在現代詩中，人稱代詞的搭配方式不佔優勢。3. 現代始終人稱代詞的搭配要比歌詩語言中的複雜。參見此書，杭州：浙江大學出版社，2011年，第188頁。

〔註3〕當代詩中，這種情況極為常見。詩歌經常會故意納入三種人稱的複雜關係。例如柏樺的詩《表達》：「我知道這種情緒很難表達／比如夜，為什麼在這裡降臨？／我和她為什麼在這時相愛？／你為什麼在這時死去？」

在歌詩中，我們似乎找不到任何一個人稱代詞，言說主體也就似乎不可捉摸，但一旦我們把它作為歌詩來理解（也就是作為歌唱出來的歌），它的體裁的規約性，它的現場演示性，就進入了「我對你說」的模式，也就是提醒我們：這是一個「我」在對「你」講述朋友之間依依惜別之情，歌唱主體「我」隱藏在背後。

烏莉・瑪戈林（Uri Magolin）在討論小說敘述者時提出，文本敘述者可以從三個方面尋找：語言上指明（linguistically indicated），文本上投射（textually projected），讀者重建（readerly constructed）。〔註4〕對於歌曲這類演示性言說文本，趙毅衡指出瑪戈林說的「語言上指明」，應當泛化為「體裁上規定」。

《夢回唐朝》是唐朝樂隊的成名歌曲。歌詩中古典意象的繁豐、精美和昔日唐朝盛世的輝煌一脈相承：

今宵杯中映著明月，男耕女織絲路繁忙。

同樣，歌中卻沒有出現任何人稱代詞，但我們依然感受到歌曲的發送者傳遞給接受者，一個中國國同胞能分享的對往日中華輝煌的追憶。這種感受，是「我對你說」這個歌曲模式的情感召喚的基礎，否則，它就成為一堆華麗復古詞藻的堆砌。

第二節　三層言說主體

照理說，既然歌曲的基本表意模式是「我對你說」，所有的歌曲都體現了「我對你說「的基本言說模式及其在此基礎上的變形。「我」就是言說主體，似乎一目了然。但實際上歌曲的人稱結構複雜得多：這「我」到底是不是言說主體？「我」似乎在說話，但說的是誰的話？為誰說話？只有當言說主體真正控制發言權，成為「我」的實際主體性控制者，這才稱為「言說主體」。換句話說，歌唱主體，就是歌眾聽到的是「誰在對我說話」中的「誰」。

「言說主體」比較複雜，在這裡必須把這個問題仔細剝開，層層分析。托多洛夫對「主體」有個有趣的例解。他說，在「我跑」這簡短語句中有三個主體：陳述主體、被陳述主體和被陳述的陳述主體。「跑的我與說的我兩者不同，一旦陳述出來，『我』不是把兩個『我』壓縮成一個我，而是把兩個『我』變

〔註4〕Cf "Narrator", *Living Handbook of Narratology*, http://hup.sub.uni-hamburg.de /lhn/index.php

成三個『我』」〔註5〕。歌詩的基本表意模式「我對你說」，也就是說，歌詩一旦唱出來，就出現了三層主體「我」。

隱含言說者為第一層主體，歌曲的最外層的言說主體，即上文所說到的歌詩先在言說框架中的主體，也就是歌曲必有的「我對你說」構築模式中的「我」。這個主體非常複雜，有點類似於美國芝加哥學派學者韋恩·布斯在《小說修辭學》中提出的「隱含作者」（implied author）的主體。「隱含言說主體」即隱含在文本中的擬人格形象，它不一定對應作者的真實身份，也就是不一定是作者本人，也不一定依據某種真實情感事件，而是依託文本期盼被接受者構築的擬人格作者形象，是作品價值觀的擬人格體現。

在歌詩中，歌詩的「隱含言說者」，也不一定是詞作家本人，從歌曲接受角度來看，同一詞作者可以寫出的不同歌詩作品，往往會有不同的隱含作者形象，就像歌詩作者給不同的歌手寫歌一樣，其中隱含演說者並不相同，甚至包含性別上的更換。比如，林夕創作的歌詩，很多是「擬女性」口吻。請看這首《女人心》：

> 你說我有一顆神秘的心，是你一片未曾到達的森林。
> 你翻山越嶺歷盡千辛，只為夢裏迷人的風景。

歌詩文本已經鮮明地點出，這個「你」是男性指稱，所以此歌的「隱含言說者」，不可能和詞作者林夕的性別身一致。這個女性「我」，不管是否為演唱此歌的演唱者女歌手梅豔芳定制，但歌詩中已經出現了詞作者主體與歌曲演唱主體的人格分裂。而浮克作詞、作曲，陳明原唱的《快樂老家》卻表現出不同：

> 有一個地方，是快樂老家，它近在心靈，卻遠在天涯，
> 我所有一切都只為找到它，哪怕付出憂傷代價。

這首歌是歌曲發送者「我」給接受者「你」的誓言，表達「我」不惜一切代價要尋找「快樂老家」的決心。這是一首象徵性很強的歌曲，歌中的「它」代表的可能是一個物質的家，也可以是人類一直在尋找的精神家園。但一旦唱出，我們便感受到「我對你說」的模式：發送者「我」在告訴「你」：不管付出怎樣代價，「我」都要找到心中的「它」。在這裡發送主體隱含的「我」，和歌中的第二層主體「我」幾乎重疊。

再比如方文山作詞的歌曲《胡同裏有隻貓》，溫嵐原唱：

〔註 5〕 Tzvetan Todorov, *Poetics of Prose*, Cornell University Press, 1977, p. 121.

　　胡同裏有隻貓志氣高他想到外頭走一遭

　　聽說外頭世界啥都好沒人啃魚骨全吃漢堡

　　胡同裏有隻貓往外跑離開他那群姊妹淘

　　來到繁華的大街上尋找傳說夾著牛肉的麵包

　　歌詩是言說者對我們講述的關於一隻貓的故事，這個故事中的「人物」不是人，卻是一隻具有「人格」的貓，它是推動情節的一個重要角色。然而，歌曲的隱含作者的意圖，並不是讓歌中停留在「貓」的故事中，而是通過這個故事，邀請歌眾加入自己的闡釋，在更高的層次上，進行思想和情感交流。這首歌曲隱藏起來的言說者，只有歌眾通過重建這故事的情感價值才能感受到。

　　每一首歌都有一個隱藏言說者，看上去，這個「我」無處不在的，或以言說者的身份，或者以主人公的身份，或者參與者的身份，或者乾脆以詞作者本人的身份或隱或顯地出現在文本中，但這些都不是真正的言說主體。真正的言說主體是隱含言說者，它對整個歌曲文本的價值觀負責，因此是文本接受時重建出來的。

　　講述主體為歌曲的第二層主體，歌詩中的言說主體，即把歌曲的「我對你說」這個模式言說出來的主體。這也就是歌詩的源頭。比如陳光榮創作的這首《揮著翅膀的女孩》（容祖兒原唱）中的「我」：

　　我已不是那個懵懂的女孩，遇到愛用力愛，仍信真愛

　　風雨來不避開，謙虛把頭低下來，像沙鷗來去天地只為一個奇蹟

　　講述主體是比較明顯的，是對歌詩時間報告負責的言說源頭（illucutionary source），[註6]這個問題，本書將放在歌曲的「敘述轉向」時再仔細討論。

　　行動主體即歌曲的第三層言說主體，也就是最內層的被言說的主體的行

─────────────────

〔註6〕趙毅衡提出「把全部各種敘述體裁按敘述者的形態變化分成五類：實在性敘述及擬實在性敘述；記錄性虛構敘述；演示性虛構敘述；夢敘述；互動敘述。這五種分類，要求五種完全不同形態的敘述者。這個排列順序中，敘述者從極端人格化變到極端框架化。作為敘述源頭的敘述者，永遠處於框架──人格兩相之間。究竟是「框相」更明顯，還是「人相」更明顯，因敘述體裁而異，也因文本而異，無法維持一個恒常不變的形態。從體裁上說，從實在性敘述敘述者幾乎完全等同於作者，到記錄性虛構的分裂人格敘述者，到演示性虛構的框架敘述，到夢敘述的主體完全隱身於框架，再到互動性敘述的接收者參與，形態變化極大。」參見趙毅衡《敘述者的廣義形態：框架──人格二象》，《文藝研究》，2012年第5期。

動主體，即故事和情感中的人物主體。方文山作詞的《愛在西元前》（周杰倫原唱），清楚地區分出三層主體。

> 我給你的愛寫在西元前，深埋在美索不達米亞平原
>
> 用楔形文字刻下了永遠，那已風化千年的誓言，一切又重演
>
> 我感到很疲倦離家鄉還是很遠，害怕再也不能回到你身邊

在這首歌中，歌詩後面隱藏著第一層「我」是隱含言說者（姑且把這個擬主體看成寫歌時的執行作者），即情感與價值判斷的承擔者。把第二層「我」，言說行為的「我」，即言說歌詩故事的「我」。那麼第三層「我」，也就是參與並實施被歌詩敘事出來的事件的「我」，即「穿越到西元前」的行動主體「我」。不難看出這「三我差」的矛盾：第一層「我」站在現在，向著未來，感動你，意圖求得你的愛心。第二層「我」講一個遙遠時光的愛情；第三層「我」從現在穿越到過去，懷著「西元前」的愛，而這種「愛」（第三層「我」攜帶的）能否被未來的「你」（與第一層「我」對稱的）接受？這份「過去式」（第三層「我」擁有的）的愛能否在現實中與「你」（與第二層「我」對稱的）重演？

歌詩在三個時間向度上展開的三種主體，將過去、現在和將來三種意圖時間交織在一起，完成了一個對「愛的焦慮」的複雜言說。歌曲不僅體現出一段情感的迂迴曲折效果，更重要的是把個人的情感表意，通過另類時空對比，上升到了一個超越歌詩本身的文化思考：為什麼「我」和「你」更嚮往遼遠的曾經發生的愛情？「我們」的愛情如何才能超越如此悠遠的時空？

「我對你說」，是歌詩作為一種文類的基本表意模式，也就是說，我們所聽到的歌，即歌詩的內容，都是一個被唱出來的帶引號的文本，都在「我對你說」這個表達模式的框架中，這個「我」和「你」都是潛在的，它有時會和歌詩文本中的「我」和「你」有一定的重合關係，有時有會發生某種變形。考慮到歌詩中主體的劇烈分化，我們在捕捉「誰在說話？說的是誰的故事？」時，需要仔細分辨其中有多個不同的「我」。

第三節　歌詩中的人稱

「我對你說」的表達模式在歌詩中最明顯的體現，就是人稱代詞的使用。當代歌詩人稱代詞的使用變化多端，和古典詩詞傳統有較大的差異。

歌詩人方文山就將當代歌詩的人稱作為歌詩的一個基本要素，及重要創

作方法，傳授給初學詞者：「歌詩中，人稱一定要明確。」〔註7〕他的意思是，作歌詩，一定要學會怎樣充分使用人稱代詞。符號學創始人皮爾斯認為，人稱代詞是一種重要的指示符號，其最主要特點是引起接受者的注意。

　　「我」與「你」這是最合乎歌詩表達模式的一種人稱關係，也是歌曲最常用的表意格局。本來歌的基本功能就是用來表達並交流情感的，第一人稱「我」的使用，應該是最符合歌的「我對你的傾訴訴求」的，而「你」這個稱謂，也具有極大的包容和攝威性，任何一種聲音指向「你」的時候，就會召喚出無數個「你」來聆聽，「你」是詞作者預設的最大範圍的聆聽對象。尤其在商業化時代，當歌曲力圖追求最大可能的流行度時，這種「我」和「你」的人稱模式是最理想的：「你」帶領歌詩走向大眾，反過來說，大眾這個集體中的每個人，都由「你」覆蓋了。

　　「我」和「你」的人稱關係模式之所以普遍，是因為它可以涵蓋各種主題的歌：頌歌，情歌，友誼之歌等等。比如2008年北京奧運會的主題歌《我和你》，就是一首超越性別意指的歌。「我」和「你」的關係模式，用在頌歌中，是當代頌歌的一大特色。比如，這首任志萍作詞、施光南作曲的《多情的土地》（關牧村原唱）：

　　　　我深深地愛著你，這片多情的土地，
　　　　我踏過的路徑上陣陣花香鳥語；
　　　　我耕耘過的田野上，一層層金黃翠綠，
　　　　我怎能離開這河汊山脊，這河汊山脊。

　　這是發送者向我們傳送的一首頌歌。歌中的「你」是「土地」，在這裡，不只是擬人化的使用，而是歌適應「我對你說」這個基本表達模式所作的變化。「土地」這個象徵指稱，因為用「你」表達時被激活了。這一「你」和「我」模式一直是頌歌的偏愛。此時的代詞「我」和「你」是一種集體模式，完全可以被「我們」和「你們」所替代。

　　「我對你說」的基本模式下，因為有「我」和「你」這樣具體的人稱代詞，

〔註7〕參見《方文山：作詞如同寫電影》，《渤海早報》，2008年9月5日。人稱代詞是現代歌詩中不可缺少的因素，已經被很多詞作家接受。有一次在閱讀音樂系學生的歌詩作品時指出：「這首歌詩整篇的意境很美，但裏面少了你、我、他這樣的人稱代詞，這樣就會讓唱歌的人不曉得這首歌是在唱誰的心情。流行歌詩不是古詩詞，它是現代人對情感的寄託和情緒的宣洩。情緒宣洩一定要有對象，而對象一定要明確，所以歌詩中的人稱也需要明確。」

歌曲就可能通過下一層的表現（其中包括歌星表演，文本表現，甚至音樂風格），而達到呼應。

「我」或「你」，如果歌中只出現「我」，而不見「你」的蹤影，毫無疑問，歌就多了一份「獨白」的意味。然而，這些歌曲依然是「我對你說」的變體，只是「你」更為隱蔽，似乎只是獨白「我」的某種心情。例如陳濤作詞，張宏光作曲的《精忠報國》（屠洪綱原唱）：

狂歡惜更無語血淚滿眶馬蹄南去人北望

人北望草青黃塵飛揚我願守土復開疆

堂堂中國要讓四方來賀

歌詩通過前面的大段情感鋪墊，最後出現「我」，進一步強調了歌唱主體的精忠報國的決心，但這個我顯然是男性的。而反過來，瓊瑤作詞，劉家昌作曲，鄧麗君原唱的《一簾幽夢》，這裡的「我」就有了明顯的女性特徵：

我有一簾幽夢不知與誰能共

多少秘密在其中欲訴無人能懂

窗外更深露重今夜落花成塚

春來春去俱無蹤徒留一簾幽夢

這類看似「獨白式」的歌，實際上就如同觀眾在臺下觀看演員的獨白式的心理活動一樣。「我對你說」，是歌曲作為特殊門類與生俱來的表意方式，脫離這個方式，歌就失去了其存在的意義，歌曲的目的是獲得一種與接收者意動性的交流。換句話說，不管這個「你」是否出現，作為歌唱主體的「我」，都有一個潛在的接受者「你」存在。

與上面只有第一人稱「我」相對的，是這種只有第二人稱「你」的歌。這類歌也就完全凸顯了「我對你說」的基本模式，讓接受者成為主人公，更強調了接受者的「你」。比如小蟲作詞作曲的《心太軟》（任賢齊原唱）：

你總是心太軟心太軟把所有問題都自己扛

相愛總是簡單相處太難不是你的就別再勉強

我們既可以將此歌看成一種自我反省式的獨白，也可以看成是對他者「你」的責備。

按照小說敘述學的看法，第二人稱「你」在小說中是一種不自然的人稱，通常會使小說的敘述變得怪異。[註8]因為一般敘述，包括小說，是讓你安安

〔註8〕Monika Fludernik, *Towards a "Natural" Narratology*, London & New York:

靜靜第聽我講關於第三人稱的故事。讓受述者「你」作為主人公出現在敘述中，就破壞了敘述的一般化格局，很難把小說家的敘述潛能發揮出來。法國新小說派的代表作家米歇爾‧布托爾的小說《變》，採用了第二人稱敘述，但這種帶有實驗性質的敘述，被不少評論家認為因為受到小說常規敘述的限制而顯單調。高行健的小說《靈山》，也採用了多種人稱敘述，其中每章包括第二人稱一節，多人稱的交替使用，構成了一般敘述作品中很難見到的空間想像，有評論者這種絕對主觀的空間配置，和高行健的之前的現代戲劇的探索有很大的關聯。〔註9〕

　　在所有的依靠語言表意的藝術門類中，戲劇是與歌曲的現場表演性最接近的，都需要「你」作為受召主體，必須參與進來，這個受召主體「你」對歌更為重要。寶唯作詞作曲的歌曲《黃昏》（寶唯原唱），是一個奇特的文本，歌詩故意營造的節奏和陌生意象，前面都是無人稱、自敘式描寫，最後一句，忽然轉向，一個「你」字，把聽者拉入歌詩語境。

> 晚來聲香　臉霧雲床晨慌河光　目作風空藍性忘
> 紅無酒傷時進話跑　笑飄廣唱雨吻追忘
> 躲亮惑撞桌搖　放　湖春痛
> 鬧煙　哭床　想你　噓

　　歌詩中的人稱「你」，不可能如小說受述者那樣，是個不必顯身的人格，「你」在歌的傳達格局中佔有重要地位，這是歌曲作為「意動性文本」最重要的特徵。

　　在各種人稱關係模式中，只出現第三人稱「Ta」的歌，似乎和歌曲的基本表達模式距離最遠，彷彿故事和「你」「我」都無關。

　　「第三人稱」，即我們通常所說的全知視角的敘述，這是一個敘述者「我」對我們講述的關於「她」的故事。但一旦我們考慮它作為歌的特殊性，第三人稱就使歌的抒情性有所降低，而敘述性更為強烈，清晰。講故事的歌其實很多，遠遠超出一般人的估計。純粹的第三人稱敘述比較少見，為什麼歌曲作者要選擇這種人稱敘述？這實際上是要回答，為什麼「我要對你唱關於她的歌」？作為潛在的歌眾，依然被控制在「我對你說」的表意模式下。因為「我」作為聲音的源頭，無可置疑。〔註10〕

Routledge, 1996.
〔註 9〕參見許自強《虎年箚記》，《書城》，2011 年 2 期，第 78～79 頁。
〔註10〕在美國電影《諾丁山》中有一首廣為傳唱的插曲「She」，歌詩如下：She/May be the face I can't forget/The trace of pleasure or regret/May be my treasure or the

　　歌詩中一旦出現「我」與「Ta」（它，他，她）這樣複雜的人稱關係，並不意味著歌曲改變了基本表達模式，人稱關係的變化，只是為歌曲的表達增添了層次和技巧。因為敘述對象與敘述主體的分離，「你」的隱藏，或「她」的缺場，讓「我」的言說出現了對象的分化。

　　黃舒駿作詞作曲並原唱的《馬不停蹄的憂傷》似乎是演述改寫臺灣詩人鄭愁予的著名詩句「我達達的馬蹄是美麗的錯誤」的故事，[註11] 但此歌把「你」改成來了「她」，歌就成了一種有距離的回憶，儘管歌曲中出現了一個人物名字，並加入了一句對話轉述，但整首歌並沒有偏離歌曲「我對你說」的基本模式。

　　　　我永遠記得少年的時候在薇薇家的後門
　　　　祈求一個永恆的約定喔！令我心碎的記憶
　　　　她那淒迷的眼睛溫暖的小手輕柔的聲音
　　　　憐憫著我的心意說著她最後的話語

　　在相當少歌曲中，「你與 Ta」同時出現，這時候會有一種戲劇性的人稱衝突，它也成為歌曲基本表意模式的變體形式之一。歌曲中的「你和 Ta」一起出現，但重點明顯在「你」。

　　在某些歌中，人稱關係可以更進步地複雜化，構成一種「多人稱組合」，有例如方忭作詞，梁齡選作曲，徐小鳳演唱的《心戀》，「我」「你」「她」三中人稱同時出場，歌曲也明顯地唱出了三人之間非常微妙的情感關係：

---

price I have to pay//She/May be the song that summer sings/May be the chill that autumn brings/May be a hundred different things/Within the measure of a day//She/May be the beauty or the beast/May be the famine or the feast/May turn each day into a heaven or a hell/She may be the mirror of my dreams/The smile reflected in a stream /She may not be what she may seem/Inside her shell//She/Who always seems so happy in a crowd/Whose eyes can be so private and so proud/No one's allowed to see them when they cry//She/May be the love that cannot hope to last/May come to me from shadows of the past/That I'll remember till the day I die//She/May be the reason I survive/The why and wherefore I'm alive/The one I'll care for through the rough in ready years/Me/I'll take her laughter and her tears/And make them all my souvenirs/For where she goes I've got to be/The meaning of my life is She//She, oh she.此歌聽上去是一組抒情式的排比，但在電影語境中，實際上是電影男主人心目中的「她」的形象，正是通過歌的第三人稱的講述，才加強了此形象的個性和故事性。

〔註11〕此句出自於鄭愁予的名詩《錯誤》：我打江南走過／那等在季節裏的容顏如蓮花的開落／東風不來，三月的柳絮不飛／你的心如小小的寂寞的城／恰若青石的街道向晚／蛋音不響，三月的春幃不揭／你的心是小小的窗扉緊掩／／我達達的馬蹄是美麗的錯誤／我不是歸人，是個過客……」

> 我想偷偷望呀望一望他，假裝欣賞欣賞一瓶花
>
> 只能偷偷看呀看一看他，就好像要瀏覽一幅畫
>
> 只怕給他知道笑我傻，我的眼光只好迴避他
>
> 雖然也想和他說一說話，怎奈他的身旁有個她

俄國形式主義理論家什克羅夫斯基曾經說過：「藝術的技巧就是使對象陌生化，使形勢變得困難，增加感覺的難度和時間的長度，因為感覺本身就是審美目的，必須設法延長。」〔註12〕這種通過陌生化的途徑延長並加深審美的感受，對歌詩來說，並不容易。但在這一首歌中，通過人稱代詞的變體，而產生的一種「陌生化」的張力，應該說是一個很成功的實踐。

不難發現，歌詩中多種人稱的使用，不僅和歌詩的表達的複雜性有關，也和現代生活及人的思維的複雜性契合。歌詩這些通過多種人稱關係的變體表達，更好地體現出的當代文化中複雜的情感和價值觀念。

「我們」這樣的複合人稱，在常見的集體性質的頌歌、宣傳和及一些勵志歌中，最為多見。比如《亞洲雄風》（徐沛東作曲，張藜作詞，原唱韋唯、劉歡）：

> 我們亞洲，山是高昂的頭。我們亞洲，河像熱血流。
>
> 我們亞洲，樹都根連根，我們亞洲，雲也手握手。

「我們」作為一種言說主體，代表的是一種集體情感，它可以豪放奮進，也可以溫柔勸說，比如羅大佑作詞作曲並原唱的《搖籃曲》：

> 讓我們的孩子睡在母親的懷裏讓母親的希望寄託在孩子的夢裏
>
> 當流水悠悠飄來花香的醉意春雨也滋潤了綠葉萌芽的奇蹟
>
> 讓孩子們留下一些塵封的記憶讓他們將來懂得去辛酸地回憶
>
> 母親的懷中有多少乳香的甜蜜睡夢裏伴有多少輕柔的細語
>
> 草色簾青

和傳統的《搖籃曲》不同，這首歌因為「我們」這個複合人稱的使用，重寫了「搖籃曲」的意義，使歌增強了呼籲歌眾的認同和文化意義。

「我們」作為歌詩人稱還可以衍生另一種變體，即無人稱歌詩。在上文舉出的李叔同的《送別》和羅大佑的《童年》，歌詩中都沒有出現人稱代詞。無人稱代詞的歌曲在古代詩詞很多，像被今人配曲演唱的李白的《窗前明月光》。

〔註12〕趙毅衡、傅其林、張怡編《現代西方批評理論》重慶大學出版社，2010年，第125頁。

「由於受到詩歌的體格、聲調的限制，在多數情況下，作者只能以潛隱的狀態敘述。敘事詩的視角變化和敘事表層結構並不清晰，其原因在於個人化敘事特點和傳統敘事詩創作觀念的影響。」〔註13〕

而當代歌曲中「我們」被省略，往往是表達的感情應該被大家分享，「我們」應成為不言而喻的人稱代詞。

Beyond 的《大地》是一首粵語歌曲，依然採取了簡省「我們」的無人稱方式。表面上看，這首歌是一種客觀描寫，實際上在呼喚「你」和「我」對如父親般歷經滄桑和艱辛的大地的強烈情懷。

在那些蒼翠的路上歷遍了多少創傷在那張蒼老的面上亦記載了風霜

秋風秋雨的度日是青春少年時迫不得已的話別沒說再見

回望昨日在異鄉那門前唏噓的感慨一年年但日落日出永沒變遷

這刻在望著父親笑容時竟不知不覺的無言讓日落暮色滲滿淚眼

而竇唯作詞作曲的《高級動物》，如果沒有歌曲「我對你說」這個基本表意模式的指稱，如果沒有最後一句隱藏著逼迫捲入被召主體「你」捲入，我們無法就把其作為歌來閱讀，這只是一連串形容詞的堆砌：

矛盾虛偽貪婪欺騙幻想疑惑簡單善變

好強無奈孤獨脆弱忍讓氣忿複雜討厭

嫉妒陰險爭奪埋怨自私無聊變態冒險

好色善良博愛詭辨能說空虛真誠金錢

幸福在哪裏幸福在哪裏

但一旦此文本進入歌的語境，這些形容詞被很快就被重構出事物的主語，歌眾也就會自然理解了言說主體的意圖：這個「我們」沒有出現，卻有著強大的指稱能力。

總結以上四種人稱關係的變體，我們可以發現，歌曲的基本表意格局依然是「我對你說」。在這些變體中，很容易做出一個代詞使用方式順序：

第一類：歌詩中「我」與「你」人稱同時，出現得最多。

第二類：「我」或「你」只出現一個，隱含另一個，人稱關係出現了曲折。

第三類：第三人稱或多人稱組合的出現，這是人稱關係進一步複雜化得表現，這在當代歌曲使用頻率上中有上升化的趨勢。相對於前兩種，它們表現出

〔註13〕陳中偉《中國古代敘述詩的隱藏作者》，《東嶽論叢》2008 年第 6 期。

特殊色彩。

　　第四類：「我們」或「無人稱」，在歌詩中，尤其是情歌為主題的歌曲中，用得最少。歌曲雖然是一種「公共體裁」（communalgenre），但個體化是歌詩的主調。

　　當代歌曲中明顯的人稱指稱，和當代人的情感和很大的關係，尤其在情歌占多數的中，性別關係的建構，與上述四種人稱關係變體的對應。比如，「我」與「你」人稱同時出現，是最自然也是最直接的交流方式；第二類「我」或「你」只出現一個，隱含另一個的關係，也隱喻了人際關係的表達曲折；在第三類第三人稱或多人稱組合的人稱關係變體中，人際關係的建構已經有了較遠的距離，而這種距離也更能反映當代人情感的複雜性；第四類「我們」或無人稱關係的歌曲，在人際關係建構中很少顯示出直接的影響。

第五章　歌詩的演示性

第一節　表演與演示性

　　歌詩的表演，則是另一種文本形態，即演示表演性文本。也就是，通過現場或 MV 媒體形式，在線現場音樂會形式，以歌手形象為中心，配合聲音、圖像、舞臺等現場表演形式文本。這種演示性的表演文本，就如塔拉斯蒂的描述：「展現一種存在變成另一種存在，是一種轉化。」[註1]

　　「表演」（performance）」一詞有多種含義，如，表現，演出；行為，行動；性能，特性，效率，演績；履行，實行，執行，完成等。它涉及到人類行為諸多層面，如藝術行為（表演、演奏等）；平常生活中的踐行活動（操作、實行、表現等）；介於藝術與日常行為之間的某些社會行為（宣講等）；哲學範疇中的言語行為（行為功能等）。因此，對「表演」（performance）的研究也往往會拓展到多個方面。理查·謝克納（Richard Schechner）在《人類表演與社會科學》一文中指出：「日常生活中的表演，各式各樣的集會；運動、儀式、遊戲和公眾政治行為；解析傳播中非書面語言的各種模式；人類與動物行為模式間的聯繫，尤其在遊戲和儀式化的行為方面；心理治療中強調人與人之間的互動，行為表達，以及對身體的意識；人種學和史前學，包括外來的和熟悉的文化；統一的表演理論，即行為理論等方面有所涉入。」[註2] 這種廣義的表演包括「儀式、體育、遊戲、表演藝術，還涉及社會、職業、性別、種族和階級，甚至醫

〔註 1〕埃羅·塔拉斯蒂《表演藝術符號學：　個建議》，段煉、陸正蘭譯，《符號與傳媒》，2012 年第 8 期。

〔註 2〕理查·謝克納，孫蕙柱主編：《人類表演學》，北京：文化藝術出版社，2008 年版，第 1～2 頁。

-203-

學治療、媒體、網絡中的角色扮演行為」。〔註3〕

　　所有表演藝術的載體離不開身體，即便是器械表演（例如樂器演奏），都必須有「身體性」。表演者的身體感覺，包括發聲，都是控制表演符號表意行為的基礎。那麼表演的接受者呢？當觀眾看到一個飛翔姿勢（如芭蕾舞的一個托舉），觀眾自己能否做到？當然一般人無法做到，沒有這個能力。儘管不能心嚮往之，但觀眾依然可以依靠心理「內模仿」抵達此飛翔飄然境界。這種身體的感應，是表演的理解和接收，不只是意義性的，還有身體性的：身體感覺是表演符號的核心。它也是表演藝術區別與其他符號藝術的本質性特徵。這也是現場音樂會形式帶給觀眾不一樣的更多的身體性體驗。文明越來越成熟的當代人，所用的符號體系越來越精微、複雜、抽象，而表演這種原始的身體性卻令我們想起來到這世界的狀態：一切回到感性當中，回到諸種感覺中最基本的身體、乃至於肌肉感覺，這是表演藝術研究的出發點，也是表演藝術最「人性」的特點，也是現場音樂會最有魅力的地方。

　　所有的表演本身都是緊張的，哪怕簡單到朗誦一段臺詞，唱一首歌。因為表演必須強調表現對象的某種外部特點。例如，一句歌詩「綠葉對根的情意」，要讓觀眾感到「情意」。即需要聲音力度、情感甚至表情，身體姿勢的展示。這實際上也是所有表演藝術符號學的關鍵——展示。展示即外化。如果一個表演不能外化，表演藝術便不存在。在戲劇和電影表演中，許多表演藝術體系（例如著名的「斯塔尼斯拉夫體系」）要求演員「全身心地與角色合一」。這個充滿悖論的要求，正是專業演員的基本要求。因為對演員來說，「合一」的「內化」是演員自身訓練的途徑，一旦進入舞臺表演，觀眾要看到的卻是「外化」，而且是約定俗稱的外化，只有這樣，才有可能讓觀眾明白模仿表演的出發點和意義。

　　表演不僅是組合關係，而且是有深度、有層次的組合。一個本文有「表演動機」和「主題動機」兩個不同的概念。表演文本在時間上是線性的，拓撲式的，其組成成份之間有主次、緩急、輕重等關係存在。

第二節　歌唱的演示特徵

　　歌詩演唱表演作為一組意義符號組合，以聲音、造型、肢體動作等人類共通「語言」，通過不同的各種感覺渠道，以不同的符碼，配合表演場景，一起

〔註 3〕Richard Schechner, *Performance Studies: An Introduction*, London and New York: Routledge, 2002.2.

整合傳達符號意義。在表演性歌唱中，每一種語言都有其特定的符碼：例如：歌詩、音樂，作為聽覺符號，而表情、動作甚至舞臺裝置、場景呈現等為視覺符號。黑格爾曾強調戲劇表演中的詩歌的重要性：「真正的戲劇表演藝術，只涉及朗誦臺詞、面貌表情和動作的方面，詩的語言始終起著決定作用的統治力量。」〔註4〕事實上，對於歌曲來說，雖然帶有語義的歌聲應該是主導性的符碼，但表演，作為一種符號行為，它也是為了傳達和歌曲文本意義相一致身體語言，不僅外化，還強化歌曲的情感意圖和效果。正如有學者的描述「歌曲的歌詩是音樂作品的『靈魂』，無論是參與搖滾演出現場、還是個人聆聽專輯作品，歌詩往往將欣賞者帶入一種『想像』的象徵性空間之中，在聽賞的過程之中，歌曲的歌詩引導著欣賞者在體會音樂作品同時，也與歌曲的旋律一起共同形成一種想像空間」，而表演者與觀眾也正是在這種有別於日常生活中的、『想像空間』之中得到真正的『解放』與『宣洩』」。〔註5〕

　　首先，表演文本必須具有意動品質，所謂意動品質，即發送者與接收者之間的意向性聯繫，它是某些體裁特別注重的文化功能──期盼接收者在接收文本之後採取行動以「取效」。雅克布森著名的符號主導功能論指出：「當符合表意側重於接收者時，符號出現了較強的意動性，即促使接收者做出某種反應」。〔註6〕即文本的「意動性」。趙毅衡在其專著中指出：「意動性是許多符號過程都帶有的性質。」為此，他將符號文本「多少都有以言取效的目的」稱為「普遍意動性」。〔註7〕但歌曲的意動更注重「以言取效」。

　　「以言取效」來自於奧斯汀的言語行為說，奧斯丁1961年出版的《怎樣以言行事》一書，將充滿實踐性的日常言語分成兩類：證實性言語（constative utterance）和表演性言語（performative utterance）。證實性言語針對既成事實做出正誤判斷，表演性言語本身就是具體的行為，不涉及對錯之分。在此理論基礎上，奧斯丁進一步區分出三類言語行為：語內表演行為（illocutionary）、非語內表現行為（locutionary）和言語表達效果行為（perlocutionary）。

　　按此理論分類，我們可以看出，歌曲是一種典型的表演性言語，而歌唱是

〔註4〕黑格爾《美學》第三卷（下），北京：商務印書館，1981年，第270頁。
〔註5〕付菠益《宣洩的儀式──中國大陸搖滾樂的音樂人類學研究》，中國藝術研究院博士論文，2008年。
〔註6〕羅曼·雅克布森「語言學與詩學」，見趙毅衡編《符號學文學論文集》，天津：百花文藝出版社，2004年，第169～184頁。
〔註7〕趙毅衡《廣義敘述學》，成都：四川大學出版社，2013年，第120頁。

典型的表演性行為（performative speech-act）。表演性言語行為，即以言行事，言語行為本身就是一種創造和生成行為，表演性否定了語言表現和文化符指針對事實和現實的可能性，將語言表現行為和文化符指行為自身建構成開放、延異的序列。而在這過程中，各種文化就成了被語言符號建構的對象，也是建構的結果，表演性成了表演行為驅動下由文化符號元素構成的符號集合體。

奧斯汀的三種言語行為：以言言事，即說出一句有意義的話，表達一種意義；以言行事，完成交際的任務：說事、做事、起效；以言成事，通過說某事而造成或獲得某種結果。〔註8〕這最後一個類型，即是本文這裡著重討論的：當一個或一種文本的意圖性指向接收者時，語句目的是成事（perlocutionary），在接收者身上產生效果。〔註9〕雅克布森強帶意動性最極端的形態是句、祈使句。這些意動性語態在歌曲中體現得最為集中和頻繁。比如《義勇軍進行曲》中唱道：「起來，不願做奴隸的人們，把我們的血肉築成新的長城。」這是再清晰不過的意動。

其次，歌曲的演示性演唱，可以被干預。例如掌聲、喝彩，可以讓表演者越演越有勁。比如讓一個演唱者高音的持續延長，超過平時操練時的聲音極限。至於音樂會聽眾參加進來的合唱，一向是歌手製造演唱會高潮氣氛的訣竅。就像西方學者大衛‧R‧沙姆韋之所以「把搖滾視為某個歷史階段一種特殊的文化活動」，〔註10〕是因為他認為，它「是演奏者和聽眾共同參與的活動。」〔註11〕歌曲的表演總是帶有強烈的互動性。

這種現場被「干預感」，實際上在音樂的現場演唱會上，是一種效果意圖性的追求和體現。歌曲表演藝術符號傳達的「可被干預潛力」，即互動性可能，是接受者的感覺，是一個交流過程。這一點與斯坦尼斯拉夫斯基所描述的戲劇交流很相似：「觀眾能夠創造出一種精神上的共鳴條件。他們一方面接受我們的思想感情，一方面又像共鳴器一樣，把自己活生生的人的情感反應給我們。」「演員通過角色同演員交流，同時與觀眾發生間接的交流。這種交流不僅具有直接的動作，同時還是一種心靈之間的交流，這樣就使戲劇的表演具有了雙向

〔註 8〕參見邱惠麗「奧斯汀言語行為論的當代哲學意義」《自然辯證法研究》2006 年
　　　　7 月號，第 37～42 頁。
〔註 9〕John R Searle, "A Classification of Illocutionary Acts", *Language in Society*, Vol 5,
　　　　no. 1, April 1975, p.5.
〔註10〕王逢振《搖滾與文化》天津：天津社會科學院出版社，2000 年，第 57 頁。
〔註11〕王逢振《搖滾與文化》天津：天津社會科學院出版社，2000 年，第 59 頁。

的性質。觀眾的笑聲、眼淚、掌聲或者嘘聲，激動或者沉默，都是對演出的反應，都是和演員進行的交流。當然演出的交流並不僅是行動上的響應，還表現在心靈的默契上。這種雙向性的交流使觀演關係處於一種共同的空間。」〔註12〕

最後，演示性歌唱是「沉浸式」的。皮爾斯認為，符號的意義在於解釋產生的效果，為此他把符號「解釋項」分為三類：「一、情緒解釋項（emotional interpretant），它是某些符號能夠產生的唯一意指效力；二、能量解釋項（energetic interpretant），它是一種非常強勢（muscular）的意指行為，常常作用於內心世界，主要發揮其心靈作用（mental effort）；三、邏輯解釋項（logical interpretant），它由符號過程所引起的效力構成。」〔註13〕歌詩作為一種情緒意動性符號，現場最能展現並體現這種意動和「沉浸」效果。

這一點，與戲劇的表演性很不相同。不少戲劇要求的就像布萊希特提出的「間離」效果：要求演員和角色保持一定距離，即隨著戲劇的全面發展，演員可以不用全身心投入到角色中，不是去體驗人物角色，而是行使批判這一職能。這是因為「演出開始了敘述。敘述者不再同第四堵牆一起消失了。背景不僅僅為舞臺上所發生的事情作注釋了，因為通過巨幅的銀幕可以使其他許多事件同時在另一些地方發生，可以用幻燈引用文獻來證明或駁斥劇中人的論點；可為抽象的討論提供確切、具體的統計數字；舞臺上所發生的事情雖然是有立體感的，但當它們的含義不清時可通過銀幕來為它們提供事實和數字」〔註14〕。

最後，音樂的現場表演是互動儀式性的。這很接近阿爾托描繪的戲劇表演中追求的類似於祭祀儀式中喚起的「臨界狀態」（也叫「傳遞狀態」）：「在觀眾身上完成（進行）一種驅邪術，應該醫治在文明中病得不輕的西方人，（醫治的方法就是）在觀眾身上重新產生『生活』和『人』——不是『具有不同感情和性格特徵的人』」。〔註15〕這種儀式性的表演，作用於觀眾的心理，引發觀眾

〔註12〕斯坦尼斯拉夫斯基《斯坦尼斯拉夫斯基全集》第二卷，北京：中國電影出版社，1985年，第318頁。

〔註13〕皮爾斯《皮爾斯：論符號》，趙星植譯，成都：四川大學出版社，2015年版，第45～48頁。

〔註14〕貝·布萊希特《演員要引起觀眾的批判》，聶晶譯，載於《論觀眾》，艾威爾遜等人著，李醒等譯，中國藝術研究院外國文藝研究所、外國戲劇研究資料叢書編委會編，文化藝術出版社，1986年，第205頁。

〔註15〕艾利卡·費舍爾·李希特：《行為表演美學——關於演出的理論》，余匡復譯，上海：華東師範大學出版社，2012年版，第277頁。

迷狂。

歌都是欲望之歌，歌詩總是表現欲望。即使歌詩描述的是勞動的快樂，戰鬥的激情，其基本動力，依然是欲望。歡樂的歌，表達欲望獲得的喜悅；悲傷的歌，表達欲望無法達成的憂傷。而無意識本身是欲望的，是被文明、被語言壓制住的欲望，這個欲望的能量，用無法表達的方式驅動我們每個人，也驅動整個社會。這種驅動有所謂「正常」的文明的表達，即人的社會活動，但也有偶然的「出格」的表達或發洩，歌可以成為這樣一種潛意識動力的出口。殷國名在分析大眾文化和人的本能關係時，指出大眾文化正是圍繞「本能」這個焦點建立了自己堅不可摧的立足點，並由此與正統的意識形態進行這長期的抗衡。「大眾流行文化一向具有顛覆的文化功能，從文明的誕生之日起，就承擔者人類本能和潛意識的『代言者』的角色。」〔註16〕

蘭德爾・柯林斯（Randall Collins）的「互動儀式鏈」理論（interaction ritual chains）也為此歌唱互動行為作出了一個精闢的意義歸納，「互動儀式的核心機制是相互關注和情感連帶，儀式是一種相互專注的情感和關注機制，它形成一種瞬間共有的實在，從而會形成了群體團結和群體成員身份的符號；也為每個參與者帶來了能量情感」〔註17〕。

第三節　演示的群體性

歌詩的演出是群體性，包含著強烈的互動與交流。演出意義的製造過程，也就是演出者與參與者共同製造的意義的顯示過程。

塔拉斯蒂在研究表演藝術符號學理論中，提出了一個重要觀點，即表演藝術的其核心是身份主體問題。塔拉斯蒂改造並發展了他的恩師格雷馬斯的符號方針為「Z」形方陣，以說明表演中的自我與社會的互動關係。這個 Z 形方陣與與格雷馬斯方陣的最大區別，在於強調了符號過程（semiosis）的進展方向。理解塔拉斯蒂這個 Z 形方陣，不是一件容易之事，但我們可以從塔拉斯蒂本人在其《存在符號學》一書中的闡釋，找到解開玄關的鑰匙。

從身份概念各種理論來看，表演者的身份極其複雜。趙毅衡在其《符號學》

〔註16〕殷國明《女性誘惑與大眾流行文化》，上海：華中師範大學出版社，2008 年，第 59 頁。
〔註17〕蘭德爾・柯林斯：《互動儀式鏈》，林聚任等譯，北京：商務印書館，2009 年，第 79 頁。

一書中曾提出舞臺上的演員在六種身份之間的移動：

　　　　我認為我是的那個人（自我 self）

　　　　我希望他人以為我是的那個人（面具 persona）

　　　　導演希望我是的那個人（演員 actor）

　　　　導演用以展示符號文本的那個人（角色 character）

　　　　觀眾知道我本是某個人（我的人格 person）

　　　　被我的表演推動形象我是的那個人（角色人格 personality）

　　如果將其觀點移用到塔拉斯蒂的 Z 形方陣：

Moi（self 自我）

Soi（角色人格）

這樣理解，表演就成了演員自身從本色自我（moi）向本色的非我（soi）一步步推進的符號過程，從「總的個人事實」，向「總的社會事實」的一步步過渡。這個符號表意過程就成為一個充滿張力的生成過程。

　　如此的表演藝術過程，就使人完全脫離了表演的純身體性，而成為一種非常複雜的社會現象、文化現象。

　　歐文‧戈夫曼（Erving Goffman）在《日常生活中的自我呈現》一書中，也特別強調「社會舞臺」演出的社會性。他指出，表演是日常生活情境中，通過人際互動，達到自我「印象管理」的一種手段──個體以戲劇性的方式（「走上舞臺的個人」）在與他人或他們自身的互動中建構自身（「給予某種他所尋求的人物印象」），獲得身份認同，其中，個體與他人的參與（即手段的「施展」）形成了一個符號互動過程。〔註18〕戈夫曼談到的表演的主體是作為角色的個人，它具有多重身份──既是具體表演過程中的導演和行動者，又是呈現文化規約的社會成員，蘊含了社會與自我之間的辯證關係。也就是說，經文化、社會與自我三者之「塑形」，表演者完成了「角色」的扮演與意義的表達。這一點與塔拉斯蒂的觀點很接近。可見，個體的身份認同不完全是由社會規範決定的，演出事件既是真實的，又是藝術的。

────────────

〔註18〕歐文‧戈夫曼《日常生活中的自我呈現》，黃愛華等譯，浙江人民出版社，1989年。

實際上，在歌詩表演中，主體承擔的意義責任更大。歌詩的歡樂的確造成「生命奮進」，而這在歌者與歌眾兩種主體之間的互相融合甚至互相轉化（歌眾與歌者互換位置）才有可能。這裡有一首歌《Super Star》：

> 笑就歌頌，一皺眉頭就心痛，
> 我沒空理會我，只感受你的感受。
> 你要往哪走？把我靈魂也帶走，
> 它為你著了魔，留著有什麼用？
> 你是電，你是光，你是唯一的神話，
> 我只愛你，you are my super star
> 你主宰，我崇拜，沒有更好的辦法，
> 只能愛你，you are my super star

當歌手 S.H.E 組合在舞臺上狂熱地演唱，臺下的歌眾也在狂熱地歌唱的時候，歌將歌星與歌眾的距離消解了，歌星與歌眾之間的相互取悅，誰是誰的超級明星？是臺上所代表的製作精英的芸芸歌星，還是臺下的歌眾？很難分清真正的超級明星。是明星製造了大眾，還是大眾製造了明星？誰在「主宰」另一批人的「崇拜」？這首歌非常有趣。歌者之歌與歌眾之歌之間的關係，是對唯我論式的主體性最後的否決，最終拆毀。當歌眾呼應著，在心裏在嘴上跟著哼唱時，「你」的指向變化了，變成一種類近自戀的身份認同。他們傳唱的「我」，已經不在是在歌中被成為「你」的對象，而是作為對象開始主體化。這時連歌星所代表的製作精英，他們寫出、譜出、唱出了的「我」，與「你」語境很難分清，他們先在的主體性似乎開始對象化。

文本的模態，就是文本的意圖性，在文本中表現在兩個地方：一是文本之內的詞語意義，一是口氣、場合、體裁等文本外語境條件。相比而言，文本內的形式品格雖然比較清楚，在主導格局上卻是次要的；文本外的語境條件，才是主要的決定因素。因為語態品格超出文本，是發出者與接收者之間的一種文化意向性契約，由於這個契約，接收者願意回應發出者標明的某種意圖。

在歌詩研究中，我們可以發現這種關係極為具體。可以舉汪峰作詞作曲的《存在》這首歌為例稍作分析：

> 多少人走著卻困在原地多少人活著卻如同死去
> 多少人愛著卻好似分離多少人笑著卻滿含淚滴
> 誰知道我們該去向何處誰明白生命已變為何物

是否找個藉口繼續苟活或是展翅高飛保持憤怒我該如何存在

這首歌用一連串的悖論語句，陳述一種哲理，一種有關生存意義的觀點：我們的生存目的與我們當下的境況經常是背離的，因此人生經常是無可奈何做與願望相反的事。這樣一分析，《存在》的文本方式應當是「陳述式」。但實際上這只是語句的內部語義造成的假象，這首歌曲，不是用來討論哲學的，而是用來意動的。它希望聽到並傳唱的人拒絕苟活，而是振作起來「保持憤怒」，是在號召歌眾採取行動，勇敢地「展翅高飛」，過一種積極的人生。因此，即使再哲學，再「陳述」的歌曲，最終也不會丟掉它的意動目的。歌詩作為群體性的本文，總是在提供一種對話情境，此「對話情境」呈現出一種祈使式的呼籲。

請注意《存在》的最後一句，方式很特殊，不是祈使句而是疑問句，這是歌曲常用的另一種意動方式，用疑問句掩蓋要求對方採取行動呼籲，以緩和命令的嚴厲或迫切程度。意動式可以無限延伸的，很多歌眾認為，這是一種更跟寬泛的請求，希望不要被拋棄。因此，意動表意是可以無限延伸的，我個人稱之為「無限意動」，因為不同各種可以發展出完全不同的意義，但不管是求愛，求支持，求接受，依然是意動性的表達。

歌詩的這種「無限意動」方式，很接近接近皮爾斯所說「無限衍義。即：「一個符號，或稱一個表現體，對於某人來說在某個方面或某個品格上代替某事物。該符號在此人心中喚起一個等同的或更發展的符號」。〔註19〕符號的意義必須用一個新的符號來表達，符號的意義，就是被另一個符號替代的潛力。當「下里巴人」被一代代唱下去時，「陽春白雪」無法被傳唱，便消失了。因此，歌詩的意義必須用新的傳唱來實現，理想的「歌眾」，應該作為一個新的符號文本的「再創作主體」，賦予歌詩新的含義。

儘管在上文，我們說到了歌眾是一種強力的能動受眾，發揮著特殊文化功能，但作為一種特殊的意動體裁，在其生產和流傳過程中，它的影響力也受制於與其他每一環之間的深層互動。

歌唱行為完美地體現哈貝瑪斯提出的共同主體論，能使自我與他者緊密地交融，它也是最好的符號範例。在歌詩中，在演唱活動中，「我」與「你」的語境不斷變化，就如搖滾歌手崔健的描述，歌詩當中的「你」是飄移的，有

〔註19〕Charles Sanders Peirce, Collected Papers, Cambridge Mass.: Harvard University Press, 1931～1958, vol 2, p. 228.

時候這一句話落在一個人身上，下一句話就變成我就是那個「你」，再下一句話就感覺這是一個社會了，再下一句話又可能變成了一個旁聽者，這個「你」是浮動的。

理查德‧鮑曼（Richard Bauman）在其著作《作為表演的口頭藝術》[註20]一書中把表演視為一種交流現象（communicative phenomenon），從口頭交流，到表演情境中的整個動態過程，都強調了「意義共同體」的生產與建立。

歌唱將主體與生活世界的經驗發生關聯，靠共同遭遇的感情震動發生關聯，正如黑格爾所說：「分配給音樂的艱巨任務就是要使這些隱藏起來的生命和活動單在聲樂裏獲得反響，或是配合到樂詞及其所表達的觀念，使這些觀念沉浸到上述感情因素裏，以便重新引起情感和同情共鳴。」[註21]歌詩的功能在於建立個人之間的關係和情感共鳴。這種社會境界，在哈貝馬斯稱作「交往行動」（communicative Action）：「通過這種內部活動，所有參與者都可以相互決定他們個人的行動計劃。因此可以無保留地追求他們非語言活動目的。」[註22]然而，哈貝馬斯認為，在失去了合法性的晚期資本主義社會中，這樣的可能性不可能實現，在這種社會中，人的交往不合理，因為人成為機械的工具，不可能表現出主體的需要。只有在理想的社會中，交往才能取得共同的主體性，才能使各個主體「無保留地」，即自由地追求他們的「非語言活動目的」，例如，用歌這種語言行為交往而達到超語言的感情溝通目的，自由地「想唱就唱」，也就是胡塞爾說的主體間的「共同奮進」。

歌詩在表面上似乎是單純的娛樂與自娛，但作為一種特殊的表意行為，它也就是一種意義行為、文化認同行為，是一種影響一個社群精神歷史的重要文化行為。

[註20] 這最早是作者 1975 年的一篇論文，1977 年擴充為單行本。在此基礎上的另一本著作《故事、表演和事件——從語境研究口頭敘事》（Story, Performance, and Event: Contextual Studies of Oral Narrative, 1986）以作者所搜集的在德克薩斯流傳的口頭敘事作為個案分析，是其表演理論的實踐運用。

[註21] 黑格爾《美學》，第 3 卷，北京：商務出版社，1979 年，第 345 頁。

[註22] 哈貝馬斯《交往行動理論》，第 1 卷，重慶：重慶出版社，1994 年，第 372 頁。

第六章　歌詩人與歌手詩人

第一節　歌手、詞人與歌手詩人

　　歌手、詞人、歌手詩人，是 20 世紀人類歷史上第一次形成氣候的藝術家群體，他們以歌詩為聚集點，形成當代世界文化的新型力量，影響並改變著當代音樂文化的生態。

　　筆者把這樣的一批藝術家，分為三類，「詞人」，即歌詩的創作者；歌手是歌詩的演唱和表演者；而歌手詩人，則身兼二者，既能創作歌詩，也能自己譜曲，並且自己演唱，他們是跨界的藝術家，十分難得。應該說，這三者在當代音樂文化傳播，促進音樂產業發展都起到了巨大作用。尤其是後者，歌手詩人這樣的創作全才，在全世界日漸增多，成為當代文化景觀之一：他們不僅創造了一種全新的音樂—文學體裁，而且開闢了一個歷史上從未有過的藝術範疇。他們中很多也是世界上許多國家，對大眾影響最大的文化名人。比如，美國的歌手詩人鮑勃・迪倫，2016 年，以其「在偉大的美國歌謠傳統中，創造了嶄新的詩意表達」，登上了世界文學的最高領獎臺。這不僅是歌詩的文學和文化意義再次彰顯，而且也讓我們看到了流行音樂如何同高雅詩歌創作日益結合，而這種歌詩傳統，以及歌手詩人在傳媒時代是如何發揮更大的文化影響。

　　應該說，這類「歌手」中國自古就有。只是古代唱歌的歌手和詩人、詞人的創作分開，尤其是專業的歌舞藝人的地位低下，加上中國的樂譜記錄不發達，更沒有當代新媒體技術的音像保存，所以歌手的歷史也只有保存文獻中的記錄。

　　春秋戰國時代就有不少的善歌者，秦青、薛譚、韓娥、王豹、馬駒等。《列子‧湯問》中記載韓娥的歌聲「餘音繞梁，三日不絕。」秦青的歌聲「聲振林木，響遏行雲」。這些多為民間歌手，很大可能是自己即興的自然歌唱。但此類民間歌手，哪怕類似於韓娥這樣的賣唱藝人，正如文獻描述，歌聲的感染力極強，而且影響也極大，能帶動其他人善歌。

　　　　昔韓娥東之齊，匱糧，過雍門，鬻歌假食。既去而餘音繞梁，
　　三日不絕，左右以其人弗去。過逆旅，逆旅人辱之。韓娥因曼聲哀
　　哭，一里老幼悲愁，三日不食。遽而追之。娥還，復為曼聲長歌，
　　一里老幼喜躍抃舞，弗能自禁，忘問之悲也。乃厚發之。故雍門之
　　人至今善歌哭，放娥之遺聲。

　　大量的文獻中對這類歌手的記錄比較簡略，比如《晉書》卷九十四《隱逸傳‧夏統傳》，描寫夏統為眾人演唱南方船歌《慕歌》《河女》《小海唱》是的情景：「統於是以足叩船，引聲喉囀，清激慷慨，大風應至，含水嗽天，雲雨響集，叱吒歡呼，雷電晝冥，集氣長嘯，沙塵煙起。」而對他的本人的介紹只是一筆帶過，「西晉會稽永興人，字仲御。幼孤貧。以孝友聞。雅善談論，隱居不仕。母病篤，詣洛市藥，賈充欲使之仕，不應。充使妓女盛服，繞船三匝，統危坐如故，若無所見聞。充稱其為木人石心。後歸會稽，不知所終。」

　　古代幾乎每個朝代都有各種音樂機構，比如，周代的「大司樂」、漢代的「樂府」，唐代太常寺及延伸出去的「教坊」「梨園」以及宋代的「大晟府」等。這些專司音樂的機構中的樂工，歌伎，更是人才濟濟。比如，魏武帝曹操喜歡四曲中的但歌，而宋榮華善唱此歌「清澈好聲」為「當時之特妙。」〔註1〕這個「宋榮華」顯然是個樂工歌手。曹丕在《答繁欽書中》，有一段對守宮王孫世之女孫鎖的歌舞表演的稱讚：「振袂徐進，揚蛾微眺，芳聲清澈，逸足橫集，眾倡騰遊，群賓失席。然後修容飾妝，改曲變度，激情角，揚白雪，接狐聲，赴危節。於是商風真條，春鷹度吟，飛霧成霜。斯可謂聲協鍾石，氣應風律，網羅《韶》《濩》，囊括鄭衛者也。」其中表演者孫鎖也是個藝伎。

　　古代歌詩人很多，文人善詩是常態，但文人善音樂，善歌也多有文獻記載。比如魏晉時期的嵇康「常修養性復食之事，彈琴詠詩，自足於懷。」〔註2〕阮籍「嘗於蘇門山遇孫登，與商略終古及棲神導氣之術，登皆不應，籍音長嘯而

〔註1〕（唐）代房玄齡《晉書》，卷二十三《樂志下》，第716頁。
〔註2〕（唐）代房玄齡《晉書》，卷四十九《嵇康傳》，第1374頁。

退。至半嶺，聞有聲若鸞鳳之音，響乎岩谷，乃登之嘯也。」〔註3〕司馬昭坐席也「箕踞嘯歌，酣放自若。」〔註4〕謝鯤「通簡有高識，不修威儀，好《老》《易》，能歌，善鼓琴。」〔註5〕這些有關詩人唱詩的記錄不僅存在於記錄魏晉玄遠風度的詩人，很接近「歌手詩人」的記載。

每個朝代幾乎都有以歌詩以歌詩才華成名的詩人，比如明代後七子的謝榛，善歌也善詩，名副其實的「歌詩人」。《明史·文苑傳三》云：「謝榛，字茂秦，臨清人。眇一目。年十六，作樂府商調，少年爭歌之。已折節讀書，刻意為歌詩。西遊彰德，為趙康王所賓禮。」謝榛音樂與詩，雙才具備，深音歌詩之道。他的《詩家直說》中，多次談到歌詩聲韻與歌唱抑揚二者關係，甚至從一個歌詩人的歌唱的疾徐出發，有為名家改詩之佳話，比如其《詩家直說》第三十六條云：

> 杜牧之《開元寺水閣》詩云：「六朝文物草連空，天淡雲閒今古同。鳥去鳥來山色裏，人歌人哭水聲中。深秋簾幕千家雨，落日樓臺一笛風。惆悵無因見范蠡，參差煙樹五湖東。」此上三句落腳字，皆自吞其聲，韻短調促，而無抑揚之妙。因易為「深秋簾幕千家月，靜夜樓臺一笛風。」乃示歌詩者，以予為知音否邪？〔註6〕

中國古代，有嚴格的樂府制度，他們對中國的音樂發展，作出了巨大貢獻，但音樂人的地位並不高，相反，詩人和詞人的地位極高。哪怕像柳永這樣清貧的詞人，在文學史上地位，也會比無名藝人的地位高得多。《舊唐書》中記載溫庭筠善音樂：「士行塵雜，不修邊幅。能逐吹之音，為側豔之詞。」〔註7〕《唐才子傳》中記載杜牧也善音樂：「牧美容姿，好歌舞，風情頗張，不能自遏。」薛能也能作詩唱詩，其《純詠》云：「春來還似去年時，手把花枝唱竹枝。狂瘦未曾餐有味，不緣中酒卻緣詩。」張祜的詩中更有很多聽歌觀舞以及樂器的描寫。如《箏》《歌》《笙》《五弦》《笛》《舞》《箜篌》《簫》《觀宋州於使君家樂琵琶》《聽崔莒侍葉家歌》等。這些詩人，可以作詩作詞，善音樂，但並不從事表演。像唐代姜夔這樣能自度曲（自己寫詞，並譜曲，甚至自己演唱），稱得上真正的歌手詩人的極少。

〔註3〕（唐）代房玄齡《晉書》，卷四十九《阮籍傳》，第 1362 頁。
〔註4〕余嘉錫《世說新語箋疏》，北京：中華書局，1983 年，第 766 頁。
〔註5〕（唐）代房玄齡《晉書》，卷四十九《謝鯤傳》，第 1377 頁。
〔註6〕李慶立、孫慎之《詩家直說箋注》，山東：齊魯書社，1987 年，第 356～359 頁。
〔註7〕嚴壽澂校編《張祜詩集》，第 7 卷，南昌：江西人民出版社，1983 年，第 119 頁。

晚明的王襞的成名與謝榛相似，因為善歌在童年時就受到王守仁的青睞，《明儒學案》卷三十二《處士王東崖先生襞》云：「王襞，字宗順，號東崖，泰州人，心齋之仲子也。九歲隨父至會稽，每遇講會，先生以童子歌詩，聲中金石。陽明問之，知為心齋子，曰：『吾固疑其非越中兒也。』令其師事龍溪、緒山，先後留越中幾二十年。心齋開講淮南，先生又相之。心齋沒，遂繼父講席。往來各郡，主其教事。歸則扁舟於村落之間，歌聲振乎林木，恍然有舞雩氣象。」〔註8〕

中國古代歌手詩人不成氣候，原因絕大多數在於中國的階層等級制度。表演者多為藝人階層，他們服務於宮廷生活的需要。而極少數文人喜愛音樂，也只是個人喜好，甚至是個人排遣方式。《明文海》卷四百五十八《陶子沾墓誌銘》說陶子沾「窮居一室，杜門自樂，飲酒歌詩，形影相答」。李夢陽《梅山先生墓誌銘》記載鮑梅山豪酒能歌：「李子有貴客，邀梅山。客故豪酒，梅山亦豪酒，深觴細杯，窮日落月。梅山醉，每據床放歌，厥聲悠揚而激烈。已，大笑，觸客；客亦大笑，和歌醉歡。」〔註9〕歌手的演唱和音樂風格影響了歌詩的創作，這一點不少學者作出研究，比如趙敏俐在分析漢代歌詩的發展時，得出「漢代歌詩是漢代社會的『流行藝術』，是那個時代的專業藝術家為滿足當時的城市民眾，主要是宮廷回族、達官顯宦和住在城市裏的富民階層觀賞娛樂需要創作的。所以它在藝術形式上首先打破了傳統的雅樂的舒服，在形式上顯得靈活多樣。特別在鼓吹鐃歌十八曲和相和諸調歌詩，在詩體上幾乎沒有重複，一篇一個樣子。」〔註10〕吳相洲對晚唐才子詞人（杜牧、薛能等）的分析得出：「晚唐詩被公認的特點是缺少風骨，而缺少風骨的作品中，才子詞人的表現風情的歌詩詩典型，可以說晚唐才子詞人的創作繁榮，在一定程度上推動了綺靡詩風的形成。」〔註11〕

當代歌詩的發展對古代歌詩境況很不相同，尤其最近三十年，隨著社會經濟以及傳媒技術的發展，音像記載技術（從電影到錄像，到 MTV，MP4 技術等等），使歌者從無名無形地位突然變成歌曲的「面孔」，甚至歌曲的主人。歌手已經成為當代文化產業的中心，成為時代的「明星」，為歌手量身打造歌曲

〔註8〕黃宗羲《明儒學案》卷32《處士王東崖先生襞》，浙江：古籍出版社，2002年，第839頁。

〔註9〕李夢陽《空同集》卷45，影印文淵閣《四庫全書》本。

〔註10〕趙敏俐《漢代樂府制度與歌詩研究》，北京：商務出版社，2009年，第393頁。

〔註11〕吳相洲《唐代歌詩與詩歌》，北京：北京大學出版社，2000年，第243頁。

似乎已近成為音樂文化產業的一個常態，這樣的新的音樂文化格局是前所未有的。最為特別的是一大批創作型歌手，也就是本書稱之為的「歌手詩人」站在了舞臺的中央，因此，應當說，這是個現當代文化的特殊現象，他們用他們創作的歌詩、音樂和演唱風格，來影響觀眾，改變歌詩的意義。

第二節　歌手詩人與歌曲的文本身份

　　歌詩的演唱，是歌手詩人區別於其他明星的獨特之處，歌手詩人作為象徵符號意義的生成，離不開他所使用的歌詩文本。歌詩文本就是為了表達意義才出現的，因此不可能有不表達意義的歌詩文本。然而，任何文本的發送與接受，必須有個文本身份作為支撐。作為接收者的我們不一定要追究文本發出者的個人身份，也經常不知道文本是誰創作的，是誰發送的，但作為社會文化交流中表達的一種意義，文本本身必須具有文本身份，即社會性的身份：比如同樣禁止做某種事情的內容，可以是一份政府公告，也可以是法律條文，我們由此才會明白應當用什麼態度來解釋，來應答對待。這種擬人格的身份，我們可以稱之為文本身份（textual identity），它是我們理解並接受這個文本的先決條件。

　　同樣，一首歌詩文本，也有各種文本身份。歌曲演唱者的身份，與歌曲的文本身份有聯繫，但演唱者不能包辦歌曲所包含的所有文本身份。歌曲的文本身份可以分成很多種類：如體現體裁的文類身份；體現音樂流派的風格身份；體現性別的社會身份；體現時代的歷史身份；體現用途的功能身份等。歌曲文本身份是歌曲文本在文化中的定位，也體現了它對文化的依託。歌曲文本發出者與歌曲文本身份可能有聯繫：原生態的歌唱家可能來自某個鄉村，軍歌的發出者很可能有軍隊生活背景。然而，文學史又告訴我們：文不必如其人，解不必如其文。歌曲的文本身份，與發出者身份可以很不一致。就像蘇軾所說：「賦詩必此詩，定知非詩人。」寫歌者的身份，不等於歌的身份。

　　文本身份不同於發出者的個人身份，在人類文化中，文本身份經常比發出者個人身份更為重要。例如一首歌的詞作者，曲作者，策劃人，出品人，錄音師，演唱者等身份，最後結晶成歌曲的文本身份（例如「某種風格的民謠情歌」），能直接影響聽眾接收的，主要是文本身份。當我們可能無法確認它的發出者身份時，文本身份就變得更為重要。

　　因此，文本身份是文化直接作用於文本表意的結果，是文化給予一個特殊

符號文本集體的規約性，歌曲文本身份體現了文本表意的社會文化維度。

一首歌曲的文本身份，不僅僅是發出者（詞作家，曲作家，音樂公司製作者等）的價值意圖，更取決於文化的「預設」機制：商業消費主，階層分野，符號價值，性別偏好等等。人們常說的一個時代有一個時代的歌，也就是在說歌曲的文本身份在不同的時代體現出不同的社會表意。

例如 1986 年中國的第一首搖滾《一無所有》，表層文本身份是情歌，深層文本身份卻是精神追求。文革的狂熱，接著是經濟的大轉型：時代迅速變化中的一代人，身份落入空無。「這裡已經不僅僅是『我與你』的愛情問題，而是一種存在身份定位意義的追問。」〔註 12〕《一無所有》代表了歌曲文本身份的集體追求，崔健的搖滾就是通過歌曲的文本身份，重建個人身份的努力。現在我們一提起《一無所有》，就記得是「崔健的歌」，這是因為歌詩人象徵身份的確立，擁有了超強的影響力和社會識別度，對歌曲擁有了全方位的文本身份控制權。

歌曲文本身份，也是歌詩人個人的符號標誌。歌曲文本身份與個人的自我身份一樣，也有群體（人際），種族，社會，階級，性別等範疇。通常人們所說的「人以群分」（togetherness），實際上是以意義方式區分。崇拜某種經典文本的人，喜愛某種電影的人，喜歡某種網上交際的人，喜歡某種運動項目的人，仰視某個領袖的人，他們走到一起來的原因，是對某一類文本身份的認同。某個歌詩人的歌迷群，都是認同歌詩人文本身份的一類人，例如「玉米」（特指歌手李宇春的歌迷），「Jay 迷」（指歌手周杰倫的歌迷），「菲迷」（指歌手王菲的歌迷）等〔註 13〕；歌迷對某個歌手詩人的崇拜，也是對集合於此歌手名下的文本之認同，因為他們會狂熱地購買消費、傳唱此歌手演唱的歌曲文本。

第三節　歌手詩人與明星效應

「明星屬於現代的、世俗的肖像，是公眾從其舞臺與銀幕之上——與之外

〔註 12〕 王岳川《中國鏡像：90 年代文化研究》，北京：中央編譯出版社，2001 年，第320 頁。

〔註 13〕 崇拜某歌手偶像的歌迷，會在各種不同網站上建立論壇來討論詞歌手的各種問題，比如在百度網站上，歌迷通過「百度吧」建立起對歌手相關討論。比如，截止到 2016 年 12 月 6 日的數據統計，關於「李宇春」，貼子數 70824885 篇，「玉米」會員數 1153320 位；關於「周杰倫」，貼子數 80281381 篇，「Jay 迷」會員數 241386369705 位。關於 tfboys，帖子數 9466162，歌迷會員數 1441341，關於「王菲」，貼子數 7591812 篇，「菲迷」606679 位。

——的虛構外貌與表演中產生的種種理想與價值的化身。」〔註14〕歌手詩人在他們的歌迷中，就是會產生類似的明星效應。而明星就是一種偶像的象徵。「明星的魅力就在於它是世俗的神話：每個人都有機會經過努力成為明星。大眾使自己與明星認同，以明星身上摺射出的微弱的光作為脆弱的人生的依託。」〔註15〕歌手詩人形象在某種程度上是通過消費過程、知覺經驗及視聽主體的具體分布而製造出來的。某種意義上，歌手詩人完全是歌迷建構起來供他們消費的，他們以某種崇拜和希求心理，賦予了他們超強文化價值，而歌手詩人則滿足歌迷們擺脫庸常生活平談無奇的心理訴求。因此，歌手詩人在歌迷的日常生活之外意義能力中扮演著關鍵角色。正如英國社會學家柯林·坎貝爾（Colin Campbell）所言，現代消費的本質就在於追求一種自我的夢想。人們消費的核心不是在於對商品的使用價值的實際選擇、購買和應用，而是對各種想像性愉悅的追求。〔註16〕

　　歌手詩人在歌曲中演繹的情感世界，在媒體中展現的某種生活方式和態度，都是在試圖激起歌迷們某種共鳴。歌手詩人形象所代表的文化和文化價值觀，並共同證明了偶像和音樂文化之間的普遍聯繫，它們對青年觀眾有著持久而又錯綜複雜的吸引力。

　　歌手詩人因此而成為歌詩的文化景觀。德波曾說，「景觀不是影像的聚積，而是以影像為中介的人們之間的社會關係。」〔註17〕而在整個影像修辭景觀中介中，歌手詩人又扮演了中介的中介。歌手詩人代表的不是一個真實的世界，而是一個對真實世界進行選擇、分割、重組、包裝後的修辭文本，理查德·戴爾（Richard Dyer）曾說，「明星的存在是離不開媒體這一文本的」〔註18〕。現代媒體並不可能製造一個歌手詩人的真實圖像，而是經過重新編碼的修辭化的象徵世界，來滿足歌眾的情感心理需求。

　　美國心理學家埃里克森（Erik H. Erikson）指出：「在任何時期，青少年首

〔註14〕參見約翰·費斯克等編撰《關鍵概念：傳播與文化研究詞典》，李彬譯注，北京：新華出版社，2004年，第270頁。

〔註15〕陳剛《技術迷信與明星神話—大眾文化與宗教的分析》，《北京大學學報》，1996年第4期。

〔註16〕柯林·坎貝爾《浪漫倫理與現代消費主義精神》，章戈浩譯，《西北師人學報》，2006年第4期。

〔註17〕居伊·德波《景觀社會》，王昭鳳譯，南京：南京大學出版社，2006年，第3頁。

〔註18〕Richard Dyer, *Introduction in Stars*, British Film Institute, 1979.

先意味著各民族喧鬧的和更為引人注目的部分。」〔註 19〕正如赫伯迪格的描述：「一種具有重要意義的差異的傳達（同樣是一種群體的認同的傳達）是所有亞文化風格背後的要點。」〔註 20〕追逐或認同不同的歌手詩人，實際上就是歌迷拉開風格、生活方式以及價值觀的差異，建立幻想的「自我身份」的過程。

費斯克認為：「大眾的快感出現在被宰制的大眾所形成的社會效忠從屬關係中。這些快感是自下而上的，因而一定存在於與權力（社會的、道德的、文本的、美學的權力等）相對抗之處，抵制著企圖規訓並控制這些快感的那一權力。」〔註 21〕對這種差異性的文化區隔背後的商業效果，最接近布迪厄所說的「符號物質的政治經濟學」，〔註 22〕也就是「對某一特定文化欣然嚮往，擁有好感並有意追求、融入與實踐的程度，也就是對某特定文化的認同感。」〔註 23〕這種認同的特色就是：「如果將整個社會的意識形態看做一個元語言集合，那這一集合就是名人群體這一符號所承載意義的鄰接與組合，公眾對於這些名人的認可，其實是某一時期某個社會主流意識形態的轉喻。」〔註 24〕所謂「轉喻」，就是鄰接關係，就是把自己與名人用各種方式「黏結」。

歌迷是一群特殊的音樂消費者。在歌詩傳播和消費環節中，歌手詩人已經成為最重要的一環。美國文化人類學家麥克瑞肯（Grant McCracken）1989 年提出「意義遷移模型」（The Meaning Transfer Model），說明意義是如何經由「名人→產品→消費者」進行傳遞的。這個模型告訴我們，每個名人形象都是一個由文化環境所賦予的意義系統，名人形象使他成為某種社會象徵；當名人代言產品時，名人的象徵性意義可以遷移到產品上。消費者通過佔有產品獲得由名人所傳遞的象徵性意義，以印證或構建自我。因此，「一個人只有當其名聲被廣泛傳揚開去，才能成為名人，而一旦成名就會獲得超越他人的權力，得到諸

〔註19〕埃里克·H.埃里克森：《同一性：青少年與危機》，孫名之譯，浙江教育出版社，1998 年版，第 12 頁。

〔註20〕迪克·赫伯迪格《亞文化：風格的意義》，陸道夫、胡疆鋒譯，北京大學出版社，2009 年版，第 127 頁。

〔註21〕約翰·費斯克《理解大眾文化》，王曉玨、宋偉傑譯，中央編譯出版社，2006 年，第 52 頁。

〔註22〕Bourdieu: *Distinction :A Social Critique of the Judgement of Taste*, Cambridge: Harvard University Press, 1984, P.483.

〔註23〕蘇勇、李智娜《異國文化認同感對消費者購買行為的影響與啟示──以韓流風潮為例》，《市場營銷導刊》，2008 第 4 期。

〔註24〕閏文君《作為修辭幻象的名人符號及名人影響力》，《福建師範大學學報》，2014 年第 3 期。

如政治的、文化的、物質的影響力」〔註25〕。正如美國學者尼莫（Melville B. Nimmer）在其《形象權》中強調的，「毫無疑問，知名人物的肖像用於商品廣告或吸引觀眾注意，具有巨大的經濟價值。」〔註26〕

當代消費娛樂社會的邏輯，已經將歌手詩人推向文化產業的最前沿。「最有影響的明星實際上是最完美的商品。因而，明星不可能逃離商業體系，當他在文化市場中擺脫掉人的因素，而完全融入商品的世界，按照商品運行的規律行事，才能得心應手，遊刃有餘。」〔註27〕按照消費邏輯來運作音樂產業，歌手形象實際上已成為文化產業的焦點。「現在唱片公司在簽歌手的時候，首先要看你唱得怎麼樣，水平怎麼也要交代得過去。但這個已經不是唯一的選擇點了。我們越來越重視歌手的形象，這個形象不單指是要成為偶像派歌手。而是你的形象是否可以去做廣告，贊助商會不會對你感興趣。其次是影視劇能不能去拍。現在這樣去選擇歌手主要是因為唱片公司已經無法收回製作唱片的成本。對於一個唱片公司來說，唯一的盈利點就是這個歌手是否可以拉到廣告，是否可以去演影視劇。所以只有歌手的形象好，公司才有賺錢的可能。」〔註28〕這樣的生產邏輯雖然已經偏離了音樂自身，但在這個「符號的生產—消費、再生產—再消費成為這個時代最大的特徵」〔註29〕時，歌手詩人在作為文化和商品一體兩面性的歌詩的生產消費過程中的作用重大。

以歌手詩人帶動粉絲的消費已成為娛樂業的主要模式。營銷專家葉茂中說：「請明星做廣告是最經濟最有效的廣告方式」〔註30〕，據 Millward brown Link 數據庫顯示，2011 年中國廣告的明星代言就已增長到了驚人的 53%，是全球平均明星使用比例的 2 倍。〔註31〕麥克盧漢曾說：「廣告不是提供人們有

〔註25〕 Leo Braudy: *The Frenzy of Renown ：Fame and Its History*, New York: Oxford University Press, 1986, P.57.

〔註26〕 Melville B. Nimmer, *The Right of Publicity*, Law & Contemp Probs, 1954, P.19。轉引自彭學龍《法律語境下的「山寨明星」現象》，《知識產權》，2011 年第 1 期。

〔註27〕 陳剛《技術迷信與明星神話——大眾文化與宗教的分析》，《北京大學學報》，1996 年第 4 期。

〔註28〕 小石《打開創作唱片業的問號—藝風音樂北京分公司經理范立專訪》，《國際音樂交流》2002 年第 10 期。

〔註29〕 宗爭《體育與遊戲傳播的「伴隨文本執著」》，《符號與傳媒》第 12 期，四川大學出版社 2016 年春季版，第 133 頁。

〔註30〕 隗輝《淺析名人廣告的「意見領袖」特點》，中國新聞觀察中心網站，廣告業專欄，資料來源：http://www.1a3.cn/cnnews/ggy/200911/12009.html。

〔註31〕 王磊：《明星代言效果下降考驗品牌智慧》，《V-Marketing 成功營銷》，2012.8.14。

意識消費的。它們是作為無意識消費的藥丸設計的，目的是造成催眠術的魔力，尤其是對社會學家的催眠術。這就是廣告潛移默化功能的一個側面。」〔註32〕

廣大「歌眾」消費某個「歌手詩人」，實際上並不是將歌手詩人當做物品來消費，而是藉此尋找自我。「人們在消費商品時已不僅僅是消費物品本身具有的內涵，而是在消費物品所代替的社會身份符號價值。消費者在一種被動迷醉狀態下被物化成社會村中的符號——自我身份確認。」〔註33〕在商業法則下，歌詩的消費和認同巧妙地由歌手詩人這個中間彌合在一起。「消費活動就是一種特殊而重要的認同行動，人們消費什麼和不消費什麼，並不僅僅是對自己可支配的貨幣和資源的反映，而且同時反映了人們對某種價值目標的認同行動，『我』消費什麼、怎樣消費，實際上體現和貫徹了『我』對自己的看法、定位和評價，及對自己的社會角色和地位的接受，也就是說是自我認同的表現。」〔註34〕不僅如此，「認同的重心已經從形而上的生產方式和意識形態，轉向了形而下的生活方式，個體更直接追求主觀滿足感的最大化，消費社會的核心場域——消費領域中，每一個個體行為都是個人化的，並不具有顯著的公眾性特性。」〔註35〕正如里斯曼所說，「今天最需要的，既不是機器，也不是財富，更不是作品，而是一種個性。」〔註36〕

在追求個性的現代社會，歌迷對歌手詩人的選擇，是出於自我的尋找。社群主義哲學家查爾斯·泰勒（Charles Taylor）所說，「一個人不能基於他自身而成為自我。只有在與某些對話者的關係中，我才是自我」〔註37〕。歌詩此時就是一種對話關係的情感和思想媒介。「從媒介所提供的內容中能動地創造出新的意義，通過建立文化識別系統進行風格展示、強化社會身份認同、建立協會，來將媒介迷群體從媒介的操縱和控制下解放出來。」〔註38〕

〔註32〕馬歇爾·麥克盧漢：《理解媒介——論人體的延伸》，何道寬譯，商務印書館，2007年，第283頁。

〔註33〕王岳川《消費社會的文化權利運作》，《北京大學學報》，2002年第4期。

〔註34〕王寧《消費社會學——一個分析的視角》，北京：社會科學文獻出版社，2001年，第61頁。

〔註35〕馬惠娣《解讀文化、文化資本與休閒》，《在「2005休閒與社會進步國際學術研討會」上的演講》，2005年10月。

〔註36〕姚建平《消費認同》，北京：社會科學文獻出版社。2006年，第111頁。

〔註37〕查爾斯·泰勒《自我的根源：現代認同的形成》，韓震等譯，南京：譯林出版社，2006年版，第50頁。

〔註38〕丹尼斯·麥奎爾《受眾分析》，劉燕南、李穎、楊振榮譯，北京：中國人民大學出版社，2006年，第48～49頁。

第七章　歌詩的雅俗共賞

第一節　古代歌詩的雅俗分界

　　各種文化似乎都有這樣的三分：大眾文化（mass culture）、民間文化（folk culture）和高雅文化（highbrow culture）。具體到歌曲中，分為：流行歌曲（pop songs）、民歌（folksongs）和主流藝術歌曲（art songs）。前兩者一直處於邊緣區域，被稱為「俗文化」，而後者則為中心區域，被稱為「雅文化」。

　　中國歌曲的雅俗二分，與中國傳統政治密切相關。古代音樂等級森嚴，孔子提倡興正禮樂，以樂治禮，是為了維護社會秩序。西周的雅樂是我國第一個完整而成熟音樂系統。它繼承了黃帝的《雲門》、堯帝的《大咸》、舜帝的《九韶》、禹帝的《大夏》、商湯的《大濩》，配上周朝的《大武》，合稱六代之樂。而《詩經》的雅與頌，是仿照自古以來這些雅樂製作而成，甚至《詩經》中某些源出民間歌曲「風」也雅樂化了。正如解璽璋所論，「雅文化的至高無上的歷史地位，首先是一種權力話語的自我確證，然後便是權力話語對多元文化的整合，使之制度化和秩序化。所以說，雅俗的問題本質上是關於文化的等級問題以及表述權力的問題。」〔註1〕

　　歌曲的雅俗對立，在歷史上多有記載：雅歌的地位雖被抬到無以復加的高度，卻比俗曲難於流行。「陽春白雪」對比「下里巴人」的故事，就是從流行角度來寫的：「客有歌於郢中者，其始曰《下里》《巴人》，國中屬而和者數千人，其為《陽阿》《薤露》，國中屬而和者數百人；其為《陽春》《白雪》，國中屬而和者數十人，引商刻羽，雜以流徵，國中屬而和者不過數人而已。蓋「其

〔註1〕解璽璋《雅俗閒談之一：雅原來是一隻鳥》，《學說連線》，2011年3月9日。

曲彌高,其和彌寡」。〔註2〕

　　雅歌「曲高和寡」,流行困難,傳習困難,其癥結是會雅歌的人太少。古代雅樂,更多的是靠制度承傳,所謂的「世世大樂官」,這與民眾代代自發傳授俗歌大不相同。在曲譜記載不發達的古代,歌曲要跨越代際相傳則更需要大眾的自發相傳。因此,雅歌失去了傳統社會最主要的流通渠道支持,傳者少而絕傳快。西周雅樂系統,在秦漢之際差不多已經散佚,《漢書·禮樂志》云:「漢興,樂家有制氏,以雅樂聲律世世大樂官,但能紀其鏗鏘鼓舞,而不能言其意。」這既是描寫戰國後期的「禮樂崩壞」局面,也記載了漢代雅樂的困難處境。

　　劉勰在《文心雕龍》中也發出類似感歎:「韶響難追,鄭聲易啟」。他認為就連曹操父子的作品也無法再被稱為雅樂,他們填詞的歌調是俗調俚曲的「鄭曲」:「至於魏之三祖,氣爽才麗,宰制辭調,音靡節平。觀其北上眾引,秋風列篇,或述酣宴,或傷羈戍,志不出於蕩,辭不離哀思,雖三調之正聲,實韶夏之鄭曲也」。

　　歌曲的發展方向事實上是從俗到雅,先有民歌,然後才有文人創作的歌曲與讚頌祖先的歌曲,「積風而雅,積雅而頌」,宋代鄭樵從《詩經》的「風」、「雅」、「頌」出現的先後次序得出此規律。然而,一旦雅樂成立,就難以承傳,換句話說,歌曲都是雅比俗先散失。到鄭樵的時代,實際上古雅樂早已不存在。明代孫仁孺在《東郭記·綿駒》描述「聞得有綿駒善歌,雅俗共賞。」清代毛奇齡指出「古樂有貞淫而無雅俗」更是從內容角度磨平了雅俗界限。雅俗共賞,兼具優美、通俗之品格,應該是歌詩題中之意。曹操父子三人寫的歌雖然配的是俗調俚曲,到後來也已經成為為雅樂了。

　　兩千多年後討論現代中國歌曲,雅俗之分依然可見,這是中國文化本身的分層機制使然。〔註3〕具體的歌曲可能在雅俗之間位移,但文化的雙層機制一直存在,今後也難以消失,但優秀的歌詩總是追求雅俗共賞的境界。

第二節　現代歌詩中的「藝術」與「通俗」

　　現代音樂研究者對歌曲作出新的分類:一邊稱作「藝術歌曲」或「經典歌曲」的高雅歌曲,另一邊稱為非藝術歌曲,或稱流行歌曲、大眾歌曲等等。但

〔註2〕劉向《新序》。

〔註3〕關於中國文化的分層機制,參見趙毅衡《禮教下延之後:中國文化批判諸問題》,上海:上海文藝出版社,2001年,第47～49頁。

這樣類似的二分法，在中國現代音樂史研究中，一開始就遇到了命名尷尬。

「藝術歌曲」是西方承傳至今的傳統，也是西方經典歌曲的一部分，並不對應中國已經失落的雅樂經典。「藝術歌曲」在中國文化語境下實際上是舶來品概念，它是由歐洲傳入中國的聲樂藝術體裁，其定義為：「歐洲 18 世紀末 19 世紀初盛行的抒情歌曲，其特點是歌詩多採用著名詩歌，側重表現人的內心世界，曲調表現力強，表現手段及作曲技法比較複雜，伴奏占重要地位。」〔註 4〕對其特殊品格，有學者堅決反對取消它與其他歌曲的邊界，強調其「自有其質的規定性和基本的藝術規範。」〔註 5〕

20 世紀 20 年代，隨著中西音樂家的交流學習，西洋唱法，即所謂的「美聲唱法」進入中國。西方歷史上留下來的經典歌曲，作為一種演唱技藝的訓練範本，被部分中國知識分子接受。20 世紀早期中國音樂家蕭友梅、青主、劉雪庵等摹仿西洋「藝術歌曲」重構中國雅樂作品。但這些中國的「藝術歌曲」，主要依靠音樂教育機構傳播，受眾範圍相對狹小，在中國大眾中並沒有太多聽眾，很難說究竟有多大的影響。

在中國 20 世紀上半段，流行的歌曲實際上可以分為兩類，一類是 20 世紀 30 年代，配合抗戰救亡的革命歌曲、大眾歌曲、救亡歌曲。例如，光未然作詞，冼星海作曲，作於 1939 年的《黃河大合唱》，這樣一部藝術性極強的大型史詩式的作品，其中的《怒吼吧，黃河》等歌曲，家喻戶曉，廣泛流傳，它們可以說是當時的抗戰形勢下，最能反應歌眾意願和情感，被歌眾自覺推動的最成功的歌詩。只是因為歷史的原因，這類歌曲常常以「群眾歌曲」命名，帶有明確時代特徵和啟蒙色彩。這一類歌曲確切的可以稱為「流行的歌曲」。這些歌曲在當時甚至延續至今，依然為大眾廣泛流傳，具有經典的「流行性」，但它們不是商業歌詩人化的流行。

而另一類「商業化娛樂歌曲」則最接近當今西方定義的「流行歌曲」。這類歌曲在中國 20 世紀 20 年代就已出現：1927 年，黎錦輝創作的《毛毛雨》（黎明暉原唱），被譽為「翻開了中國流行音樂的起始篇章」〔註 6〕。之所以有這樣的界定，並不僅僅在於此歌含有軟性愛情內容（不一定是低俗內容：在中國古代民間小調中，有更多比此低俗的民歌），而在於《毛毛雨》是中國早期

〔註 4〕參見《中國大百科全書・音樂舞蹈卷》中「藝術歌曲」詞條，中國大百科全書出版社，1989 年。
〔註 5〕王大燕《藝術歌曲概論》，上海：上海音樂出版社，2009 年，第 3 頁。
〔註 6〕孫蕤《中國創作簡史 1917～1970》，北京：中國文聯出版社，2004 年，第 16 頁。

商業模式生產和傳播的產物。1927 年黎錦輝創辦的「中華歌舞團」，後改名「明月歌舞團」，在當時中國最早國際化的都市上海，已經採用西方的明星制，發行唱片，巡迴演出等現代音樂產業機制，而在這種機制中生產的歌曲也明顯融和了當時西方流行音樂的一些風格元素。20 世紀 30～40 年代中國電影產業的發展，進一步推動了歌曲的影響力，50 年代後，「流行歌曲」作為資產階級意識形態的「靡靡之音」在中國大陸絕跡了近 30 年，而轉移到香港發展，這和中國政治轉型有關。

20 世紀 80 年代初，大量的所謂「流行音樂」回流到內陸，並立即贏得歌眾的廣泛歡迎。但因為要避開「流行音樂」這個有過歷史污點的名稱，出現了一個更為含混的範疇「通俗歌曲」。由此一連串的術語困惑，開始折磨音樂理論界。比起那時候的術語混亂，今日流行音樂一詞造成的困惑，已經簡單多了。

孫蕤的《中國流行音樂簡史 1917～1970》一書中，收集了不少討論「流行音樂」的相關資料。書中提出，「流行音樂是通俗歌曲音樂中的一種，它涵蓋在通俗音樂之內，而不能代表全部的通俗音樂」，原因在於：「通俗音樂是相對於嚴肅音樂而言的」。

對歌曲分類本身而言，不用「流行」，而用「通俗」，似乎更清晰。20 世紀 80 年代初開始的中國歌壇頗具影響力的「中國青年歌手大獎賽」，將選手分成三個組進行比賽：美聲、民族及通俗，這種三分法，作為唱法分類兼歌曲分類，被人們含混地接受下來。然而，到了 90 年代初，又重新分為「民通」（民族通俗）與「美通」（美聲通俗）兩個交叉範疇。到 2006 年，又分為美聲、通俗、民族以及「原生態」四種。但饒有趣味的是，在 2006 年的中央電視臺春節晚會上，出現了美聲、民族、原生態，三種不同唱法唱同一首歌的例子。後來這一趨勢幾乎成為音樂主流。這就引出極大困惑：歌曲分類到底是內容問題，還是音樂風格問題，還是一個「唱法」問題？所謂藝術歌曲與通俗歌曲作為歌曲分類究竟能否成立？〔註7〕

〔註7〕1980 年 2 月，中央人民廣播電臺和《歌曲》雜誌主辦的「聽眾最喜愛的 15 首廣播歌曲」揭曉。這次評選活動共收到了 25 萬封群眾來信，入選的都是當時傳唱一時的抒情歌曲，俗稱「15 首」。包括《祝酒歌》、《妹妹找哥淚花流》、《我們的生活充滿陽光》、《再見吧，媽媽》、《泉水叮咚》、《邊疆的泉水清又純》、《心上人啊，快給我力量》、《潔白的羽毛寄深情》、《浪花裏飛出歡樂的歌》、《永遠和你在一起》等。這些被之所以被歸為「抒情歌曲」的「15 首」，是因為它們很難用流行、通俗，還是藝術歌曲來分類。見陳志凌，張昊《北方音樂》2008 年 12 期。

　　值得強調的是,「流行音樂」概念捲入傳播方式與普及率,不只是歌曲類式問題,「通俗」,也是一個音樂和歌詩的風格概念,這兩個概念有重疊的部分。從黎錦輝「毛毛雨派」開始的流行音樂,和當代逐漸與世界接軌的作為商業模式生產和流傳的歌曲,都是當代文化特定語境下的一種特殊音樂類別。

第三節　民歌與新民歌

　　討論民歌,人們自然會將其和民間文化聯繫在一起。所謂民間文化,通常是指「未受現代文化方式侵佔」的原生態的文化,它是傳統農耕社會的文化殘留,多半活躍於農村地區、山區,少數民族等偏遠地區,有占巫、年畫、慶典、民謠、地方戲曲等,民歌是民間文化的一種重要體裁。

　　民歌是一種口頭創作,依賴口口相傳,其曲調和歌詩並非固定不變,而是在長期流傳過程中不斷有新的加工、新的發展。比如,江蘇民歌《茉莉花》,現代唱本有許多變體,一次書面化不能保證民歌獲得確定的文本。

　　需要辨明的是,真正原生態的民歌,無論歌詩、曲調、唱法,都難以成為流行歌曲。民歌中的歌詩,大多質樸,卻不免粗俗甚至淫猥,與現代城市居民的語言習慣相差甚遠,20 世紀五四時期的知識分子在「收集」俗文化時就體會到這一層難點。〔註8〕現代知識分子的道德禁忌比「封建時代」更多,是因為傳統社會文化分層更為嚴格,社會下層文化被隔離於主流傳播之外,反而保留一定自由度。〔註9〕這些原始采風記錄,作社會學調查記錄在案可以,但一旦進入主流的書面性流通,便會在文人的選擇中有所扭曲。從民歌的方言,改寫成漢語普通話,其音義的原生態,都會發生很大變異。

　　原生態民歌近年來從民間走向主流媒體,甚至成為一種可供欣賞的藝術,這種戲劇性的變化,自然有多方面原因。比如,突顯一個國家和民族文化的獨特性,文化生態多樣性的發展和保護等。這類有代表性的原生態民歌雖然有了新的傳播途徑,但並不能保證它的流行。大多數歸為流行歌曲的「民歌」,實際上是詞和曲都經過改制的民歌,並不是真正意義上原生態民歌。一般來說,

〔註 8〕鄭振鐸於 1926 年重印道光八年(1828)出版的吳歌集《白雪遺音》,他在跋文中承認:「我們現在不能印全書……原書中猥褻的情歌,我們沒有勇氣去印」。參見西諦(鄭振鐸)編選《白雪遺音》,上海:上海開明書店,1926 年,第 3 頁。
〔註 9〕趙毅衡《禮教下延下之後:中國文化批判諸問題》,上海:上海文藝出版社,2001 年,第 20 頁。

詞的改動遠遠超過曲的改動〔註10〕。比如「西北歌王」王洛賓搜集整理了據說有一千多首民歌，不少至今都很流行，但很多歌以「新疆民歌」、「青海民歌」名義流傳，也經常以「王洛賓詞曲」名義出現。曾經有批評者對王洛賓對這些歌的創作提出質疑，認為王洛賓既然以收集整理西北民歌為己任，他就應當如一個社會學者那樣忠實地記載，而不是以自己的名義發表歌曲。這個指責可能有些苛刻，因為中國現當代歌曲中，幾乎所有的「民歌」全部是「改寫民歌」。〔註11〕

「新民歌」的出現，顯示出民歌向「流行音樂」靠近的一個信息。「新民歌」這個概念最早出現在20世紀90年代，但真正發生影響是在21世紀初。

新民歌到底「新」在何處？從被譽為新民歌的一些代表曲目來看，〔註12〕沒有一首能夠找到對應的「原來的民歌」基礎：可能在曲調上部分承傳民歌，歌詩全部是創作，像《奧運的微笑》完全不像民歌。〔註13〕至於「流行時尚」民歌，可能也只是指在演唱，配器及表演風格上的加工更靠近當代音樂，更具時代性。2010年2月，新民歌借《中國新民歌榜》網站正式面世。〔註14〕該網站宣稱：

> 我們的理念……絕對流行，絕對暢響。全線引入全球頂級音樂

〔註10〕 這種現象在國外也是如此，美國著名歌手保羅‧西蒙（Paul Simmon）給墨西哥民歌「El Condor Pasa」，給蘇格蘭民歌「The Sarborough Fair」寫詞編曲，使這兩首歌成為當代最為流行的歌曲。

〔註11〕 王洛賓生前曾經給音協寫信，發表了一個很有趣的聲明：「唱一個沒有作者的歌對我們並不體面。」2005年10月王洛賓版權繼承人王海成以著作權收到侵害為由，將新疆電子音像出版社與北京中新數碼科技有限公司訴至北京海淀區人民法院，最後法院判決音像公司必須承認王洛賓的著作權。民歌在現代中國的兩難地位，終於以法律案例形式被澄清。

〔註12〕 例如《幸福萬年長》／《家鄉美》、《幸福飄香》、《太陽花》、《愛的月光》、《呼喚》、《好運來》、《木棉花開》、《歡天喜地》、《月亮女兒》、《歡樂海》、《奧運的微笑》、《天空》等。

〔註13〕 「新民歌」的定義，依然相當混亂。據百度百科定義，「新民歌是指在原來的民歌中加入流行時尚等元素，歌曲大多民通結合。新民歌在21世紀很受歡迎，新民歌的誕生讓更多的年輕人喜歡上了民歌」。

〔註14〕 《中國新民歌榜》是由中國最具權威性和影響力的行業協會——中國音像協會主辦，並授權國家音樂創意產業基地承辦的國內首個具有流行性、市場性和指導性的新民歌音樂排行榜，更是國內為數不多的以「中國」冠名的全國性新民歌音樂排行榜。每年《中國新民歌榜》都將隆重舉行兩次盛大得頒獎典禮，《中國新民歌榜》跨年度十大新人新歌頒獎典禮和《中國新民歌榜》年度頒獎盛典。

排行榜 Billboard 榜單模式。30 分鐘全國百餘家強檔電臺周播（全年
52 期播出）欄目，顛覆傳統榜單類節目製作理念，傾力打造——絕
無僅有的「絕對流行」新概念！最強勢、最強音、最專業、最權威
——引爆一場契合大眾內心的主流音樂榜單節目的徹底革命！而
「扶植本土音樂，全面直擊流行《中國新民歌榜》完成了民歌與流
行的閃亮嫁接，老歌的時尚包裝、新民族元素演繹……融合出傳奇、
經典、品尚，突破了傳統的樊籬，詮釋最動人的現代民歌風情。

這種宣言，與流行音樂幾乎無區別。民歌本是中國傳統類式歌曲中的很大一部
分，自覺進行了一次向流行音樂靠攏。

　　這個局面，在西方樂壇也出現過。1957 年麥克唐納發表的觀點，對大眾
文化有些不公平的偏見，但至少已經預示了這三種文化的疊合趨勢：

　　　　民間文化從下面成長起來。它是民眾自發的、原生的表現，由
他們自己塑造，幾乎沒有受到高雅文化的思想，適合他們自己的需
要，而大眾文化卻是從上面強加的。它是商人們雇傭的藝人製作的；
它的受眾是被動的消費者，他們的參與限於購買和不購買之間進行
選擇……民間藝術是民眾自己的公共機構，他們的私人小花園用圍
牆與其主人「高雅文化」整齊的大花園隔開了。

　　因此，從當代中國與世界音樂發展的趨勢來看，民歌的演變似乎是橫跨三
種文化。歌曲的三種類式裏，現在都可以有「民歌」。英國音樂學家柯伯特·
勞埃德指出：「在整個音樂藝術領域中，民間音樂與藝術音樂之間有著一個廣
闊的地帶，流行音樂便盤踞在這裡。流行音樂並沒有明確的邊界，其一端伸向
民間音樂，另一端伸向藝術音樂。但在大多數情況下，民間音樂、流行音樂與
藝術音樂之間的界限還是很清楚的。」〔註 15〕但現在恰恰是這三者分野變得不
清楚，不過，中國當代音樂的最明顯的趨勢是流行化。〔註 16〕

第四節　流行化與雅俗共賞

　　中國自古以來的音樂文化，是一個複雜的系統。從上文討論中，至少可以

〔註 15〕轉引自陶辛《創作手冊》，上海：上海音樂出版社，1998 年，第 3 頁。
〔註 16〕就連少兒歌曲，也追求與「流行曲」相連。例如，嘉嘉的報導《流行歌曲+少
　　　　兒歌曲——國內首張少兒流行歌碟火熱登場》，文章中有這樣描述「《小鬼當
　　　　心》就是最近新鮮出爐的少兒流行曲」。見《歌海》2006 年第 2 期。

看到，「流行的音樂」和「流行音樂」這兩個概念並不相同，「流行的音樂」泛指所有不受時空限制，為歌眾廣為傳唱的各類歌曲，可以包括上文聽到的流行的經典歌曲，甚至流行化的民歌。而「流行音樂」主要是指流行文化中，一種具有商業生產傳播機制，且具有特殊風格的歌曲類式。這兩者之間可以有某些重合：「流行音樂」可以是「流行的音樂」，但「流行的音樂」不一定是「流行音樂」。但在當代文化的共時性上，實際上已經很難將「流行音樂」和「流行的音樂」加以嚴格區分。歌曲的流行機制壓力，和當代新媒體傳播的影響，它們的融合和相互滲透不可避免。

　　無論是古代「雅樂」，還是現代「藝術歌曲」，是經典歌曲，流行音樂、通俗歌曲，還是民歌、新民歌，各種歌曲類別，命名一直含混，術語使用混亂，也是音樂演變迅疾而劇烈的後果之一。

　　但在各種命名變化的後面，有著一個基本的動力——歌必（意圖）流行，任何歌曲都是意圖流傳的。更明確說，至少在當代中國，幾乎每首歌流行音樂出來，目的都是為了歌眾傳唱、意圖流傳的，歌的產生就是為了流傳。尤其在現代傳媒技術下，這種「流行」的需求更為強烈。生產一首歌，而完全沒有意圖讓之廣為流傳，可能只有極個別的例子，是創作者有意的「曲高和寡」。可以說，所有的歌曲目的都意圖流傳，只是成功程度不同。這是歌作為一種藝術門類的特殊機制，也是歌詩追求「雅俗共賞」的結果。

　　審視中國音樂的發展歷史與當今現狀，無論是古代的俗樂，還是當代的流行音樂，遵循著文化符號域的原理，不斷從邊緣地位出發影響主流，給主流帶來活力，使佔有符號域主導地位的樣式灌注新的生命。正如洛特曼所說，「文化不是靜止的均勻平衡機制，而是二分結構，即有序的結構對無序的結構的侵入，同樣，無序的結構也在侵蝕有序的結構。在歷史發展的不同時期，某一種趨勢可能佔據上風。文化域中來自外部的文本增加，有時是文化發展有力的刺激因素。」今日中國文化的主流歌曲要把其主導功能發揮好，就必須從處於邊緣區域的音樂樣式汲取養分，獲得動力，改善自身的文化表意能力。

下篇　歌詩的文化批評

第一章 「歌詩代際」和「歌詩反哺」

第一節 時尚與歌的流傳

在消費時代，歌的流傳總伴隨著商品化過程，但這並不意味著歌不再是一門藝術，而淪為一種純粹的物質商品。歌通過它的載體，比如磁帶、CD、VCD、DVD、音樂數字下載等將其產品化，這個流程從無形變成有形，商品性增強。但是，一旦成為商品，歌就會逐漸累積其時尚符號價值，此時，歌的意義就變得複雜化了。

時尚，是一個極端複雜的文化學、社會學概念。很多文化研究者從不同的角度來探討它。本書不對時尚作系統的分析，只是借鑒一些相關的時尚研究，用來區分歌的流傳與時尚。

時尚即給商品以格調、地位等文化符號意義。最能體現時尚的是服裝。羅蘭・巴特說，「時裝是系統，這個系統通過變化服裝，賦予細節以意義，以及建立在服裝的某些方面和塵世的活動之間的紐帶而創造出意義。」比如，長裙，時尚會標誌這是淑女風範的回歸；短裙，時尚則可能標誌為熱烈與自由的品格。時尚讓某種服裝成為一個有文化意義的符號，以此抬高服裝價格及大量銷售。這種商品符號意義的生產，羅蘭・巴特稱之為「製造現代神話」〔註 1〕。因為它混淆了符號「能指」和「所指」的區別，使原本屬於「所指」的、不確定的文化性質，轉變為屬於商品「能指」的、確定的和自然的性質。商品的時尚化，目的更進一步在於刺激欲望，以顯示擁有者的社會地位，提高時尚物的商品價值。

〔註 1〕Roland Barthes *Mythology*. New York: Hill and Wang, 1971.

時尚有著特殊的機制，文化產品，因為也是一種商品，一樣會落入「時尚神話」。歌作為社會性文化產品一種，必然在流傳中，捲入時尚因素。例如，因為某歌手詩人的演唱，一首歌突然身價百倍。此歌手詩人給它加上的藝術質量與文化意義，並不是時尚。時尚是這個歌詩人的名字附加在這首歌上的符號意義，使它成為這個歌詩人追星族用以自我炫耀，並以此把自己從普通歌眾中區分出來的象徵。

時尚並不能真正體現文化產品品格，只是附加給文化產品一種臨時的「標誌」，並加上社會價值、社群價值（例如「同學們都在崇拜」，「連大學生都很讚賞」等等）。被加上時尚因素的歌，流傳更為順暢，因此，時尚經常與流傳混為一談。

從文化學上來說，時尚與真正的流傳，機制非常不同。時尚是增加商品的消費價值，讓佔有者滿足於假相的「不同」，而流傳的過程使歌曲獲得文化意義，抒解歌眾內心的創造衝動。時尚的過程是一時的，而流傳的過程是歷史的。下面的這兩段話，可以說明其中的差別。

2006 年，詞作家喬羽先生在觀看了零點樂隊「老歌翻唱」的音樂會《風雷動》後，表示讚賞：

> 經典老歌之所以深受各種音樂形式的青睞，紛紛被傚仿和翻唱，是因為作品中的思想性、藝術性、民族性被高度統一起來，詞韻朗朗上口，能與旋律完美地結合在一起，並形成獨特的風格，流傳的時間越久越散發出強烈的人格魅力。經典的老歌加上了時尚的氣息，更使其閃閃發光，璀璨不已，這次零點樂隊就讓這些老歌煥發新容顏。〔註2〕

喬羽先生的觀點很實在。歌本身的意義和情感對傳唱來說是第一位的，而「時尚」是一種外部添加。被譽為引領中國「時尚歌曲」的歌手陳琳的切身體驗，其實已經解開了所謂「時尚歌曲」之謎，即把一些足以挑動「購買欲望」，（在這裡是購歌的）元素累加起來，造成一場時尚盛宴。

> 我深深相信好的音樂是沒有國界的。中國流行音樂，除了歌詩必須是中文以外，歌曲中其他的元素並不一定必須來自中國。問題是要如何去挑選，組合這些元素，才能夠引領時尚而不會時尚到無法引起共鳴。以往華語創作的國際化，比較偏重香港的商業模式，

〔註 2〕宗珊《喬羽評零點樂隊〈風雷動〉：老祖母的少女容顏》，http://enjoy.eastday.

也就是拿一首暢銷動聽的日文或韓文歌曲，配上細膩的歌詩，讓人
氣偶像演唱。嚴格說起來，應該算是「翻唱」。〔註3〕

很多人將歌曲流傳和歌曲時尚混淆一起的主要原因，在於兩者之間社會
動機以及顯現方式有些相似，即廣為傳播。

然而，時尚和流傳存在著重大區別。西美爾認為，時尚的純社會動機有兩
個：同化和分化。一方面，就其作為模仿而言，時尚滿足了社會依賴的需要，
它把個體引向大家共同的軌道上；另一方面，它也滿足了差別需要、差異傾向、
變化和自我凸顯。一些人總想與眾不同，因此他們會尋找各種方式與周圍的人
區別開來。而其他的人由於羨慕這種與眾不同帶來的優越感，而總想加入這個
團體……時尚是不斷變動的，這種變動賦予今天的時尚一種區別於昨天、明天
的時尚的個性化標記，也滿足了人們對差異性、變化、個性化的要求。〔註4〕
因此，時尚有趨同與趨異的悖論，靠攏時尚，唱時尚歌，買時尚歌，買時尚唱
片，聽時尚歌詩人音樂會，是因為很多人認同這些元素。但每個趨向時尚的人，
又認為這樣做標誌著自己「不同於他人」的社會地位或文化品位，時尚就是在
同中之異中展開，但追求時尚的目的，是把意義權利出讓給異己的物化的藝術
商品。

歌的流傳，也存在著有點類似的異與同悖論。某歌眾傳唱一首歌，因為此
歌是廣為流傳的，但同時，又與自己的特殊體驗關聯。流傳也是同中之異，但
歌眾傳唱同和異都基於一個本體自我的意圖，即從歌中得出某種共同的、或個
人化的意義。歌眾在流傳中沒有把意義權出讓給歌曲流傳機構，沒有讓自己的
心靈被物所佔有。如此描述的流傳當然有點理想化，但只有這個文化功能，才
能保證歌作為藝術，而不是時尚商品在流傳。

克蘭認為，「如果一個文本的話語符合人們在特定的時間闡釋他們社會體
驗的方式，這個文本就會流行起來。」歌曲的流傳，也符合這個規則，必須「產
生於共識程度很高以至於這種共識被視為理所當然的話語領域中」〔註5〕。

時尚卻不盡然。時尚是階級分野的標識，是不同「社會地位」或「品位」
的記號，現代社會又把階級分野轉化為階層分野，及所謂的「格調」。上層社

〔註3〕http://ent.163.com/ent/editor/music/050123/050123 372878(1).html.

〔註4〕齊奧爾格，西美爾《時尚的哲學》，費勇等譯，北京：文化藝術出版社，2001
年，第72頁。

〔註5〕戴安娜·克蘭《文化生產：媒體與都市藝術》，趙國新譯，南京：譯林出版社，
2001年，第97～98頁。

會製造時尚，引領較低階層模仿，當較低階層接近時，較高階層又會拋棄這種時尚，重新製造另外的時尚，為了持續保持這份優越感，時尚就會無止境地變化下去。在創造時尚的過程中，引領者和被引領者之間存在著不平等的強勢和弱勢關係。

在商業社會，時尚的本質是消費主義。所以，「時尚音樂」、「時尚歌曲」這類詞的頻繁出現，其實只是一種製造歌曲商品價值的策略。正如上面所提到的，時尚歌曲只是由於歌詩或曲調中的某些具體時尚元素，它可能加入到流傳之中，推動一時的流傳，但最終能否「成功流傳」，並不由一時的時尚附加價值決定。因此，我們說，時尚雖是流傳這個大循環中的一個因素，但對歌曲來說，這個因素並不是最主要的，歌眾因人而異的情感選擇，超越了時尚的「分化同化」悖論，提出了主體訴求。

第二節　歌詩的文化代際

一代人有一代人的歌。但是歌眾卻有個奇怪的現象，就是積極傳唱主要在青春期，此後接受新歌的能力和欲望就漸漸消退，於是形成了同處一個文化中，而有清晰明顯的「歌曲代溝」的奇特現象。

例如現今 80 歲的人（出生於 1925 年左右，青年時代在 1945 年前後），在同代朋友聚會時，一旦酒酣耳熱唱起歌來，或是夜半無人獨自哼唱時，會唱《團結就是力量》、《五月的鮮花》。

現今 70 歲的人（出生於 1935 年左右，青年時代在 1955 年前後），則很可能唱《全世界人民心一條》、《歌唱二郎山》、《我是一個兵》。

現今 70 歲的人（出生於 1945 年左右，青年時代在 1965 年前後），則很可能唱《洪湖水浪打浪》、《紅軍不怕遠征難》、《水調歌頭》等毛主席詩詞，語錄歌。

現今 60 歲的人（出生於 1955 年左右，青年時代在 1975 年左右），很可能會唱起樣板戲和語錄歌，這一代人可能是歌曲語彙最貧乏的一代。

現今 50 歲（出生於 1965 年左右，青年時代在 1985 年前後），則熟悉鄧麗君唱過的舊歌如《何日君再來》、《夜來香》、《血染的風采》、《綠島小夜曲》，這一代人幾乎都在卡拉 OK 機前面度過青春時光。

現今 40 多歲的青年，（出生於 1975 年左右）則熟悉羅大佑的《戀曲 1990》、齊秦的《外面的世界很精彩》、王菲的《思念》等。

　　現今 30 多歲的青年，可能熟悉歌手周杰倫的《雙節棍》，蔡依林的《愛情三十六計》，等等了。而今日的更年輕的少男少女，又有他們的無窮新歌，比如 TFboysde《青春修煉手冊》等。

　　現今 20 多歲的青少年，更熟悉 TFBOY 的歌。

　　如果把不同年代群的人合於一桌或同坐一個卡拉 OK 廳，最後會發現無歌可合唱，或許是唱一些「永恆」的民歌如《跑馬溜溜的山上》，或者最常見的儀式歌如《國際歌》等。

　　「歌曲的代溝」是一種群體心理現象。青年時代，20 歲左右，是學歌最投入的時期，也最容易學會，進入中年後，對年輕人唱的新歌詩興趣減弱，甚至不屑一顧，他們並不認為這是落伍，因為傳唱歌曲是為了自娛，並非利益必需，所以不必跟風。

　　「歌曲代溝」也是一種社會文化心理現象。歌曲比任何一門藝術門類都具有當下性。歌曲的流傳多數情況下是在歌曲產生的年代，換句話說，歌曲更追求當下流傳，它最能最即時而直接地反映人們的當下生存情感。

　　歌曲作為一個時代的集體記憶，而非完全個人記憶。這樣，即便是「懷舊」，也就成為一個時代的集體「懷舊」。我們對現在的體驗，在很大程度上取決於我們有關過去的知識。我們在一個與過去的事件和事物有因果聯繫的脈絡中體驗顯在的世界，從而當我們體驗現在的時候，會參照我們未曾體驗的事件和事物。相應於我們能夠加以追溯的不同的過去，我們對現在有不同的體驗。現在的因素也會影響或歪曲對過去的回憶，也因為過去的因素可能會影響和歪曲我們對現在的體驗。這就形成了記憶的代溝，在對歌的接受中，也就形成了接受代溝。

　　代際交流受到不同系列的記憶阻隔，不同輩分的人雖然以身共處於一個特定場合，但他們可能在精神和感情上保持絕緣，可以說，一代人的記憶不可挽回地鎖閉在他們這一代人的身心之中。在回憶當成文化活動而非個人活動的時候，它容易被看成是對一個文化傳統的回憶。比如，2003 年，6 年沒出專輯的劉歡推出了尋求同齡人共鳴的翻唱專輯《六十年代生人》，銷量一舉突破 80 萬張。由三個青春女孩組成的黑鴨子組合，發行了以蘇聯、朝鮮歌曲為主的懷舊歌碟。2004 年新疆歌手刀郎翻唱的異域風情民歌頌歌，大都是在 50 年代一度流傳的歌曲，不能不說是瞄準這些「集體記憶」，滿足歌眾的懷舊情結。

「一種商品要成為大眾文化的一部分，就必須包含大眾的利益。」〔註6〕費斯克的論點用在這裡，可謂擊中要害。

這樣的一種心理和社會心理，使同一個年齡層次依然留在特定的歌裏，拒絕「與時俱進」。那些年代的歌，與那些年代的青春歲月緊密相連，正如《一支難忘的歌》中唱的，那是「歲月的河流」，歌成為「歷史地層」，在「歌曲代溝」背後記錄下層層推動的變遷。如果歌曲總在不斷拋棄過去的演化發展中一直向前，那就意味著它不斷拋棄舊的歌眾而追逐新的歌眾。無論對作為文化還是商品的歌曲來說，這都是正常的，但如果能做到新舊歌眾，老少皆宜，那麼它的流傳會更廣，而對於一個社會文化整合，起到的作用更大。

單純從歌曲的接受角度來看，多元化超越代溝的「老歌翻唱」不能不說是推動 2005《超級女生》節目成功的一個重要因素。「老歌翻唱」的直接作用是在一定程度上補平「歌曲代溝」，用這種方式，促進代際間交流。

「老歌翻唱」自古就有，也極為普遍。只要唱歌，每個歌眾也都在進行著「老歌翻唱」，除非是歌手第一次按譜演唱，所有的歌唱都可能是老歌翻唱。

第三節　歌詩的文化反哺

文化傳承，即社會如何以某種方式將社會成員共有的價值觀、知識體系、謀生技能和生活方式一代代傳遞下去，它是文化或文明積累的基本方式。「文化反哺」，則是指文化變遷過程中年長的一代向年輕一代學習，跟上「潮流」，它是一種反向的文化吸收的過程。

文化反哺是代際文化交流和傳承的另一種形式。「老歌翻唱」作為一種重要的歌曲流傳機制，在推動歌曲流傳，形成歌曲的文化反哺中的作用重大。從歌曲文本來看，「老歌翻唱」有以下幾種形式：

舊調新詞

是最普遍的一種翻唱，學堂樂歌大都是這一類翻唱歌曲。民歌換新詞，更是中國現代歌曲史上最常見的操作，讓民歌變為不同時期的新歌，思想和內容完全脫離民歌原載體。當代歌曲也會被改詞，比如《把悲傷留給自己》，在 90年代初流傳很廣，現在出現了《把悲傷留給自己之失學兒童版》，曲作者陳昇

〔註 6〕約翰・費斯克《理解大眾文化》，王曉珏，宋偉傑譯，北京：中央編譯出版社，
　　　　2001 年，第 28 頁。

不變，歌詩作者化名為「老師傅」，一首情歌變成了一首失學兒童之歌。

這類歌曲非常多，曾經有一本《校園 MTV》收錄了上百首這樣的歌曲。舉其中一例《都是考試惹的禍》〔註7〕，詞作者為清風子：

> 都是你的錯　回家作業多　讓我不知不覺擺脫睡眠的誘惑
>
> 都是你的錯　對人不放鬆　我難以解脫
>
> 我承認都是高考惹的禍　那樣的分數太高我太困惑
>
> 才會在剎那之間只想我們全部進關口

這首由中學生重新填詞的歌曲，脫胎於臺灣歌手張宇作曲並演唱、其妻子十一郎作詞的情歌《都是月亮惹的禍》，原歌詩如下：

> 都是你的錯　輕易愛上我　讓我不知不覺滿足被愛的虛榮
>
> 都是你的錯　你對人的寵　是一種誘惑
>
> 我承認都是月亮惹的禍　那樣的月色太美你太溫柔
>
> 才會在剎那之間只想和你一起到白頭

仔細對比，很容易發現，只是一些關鍵詞彙的替換，就完全改變了歌詩的意義和情感，寫出兩種不同語境或時代中的人的感受。

現代歌詩經常被翻譯改詞：30 年代黎錦光作詞、陳歌辛作曲的《玫瑰，玫瑰，我愛你》，被譯成《Rose, Rose, I Love You》在西方流行，也算是一種英文版的翻唱。近年香港歌曲《吻別》被外國搖滾歌手邁克改詞為《Take Me To Your Heart》，風靡一時，雖然都為愛情歌曲，但歌詩的意境和內容大相徑庭。羅大佑的《戀曲 1990》，是臺灣電影《阿郎戀曲》粵語版的華語版。而 2005 年在中國大陸風靡的韓國電視劇《大長今》的主題曲，竟有華語版、粵語版、韓語版、中文諧音版等多種版本。

「舊調新詞」因為有歌詩的新舊對比，更能增加歌眾「駕輕就熟」的親和力，這無疑會推動歌曲的流傳，不管是原創歌曲，還是被創作的歌曲。

老歌新聲

應該承認，所有的翻唱形式都會給歌詩文本帶來新的詮釋壓力。原詞與新詞，原曲與新曲，原風格與新風格，原語境與新語境之間的衝撞，會引發新的意義的可能性。

〔註 7〕此歌詩收錄於《校園 MTV》，非野、肖君編，上海：上海人民出版社，2003 年，第 16 頁。

　　此種翻唱，通過新的歌手新的演繹，並加以更為現代的配器技術，使歌曲「全新」。上世紀末最有市場效應的「老歌翻唱」要數 90 年代初賣到數百萬張碟片的《紅太陽》專輯，後來又出現各種不同的版本。它將文化大革命時期甚至更早期的頌歌重新輯錄，配以搖滾風格，重新傳唱。不同的是，當年的中國特色的「忠」字舞，完全被搖滾這種典型的西方舞曲代替。頌歌的再度流傳，文化層面上是當時社會心理的複雜反映，更換載體，更換風格的翻唱，促進了它的流傳。

　　最具規模系統地更新載體的「老歌翻唱」，當為中央電視臺組織的大型文藝演出《同一首歌》。此欄目於 2000 年 1 月 27 日創立，5 年多來，一直以現場和電視直播的形式亮相，人氣指數和收視率一直據先。據央視國際《2005 播出節目一覽》統計，就 2005 年 1 月 7 日至 8 月 12 日，八個月的時間內，總共組織了 29 場演出，平均每場演出在 18 首歌以上。這些歌曲中大多數屬於老歌翻唱，也有正在流傳、或者意圖推向流傳的歌。2005 年，中央電視臺《同一首歌》欄目組，配套出版了一套歌曲叢書共六本。

　　這些老歌被歌手們在臺上復活，又被文字文本和 VCD 文本再次記錄。欄目的組織者意圖在於「在歌聲中回憶過去的好時光，在歌聲中品味現在的好日子」〔註8〕。對不同的歌眾來說，老歌新唱確實將時間空間化了。男女老少，不同時代的人可以匯聚在同一首歌的場景裏。2005 年的電視節目《超級女聲》節目，可以說是當代中國最具衝擊力的「老歌翻唱」。「超級女生」的成名，並沒有沿著過去歌詩人成名的套路：量身定歌，憑藉一首新歌一炮打紅。她們的一路唱來的歌曲全是舊歌，全都屬於「老歌翻唱」，這一點並未被評論界真正注意。在她們演唱的歌曲中，幾乎包含了現有歌手的各種翻唱形式，這裡做個簡要分析。

　　西方歌曲翻唱：張靚穎選唱的《Don't Cry For Me, Argentina》，這首歌來自於當代最著名的音樂劇作曲家安德魯‧勞伊德‧韋伯（Andrew Llogd-Weber）創作的音樂劇《艾薇塔》（Evita，作於 1976 年），享有崇高聲譽的詞人蒂姆‧萊斯（Tim Rice）作詞，可謂已成當代西方經典的一首歌曲了。李宇春選唱的《Everything I Do》，是美國電影《獅子王》（Lion King）中家喻戶曉的經典插曲。這些歌似乎更針對於「高雅人群」或「西化人群」。

　　民歌翻唱：李宇春選唱的《山歌好比春江水》，周筆暢選唱的《我的青春

〔註 8〕見《同一首歌》叢書的封面，北京：現代出版社，2005 年。

小鳥一去不回來》、周筆暢選唱的《烏蘇里船歌》等等，滿足很多民歌愛好者。

影視歌曲翻唱：黃雅莉選唱的《橄欖樹》（臺灣電影《歡顏》插曲），張靚穎選唱的《一簾幽夢》、《在水一方》（瓊謠電影歌曲）。滿足 80 年代一批成長於瓊謠小說中的純情男女。〔註9〕

性別換唱：紀敏佳選唱的《天堂》，原為蒙古歌手騰格爾演唱。張靚穎選唱的《真心英雄》，原為香港歌手成龍演唱。

歌曲不同風格翻唱：李宇春選唱舞曲風格的《我最搖擺》、《請你恰恰》；超級女生合唱的無伴奏風格的《半個月亮爬上來》、《彩雲追月》，紀敏佳選唱的戲曲風格的《說唱臉譜》等等。

不同時期不同歌詩人的代表歌曲翻唱：周筆暢選唱的《龍拳》，RAP 歌詩人周杰倫的代表作之一；張靚穎選唱的《好大一棵樹》，實力派歌詩人那英的代表作之一；張靚穎選唱的《鄉戀》，老牌歌詩人李谷一的代表歌曲之一；張靚穎選唱的《小城故事》，鄧麗君的代表歌曲之一；周筆暢選唱的《流星雨》，偶像派組合 F4 的代表歌曲之一；還有周筆暢選唱的《兩隻蝴蝶》，網絡歌曲代表之一，等等。

幾種代表歌類的翻唱：張靚穎選唱的頌歌《我和我的祖國》，《愛我中華》；李宇春選唱的情歌《我的心裏只有你沒有他》；超級女生群唱的勵志歌曲《明天會更好》，《同一首歌》，等等。

「老歌翻唱」將不同的時代，不同的風格，不同的內容置於同一個空間，既是歌曲多元的碰撞，也是歌曲多元的交流。歌在這裡也就成了一種「公共文化」，通過觀摩他人娛樂形式去瞭解他人的需求，同樣通過參與也將自己的情感需求傳遞給他人。這種新的歌曲文化空間，之所以可能，就是因為翻唱時歌曲脫離了原附體。原附體隨著過去時代的遠離，新的文化場需要新歌，湧出的卻更多是老歌新唱。

可以說，歌曲的時尚和流傳機制是相對的，老歌翻唱，保證了歌曲比許多其他藝術更長久的生命力，這既是歌詩流傳機制的關鍵之一，也是彌補歌曲文化代際，實踐文化傳承和文化反哺的重要途徑。

〔註9〕在此之前，歌手許茹芸曾推出過愛情電影主題曲翻唱合輯《雲且留住》，以獨特的唱腔重新詮釋了早年瓊瑤電影的主題曲，反響積極。

第二章　歌詩的空間化使用：無處不在的音樂

第一節　音樂空間與空間音樂

美國福特漢姆大學媒介與傳播學教授安娜比德・卡沙比安（Anabid Kassabian），在研究當代流行音樂時，有一犀利的觀察，她指出，隨著文化和媒介技術的發展，流行音樂已經進入一種新的形態，流行音樂的欣賞模式與人的生活逐步融合，音樂實際上變成了「無處不在的聆聽」（Ubiquitous Listening）〔註1〕。不同於傳統的欣賞音樂的時空限制，當代人可以在任何時間，任何空間都能接受到音樂，音樂現場，咖啡館，商場，地鐵中，社區林蔭道上的小喇叭裏，在進出匆忙的電梯裏，甚至隨身攜帶的手機中，換句話說，音樂成了「無所不在的音樂」。卡沙比安所意識到的，現有的流行音樂定義限制了音樂研究，無所不在的音樂，讓音樂的聆聽變得片段化、環境化、媒介化，這種新的聆聽方式，反過來要求重新定義流行音樂的邊界和含義。〔註2〕

音樂在物理上必然是一種空間的存在，作為一種持有規律頻率的聲音，音樂和其他聲音一樣由空氣的振盪，引發的聲波向空間的各個方向擴散，音樂的這種「音響的高度感、方向感和環境感」〔註3〕，讓我們從其空間屬性中感知

〔註1〕Anabid Kassabian, "Popular", in (eds) Bruce Horer and Thomas Swiss, *Key Terms in Popular Music and Culture*, Oxford:Blackwell, 1999, p.113.

〔註2〕Anahid Kassabian, *Ubiquitous Listening, Affact, Attention and distribution*, Berkeley: University of California Press, 2013, p.25.

〔註3〕王少華《音樂的時空效應》，《音樂藝術》，1991年，第3期。

到音樂的物質存在。而在文化學意義上，空間與音樂結合得更緊。音樂的誕生都伴隨著某種空間而出現。音樂作為一種特殊的文化形態的起源，無論是「勞動說」，還是「巫術說」，總是與其相關的社會情境空間共存，尤其在當代消費社會，音樂的文化商品性就更為顯著。

國內外學者很早就注意到空間中音樂的商業效用，「音樂背景」成為必不可少的一個重要因素。比如，早在 1968 年，貝雷等人就提出了空間氛圍概念。他們指出，凡顧客在賣場中感官所知覺的，如色彩、聲音、氣味、溫度、現場人員的行為及互動情形等，皆可被定義為空間氛圍。〔註4〕後來不少研究者再次強調，此研究一直持續。比如，1988 年考特勒（Philip Kotler），指出空間氛圍可以影響操弄消費者的情緒，進而促使消費者產生購買行為，銷售或售後服務，最重要的一點就是設計好購買現場的空間氛圍。〔註5〕巴克將空間氛圍分為社會因子：如服務人數充足及人員的親切感等，為商店環境的人為變數。外圍因子：足以影響消費者感官知覺的變數屬性，如背景音樂與燈光，為商店特徵表現等。空間氛圍的因子變量是構成商店整體情境的主要因素，以及影響消費者商店印象知覺的關鍵層面〔註6〕。2000 年，理查德等甚至歸納出空間氛圍的六大因素：商店位置、商店氣味、商店溫度、商店燈光、商店顏色、及背景音樂〔註7〕。

從符號學角度來理解，音樂符號的一個顯著特點在於它和它的傳播空間密不可分，這個傳播空間對音樂文本來說，重要性已經超過一般的伴隨文本，而形成一種「雙文本」結合體。換句話說，沒有一定的空間，就不可能有音樂文本，空間的品質成為音樂文本一個至為重要的組成部分，二者合成一個雙文本互相結合的全文本。不考慮空間而分析音樂文本，是虛幻的，因為剝離了音樂文本的根本品質。更重要的是，空間直接將音樂文本種植到文化中去，成為聲音文本的文化性之間的紐帶，脫離文化品質的音樂文本，只剩下物理性，其文化意義就不在場，其表意過程就沒有完成。正如戴維・布拉克特（David

〔註 4〕Berry, L. L. & Kunkel, J. H. *A Behavioral Conception of Retail Image*. Journal of Marketing, 32, 1968.

〔註 5〕Kotler, Philip. *Atmospherics as a Marketing Tool*. Journal of Retailing, 49(4), 1973.

〔註 6〕Baker, J. and J. M. Levy. An Experimental Approach to Making Retail StoreEnvironment Decisions, Journal of Retailing, 68, 1992.

〔註 7〕Richard, F. Y. and S. R. Eric. *the Effects of Music in a Retail Setting on Real andPerceived ShoppingTimes*. Journal of Business Research, Consumer Behavior, Illinois: Scott, Foresman and Company, 2000.

Brackett）指出流行音樂是與特定社會語境相聯繫的社會性文本，這個文本背後的人類生存環境。不同社會語境的流行音樂，需要相應的解釋模式和方法。不僅音樂音響、歌詩內容是研究對象，而且與流行音樂相關的文化現象，諸如明星及明星制和演唱會等，也應作為分析文本，目的是把流行音樂作為一個整體性的文化文本，還原到社會文化空間中。〔註8〕

所以，當我們研究作為聽覺藝術的音樂文本時，分析的中心應該區別於一般的文化文本分析，而應該將這些音樂產品放回到他們被創造、被體驗的社會環境和文化空間中，尤其要分析音樂與空間的相互構成問題，音樂—空間雙文本的建構，不但決定了音樂不同的使用方式，也表現出不同的互構方式，從而完成不同的空間文化。

第二節　當代空間的兩種變異

音樂與空間之間，有一種在物理上很正常，在文化符號學上很難分析的特殊關係。音樂必然是時間上綿延的，是時間性的，而空間的原本形態是靜止的，與時間相對立。音樂—空間之所以必然結合，是基於空間的兩個基本變異方式。

第一種空間變異，是空間的文化化，或稱空間的文化功能化。即從物理空間變成文化空間。亨利·列斐伏爾在《空間的生產》中說：「空間是一種社會關係嗎？當然是，……空間裏彌漫著社會關係；它不僅被社會關係支持，也生產社會關係和被社會關係所生產」。〔註9〕在列斐伏爾的論述中，空間已不是一個空洞的物質存在，相反，它承載了各種意識形態，反過來，空間又表現、生產、強化這種意識形態，是意識形態轉化成為實際的關鍵，因而空間對於生活其間的人來說具有重要意義。後現代主義思想家米歇爾·福柯甚至提出：「我們時代的焦慮與空間有著根本的關係，比之與時間的關係更甚」〔註10〕，並尖銳地指出「今天，遮擋我們視線以致辯識不清諸種結果的，是空間而不是時間；表現最能發人深思而詭譎多變的理論世界的，是『地理學的創造』，而不是『歷

〔註8〕　參見王彬《流行音樂呼喚新的研究方法和闡釋模式》，《音樂研究》2005 年，第 4 期。

〔註9〕　轉引自包亞明：《現代性與空間生產》，都市與文化叢書，第二輯，上海：上海教育出版社，2003 年，第 48 頁。

〔註10〕　米歇爾·福柯：《不同空間的正文與上下文》，陳志梧譯，選自包亞明主編《後現代與地理學的政治》，上海教育出版社，2001 年，第 20 頁。

史的創造』」〔註11〕。福柯這個深刻的觀點，犀利地看到空間性問題的凸顯。

一旦空間被理解為文化空間，音樂與空間的集合就變得順理成章。比如，美國音樂民族志研究學者瑞斯通過時間——空間——隱喻三維分析法，列出的從小到大九種不同音樂空間〔註12〕，就是空間文化化的一個例子。這也是本文下面要討論到的音樂—空間第一、第二亞型的立足點。

第二種空間變異，是空間的媒介化。即物理空間的媒介化。它的主要手段是圖像流動化。靜態的圖像很少與音樂聯手組成文本，只有現代影視類的圖像出現，空間的媒介化才變成了一種具有實踐延展度的再現。此時雙媒介的音樂—空間文本潛力得到發展，出現了獨特的文本身份。這就是本章下面要討論到的音樂—空間的第三第四型的基礎。

此時，音樂—空間就不在是一個靜態的文本，而是列斐伏爾所說的「空間實踐」，由「空間呈現」和「呈現的空間」辯證地混合而成一種基質構成，他們各自與一種特定的認知方式結為一體。一個體驗音樂的自我不可能自我完成，它需要不斷與世界、與他人、與他所在空間建立意義聯繫，這種意義表現的音樂—空間文本身份，會對每個人自我進行不斷地重新塑造。這樣，就不是自我身份建造音樂空間文本身份，而是音樂空間文本身份構築了每個分享者的身份。

〔註11〕 轉引自愛德華·W·蘇賈：《後現代地理學——重申社會理論中的空間》，王文斌譯，北京：商務印書館，2004 年，第 1 頁。

〔註12〕 2003 年，美國學者瑞斯（Timothy Rice）為核心主題的音樂民族志（subject-centered musical ethnography）提出三維分析方法：時間（Time）—空間（Location）—隱喻（Metaphor），並將空間（Location）劃分為 9 個從小到大遞進的單位，分別為：1. 個體的（individual），即將研究對象視為單獨的和獨特的事物。2. 亞文化群體的（subcultural），為社會的一部分，如性別、階級、種族、年齡、職業、興趣等。3. 地方的（local），亦即亞文化群體表演音樂的地理空間位置。4. 地域的 regional），由研究者建構的超出鄉村、族群以外的空間概念。5. 國家的（national），是指國家—民族（nation-state）的存在空間，包括政策、實踐以及允許讓公民設想其存在的空間。6. 區域的（areal），是指共同經歷同一段歷史的地域，如拉丁美洲、非洲前法國殖民地、前東歐社會主義國家陣營等。7. 移民族群的（diasporic），指具有共同起源、居住在同一地域的人們因各種歷史原因分散至全球各地，猶太人移民現象是移民族群空間的原型。8. 世界的（global），在商業、旅遊業、電子媒體的作用下，人們通過快捷便利的聯絡方式打破地方或國家的界限而形成的地球村（anglobal community）局面。9. 虛幻（virtual），指無實體的存在或由英特網絡建構的虛擬空間。參見 Rice, Timothy. "Time, Place, and Metaphor in Musical Experience and Ethnography". *Ethnomusicology*, 2003, 47(2): 151～179.

第三節　音樂─空間文本的主導因素與文本類型

音樂─空間雙文本，可以稱為音樂空間，也可以稱為空間音樂，但在具體的分析中會很複雜，究竟是空間意義重要，還是音樂意義重要？音樂看起來好像是主文本，實際上並非每個場合均如此。所謂主導，就是文本中決定意義類型的最主要因素，這是雅克布森提出的理論。音樂─空間這二者的對比主導性，構成了音樂的跨媒介分析中最複雜的難題。然而，雖然在任何一種亞型中，輔助和主導同樣，必不可少，因為音樂─空間是一種雙聯合文本，缺一不可，但還是主導因素決定意義。

1. 第一種亞型

音樂─空間文本的空間的功能為主，音樂為輔，音樂服務於空間。這種類型最典型文本是儀式音樂。越來越多的音樂人類學學者開始注意到，「空間」是儀式音樂分析中一個不可缺少的維度，因為它至少包含了儀式中所具有的「物質、關係、儀式」等層面的空間關係〔註13〕。不少學者在分析這類儀式音樂時，也常用「儀式音景」來描述其空間文化意義。

在古代，符號是珍貴之物，有神秘感，帶有權力和超越凡庸的能力，往往是酋長和祭司所掌握。音樂因為製作困難，而且轉瞬即逝，更是珍貴。因此音樂通常在宮廷朝廷這種權力場所，廟宇這種宗教場所，作為權力和神性的隱喻而現，象徵著某種人不可及的崇高存在。即使在延續至今的「儀式音景」中也是如此，比如在湘中拋牌儀式中，音樂是一種情境，〔註14〕此時，空間的品質顯然比音樂更為重要，由此空間，隱喻的喻本才得以在場，音樂本身的品質與風格等倒是其次的。

在後世，儀式音樂漸漸民間化，成為民間紅白喜事的必要成分。這種儀式音樂顯然是為空間服務的，只有在一定的空間場合才能起作用。

而到現代，此種為空間服務的音樂深入到各種平凡生活場合，空間─音樂雙文本已經日常化，作為空間的風格化方式，這尤其在城市生活中比較突出。因為城市具有營造空間的文化性的需要。在商場，飯店，咖啡廳，酒吧，舞廳，廣場舞，遊樂場，小區的庭院等空間中，都可以聽到音樂的塑造空間作用。所

〔註13〕齊琨《空間：儀式音樂分析中的一個維度》，《黃鐘·武漢音樂學院學報》，2006年第 4 期。

〔註14〕吳凡《音聲中的集體記憶：湘中冷水江拋牌儀式音樂研究》，《中國音樂學》，2010 年，第 4 期。

謂的「情調音樂」，也就是讓空間具有一定的文化品格，成為攜帶某種文化意義的符號文本。

音樂就有如商場空間的裝修，看來附加的風格不僅決定空間的風格，無這些符號意義的空間只是「零度空間」，無風格也不文化的空間實際上是非空間。據有人在賣酒的商店做實驗，如果用古典音樂作為背景，與播放搖滾音樂作背景時相比，顧客選擇的酒的品牌就貴三倍之多，這證明音樂的意義是滲透性的，它把同樣的商店空間文化化了，使顧客感覺到自己的身份，應當與音樂—空間同一格調。此類調查研究的結論相當一致，促進的市場營銷形象的音樂類型，完全不同於所創造的「金錢價值」形象的音樂類型〔註15〕。

再例如「高檔小區」的庭院，一般都用隱蔽於草叢中擴音器調成最低聲，播放背景音樂，而此音樂總與小區所希望達到的總體風格相反，通常都採用並非特別難懂的流行化的輕音樂（如克萊德曼的鋼琴曲，恩雅的新世紀音樂），顯然這是為追求「家庭」「小資」「格調」的買家與住戶提供的音樂空間。而坐落在城市中的酒吧，則會儘量採用各種風格的西方搖滾、爵士音樂等，以取悅酒吧中的常客，這些常客多為自以為品味國際化的時尚青年。相反，在中國近年興起廣場舞中，音樂往往則是耳熟能詳的節奏鮮明伴舞的流行曲和民族舞曲。而所謂的「音樂廣場」，「音樂噴泉」，則追求宏達開闊。可以說，第一亞型中的音樂是廟堂或儀式的空間符號隱喻，一定的儀式空間要求一定的音樂與之配合。

2. 第二種亞型

音樂為主，空間為輔。此類亞型是現代化生活的產物，主要以音樂廳，音樂會廣場，歌劇院，戲院等形式出現。這些空間是特地為音樂的最佳效果而設立，明顯是空間為音樂服務。不同類型的音樂會要求不同的空間，例如搖滾音樂會的空間要求大型空地，以及具有各種燈光、煙霧、灑金屬片等設備，有足夠縱深的舞臺，功率強大的擴音設備等。而以交響曲為主的音樂廳，通常更關注音樂的演奏效果，以保持音樂的純粹，這些設置因音樂類型而異。比如，由瓦格納親自參與創建的拜羅伊特歌劇院（Margravial Opera House Bayreuth），這個只容納 500 人的劇院中，從合唱隊的位置，到指揮的舞臺布景，均作精心設計，與瓦格納的「歌劇是用音樂展開的戲劇」理念一致，充分發揮音樂的戲

〔註15〕 Adrian C.North and David J.Hargreave "Music in Business Environments", "*Music and Manipulation:on the Social Uses and Social Control of Music*", Edited by Steven Brown & UlrikVolgsten, Published by Berghahn Books, 2006, p.117.

劇效果。

　　在電子時代個人化終端，尤其是當今的微終端時代，出現了耳機這樣的微縮音樂—空間，音樂在這裡被壓縮了的空間中可以為一個人單獨欣賞服務。它實際上是家庭的、個人的音響設備之進步微縮化，這種空間趨近於零幅度，但不能說它不再是空間，只能說它是空間的極小值。這時音樂為主空間為輔之間的比例達到了最大值。此種亞型中，音樂是音樂—空間全文本中的一部分，因此它起了一種提喻功能。

3. 第三種亞型

　　音樂與空間互滲的全文本，它是半媒介化的音樂—空間。雖然音樂本身是通過聲波渠道傳送的聲音媒介，這一點任何音樂都是如此，但空間卻是非媒介化的物的直接呈現。正如艾科指出，媒介的定義就是具有與符號原載體「異物質的」（heteromaterial）〔註16〕。因此，音樂—空間是半媒介化的文本，即使是錄音重放，也是半媒介文本，因為音樂總是需要一個實體空間。

　　然而空間也可以媒介化地再現，尤其可以用圖像再現，而不是物理性呈現。被媒介化的空間應當很難與音樂互相構成雙媒體文本，但在現代影視的媒介化的空間中，這種雙媒介化，甚至多媒介化音樂—空間卻極為普遍。比如電影音樂—空間，電子遊戲音樂—空間，甚至廣告音樂—空間，聲音商標〔註17〕等。

　　以電影為例。瑪麗—洛爾·瑞恩（Marie-Laure Ryan）主編的《跨媒介敘述》（Narrative Across Media）一書中，將電影列為跨媒介敘述的典範。因為語言、視覺、聽覺三大媒介家族中，三者的結合，以電影最為豐富〔註18〕。影視中的音樂—空間的第一種類型，通常依靠有聲源的音樂，即音樂表現的空間，畫面中出現音樂的聲音來源。比如，電影《黃土地》中的祈雨儀式中嗩吶與腰鼓隊，《海上鋼琴師》中游船上的演出廳。它們分別是第一第二亞型的媒介再現。唯一不同是，在雙媒介化之後，音樂—空間文本可以整體地保存，原來只

〔註16〕Umberto Eco, *A Theory of Semiotics*, Bloominton: Indiana Univ Press, 1976, p. 217.
〔註17〕「intel」的聲音、米高梅電影播放時的獅吼聲、諾基亞手機特有的鈴聲、恒源祥廣告中「恒源祥，羊羊羊」等都顯示出聲音具備與傳統商標相同的識別功能，進而成為商譽的載體。1999 年 6 月，「可口可樂」與太陽神」之間關於《日出》歌曲的糾紛，是典型的聲音與品牌使用關係的例證。參見楊延超《聲音商標的立法研究》，《百家爭鳴》，2013 年第 6 期。
〔註18〕Marie-Laure Ryan, et al, (eds), *Narrative Across Media: The Languages of Storytelling*, Norman: University of Nebraska Press, 2004.

是一次性的演示音樂—空間文本，保存後可供後世讀者一再重新接收。這是一種轉喻性的文本，因為是原文本復現到影視媒介之上。

4. 第四種亞型

這也是音樂與空間互構形式的文本，儘管他們各自表現出強烈的獨立性。典型的是影視中的無聲源音樂，即在影視畫面上看不到聲源，沒有再現音樂的源頭。「無聲源」音樂—空間是現代技術的一種奇特的產物，因為空間雖然在影視中被媒介再現了，而音樂卻脫離了媒介再現空間，逃逸到另一種媒介（聲軌）中，此時的音樂似乎來自空無，無法歸入文本組成之中，但它們也能很自然地與空間形成互構。

在早期無聲電影放映時，往往請一位鋼琴師在銀幕下彈奏，此種實為無聲源影視音樂的前驅，可見這種跨媒介音樂空間構成方式，是為觀眾接受影視時的自然需要。現代影視的音響技術已經極為先進，這種雙媒介保持距離的複合關係也越來越複雜，經常有人稱之為「氣氛音樂」，實際上，烘托氣氛只是其中音樂與空間配合最簡單的方式。相當多的「畫外音樂」起了獨立的敘述故事的作用。例如姜文導演的影片《太陽照常升起》，有一段伴隨「抓流氓」事件革命音樂片段。學校操場放映電影芭蕾舞劇《紅色娘子軍》，在《娘子軍連歌》歡快活潑的音樂聲中，女戰士與炊事班長共同上演一段根據地軍民魚水情的革命浪漫主義故事。此時電影的「戲中戲」的音樂是後來作為中國紅色音樂的代表作之一《軍民魚水一家親》，它是一段有聲源音樂，構成電影中的「看電影」一個重要情節。但在革命音樂的襯托下，一幕群情激憤抓流氓的悲劇在暗夜中的臺下上演。被誤認為碰了女人屁股的梁老師倉皇逃跑，後面是一群手持手電筒的追捕群眾，銀幕上男女戰士相互戲逗音樂，帶著激越歡快的鼓點，轉換為畫面之外群起抓流氓的場景，革命電影的有聲源畫內音，轉化成鬧劇無聲源畫外音，明顯的音畫不合，由「似是而非」變成「說是而非」，從悖論轉換成反諷，紅色音樂取得了獨立而又強烈的反諷效果。

因此，這種無聲源音樂—空間文本，經常可以是一種反諷文本，文本在場性中二者的聯繫已經失去，雙方不再是統一文本的有機構成部分，而是具有張力關係的對照，不再有音樂依存於空間的關係。這種音樂—空間關係需要接受者進行聯合解讀，才能構成具有整體性的文本。

我們可以說，這種音樂文本實現了真正的跨媒介文本的潛力，音樂與空間這二種符號表意方式各自保持了自己的獨立性。音樂—空間文本抵達這個階

段，走向了反諷式文本。反諷，作為藝術中最深刻的一種修辭。布魯克斯認為文學藝術的語言永遠是反諷語言，任何「非直接表達」都可以稱為反諷〔註19〕。語言是單媒介的，而電影符號表意經常是多媒介的，反諷在當代電影表意中出現的較多，它需要解釋者「矯正解釋」〔註20〕，矯正的主要手段依靠情景語境和伴隨文本語境。

第四節　四種亞型與四體演進

　　音樂—空間文本的表意方式在人類文化中的發展，經歷了典型化符號修辭四體演進的過程，即隱喻的互相映照，提喻的部分替代，轉喻的另媒介映照，以及反諷的各自媒介化的聯合解讀，這就是音樂—空間雙文本的分之合，不分之合，不合之分，與合之分，這四個關係演變方式。

　　這是四種歷史演變模式，更是當今文化中四種共存的文本方式。我們文化中的音樂—空間如今無比豐富，四類均常見，以至於我們忘記了這四種類型實際上是歷時地次第演變出來的，音樂—空間的雙文本互構成方式，或許並沒有脫離所有雙文本形態所遵循的一般規律，但音樂空間可能最為典型地體現跨媒介符號文本的無比豐富性。正如詹姆斯·羅爾所論：「由於音樂容易獲得並且富有『彈性』，它可能是不同政治文化團體和運動表達的完美形式。」〔註21〕而音樂—空間本身既是一種產物，是由不同範圍的社會進程與人類干預形成，又是一種力量，反過來，它影響、指引和規約人類在世界上的行為與方式的各種可能性。

〔註19〕　William K. Wimsatt and Cleanth Brooks, Literary *Criticism: A Short History*, New York: Knopf, 1957. p.674.
〔註20〕　趙毅衡《符號學：原理與推演》，南京：南京大學出版社，2011 年，第 212 頁。
〔註21〕　詹姆斯·羅爾《媒介、傳播、文化——一個全球性的途徑》，董洪川譯，商務印書館，2005 年版，第 204 頁。

第三章　歌詩的跨媒介傳播：異質編碼

第一節　歌詩的跨媒介性

　　當代絕大部分歌詩已經不再是單純的一首歌，而是與其他媒介協同，構成「跨媒介音樂」，比如與戲劇聯合成為音樂劇，配合影像的電影、電視音樂，電子遊戲配上音樂，旅遊廣告歌曲等，這是當代文化中音樂起作用的主要方式。此時音樂的符號表意，必須通過和其他的媒介相互作用，形成複雜的符號間性，呈現出組合意義模式，而這些表意方式與符號修辭學有著密切的關係。

　　20 世紀，藝術最大的變化，是新媒介的出現。新媒介對音樂的生產、傳播的影響，並不是簡單的媒介工具的使用和發展，而是憑藉各種電子媒介技術達到了對人感官和表現器官的最大化的延伸。單小曦在分析當代媒介的含義時，提出一個新穎的觀點，「媒介即存在之域」，也就是說，媒介並不僅僅是認識的工具和世界本體，也是存在本身，存在不能脫離媒介而顯現。〔註1〕而唐小林直接提出「藝術即媒介。」〔註2〕

　　早在 20 世紀 60 年代，作為信息社會的「先知」的麥克盧漢，就提出了「媒介即信息」，因為「媒介是人的延伸……任何媒介都不外乎人的感覺器官的擴展或延伸：文字和印刷媒介是人的數據額能力的延伸，廣播是人的聽覺能力的延伸，電視則是視覺、聽覺和觸覺能力的綜合延伸。」〔註3〕媒介延伸了

〔註1〕單小曦《媒介與文學》，北京：商務出版社，2015 年，第 34 頁。
〔註2〕唐小林《符號媒介論》，《符號與傳媒》，第 11 期，四川大學出版社，2015 年，第 151 頁。
〔註3〕馬歇爾·麥克盧漢《理解媒介——論人的延伸》，何道寬譯，北京：商務出版社，2000 年，第 33 頁。

人的接受感官（眼睛，耳朵等），進而影響整個心靈與社會。為此他總結出人類歷史上的三次最具有革命性的媒介技術革新：文字的發明，是符號信息可以越過時空保留給後代；機械印刷的推廣，使文字真正進入尋常百姓的社會生活，成為現代化的催化劑；而以 19 世紀電話、電報發明為象徵的電子時代的到來，使人的感官接受跨越時空，成為超遠距感知。

到今日的計算機網絡傳媒時代，麥克盧漢對「媒介是人的延伸」的觀點只說對了一半，他強調的只是媒介對人的接受感官的延伸，今天「無所不在」的藝術造成的是人的表現器官的延伸。音樂原是通過人的表現器官（嗓音、表情、身姿、手指等）呈現的，新媒介延伸的不只是人的接受感官，還把人的表現器官延長了，而且跨越了時空，做到了「超距離傳送」，這樣「媒介是人的延伸」就獲得了方向相反的另一半的意義。應當說，在很早的時候，甚至史前時代，人的表現器官就在延伸，那就是藝術工具：樂器、道具與衣飾、畫筆與顏料等。在音樂領域，鼓在最原始的表演中就已經出現，它作為一種工具媒介，參與了聲音的傳達，在很多民族中，人借鼓聲溝通人和天地。發現的八千多年前的骨笛，也算是另一種早期的工具媒介，以後的各種文獻藝術中記載的樂器，諸如《詩經》中描寫到中國傳統琴、瑟、鍾、鼓等 26 種樂器，直到 19 世紀隨著中西文化交流，在中國人中流傳的鋼琴、小提琴技藝等，這些都是作為音樂工具媒介的延伸，或者人聲媒介的延伸。

但這些和新媒介的最大的不同在於，人與人工媒介的不分離，也就是說創造者和創造的作品在一起，樂器作為身體的一部分，和人一起成為聲源的發聲體（所有的樂器依然是通過人的演奏而發生），這就是所謂的演奏藝術中為什麼把「人器一體」「得心應手」看成藝術表演的最好境界的體現。

當代新媒介藝術不同，新媒介使藝術符號文本和表演者分離，做到超時空傳送。當音樂被接受時，音樂家家不必在場，實際上音樂家很少在場。這樣才造成了音樂作品的「無所不在」。比如，在音樂領域，早期的數碼技術，可以讓音樂記錄、存儲、整合、播放。最早是唱片的錄製技術，接著是無線電廣播技術，再到影視音樂，直到當今的互聯網線上音樂。

不僅如此，新媒介使藝術生產都可以採用「藝術家不必在場」。例如音頻影像技術與傳統音樂的分界「分錄合成音」（schizophony）技術出現後，就可以在不同的場合分別錄製，在工作室的電腦中合成。〔註4〕這一技術意味這聲

〔註 4〕1979 年，作曲家 R.默里‧沙費爾（R. Murray Schafer）提出「分錄合成音」一詞。

音可以由不同媒介發出，而不單單是由人這個發聲源發出。換句話說，我們不需要看到原初的發聲源，同樣可以聽到人的聲音的存在。

　　新媒介的這種「聲源分離」技術，還讓我們欣賞到很多過去流傳下來的各種「標準」（原初）音樂，還能保存現有的聲音和圖像，這讓「稍縱即逝」的音樂，變得隨時可取，隨時可用。所以美國女歌手霍利‧威廉斯（Holy Williams）與她早已去世的祖父漢克‧威廉斯（Hank Williams）合唱《耶穌受難記》中的幾首插曲，王菲唱與已故多年的鄧麗君隔空演唱《清平樂》可以讓觀眾感到現場再現；還有美國作曲家惠特克（Eric Whitacre）2013 年創造的「虛擬合唱團」，他將 101 個國家 5095 人演唱的《飛往天堂》（Fly to Paradise）片段，合成為大合唱。

　　隨著技術的發展，人類有能力保存各種音響，並將此放入音樂製作匯總，噪音作為一種「音色」開始被人們接受，這就是現代音樂對原有的音樂概念帶來的新的挑戰。新媒介技術為音響世界帶來了新的聲音，它也為人們擴展了一副當下世界的聲音全景圖。

　　今日的數字藝術時代，人類借助新媒體、新技術，促成了集視、聽、觸等多種感官效應於一體，在虛擬和符號的世界中，來實現感情的交流、思想的溝通方式，就像曼諾維奇的呼籲：「在上帝死了（尼采），啟蒙的宏大敘事終結（利奧塔）和網絡來臨（蒂姆‧伯納斯‧李）之後，世界向我們呈現出一個圖像、文本和其他數據記錄的無限的和解構的集合。似乎這個世界只適合用數據來模式化，但同時我們也希望發展一種數碼詩學、美學和倫理道德。」〔註 5〕

　　新媒介技術的發展，不但延伸了人們的音樂創作思維和能力，也改變著人們對音樂的認知，以及欣賞藝術的習慣。這都是新媒介對人類表現情態的延伸。正如歐陽友權的描述：「互聯網打造的藝術作品就是這樣一種虛擬現實的視覺消費品。網絡藝術猶如一種藝術的生物工程，它把一切實在之物拆解為斷片式代碼，再用數字化技術將這些代碼組合成表面真實的虛擬物象，然後將其作為實在的代碼來替代物象的真實。〔註 6〕悖論的是，比如「現場音樂會」恰恰是不在場的，只是網絡媒介把時空距離的「空」取消了，讓全世界的觀眾取回了一半的在場感，成為另一個自然。「設備、技術和工藝佔據了我們的生活：

〔註 5〕Lev Manovich. *The Language of New Media*, Massachusetts: The MIT Press, 2001:335.
〔註 6〕歐陽友權《數字媒介下的文藝轉型》，北京：中國社會科學出版社，2011 年，第 14 期。

電話、汽車、錄音機、電器……我們的世界基本上變成了人造世界，實際上對今天的人來說人造的才是真正自然的。」〔註7〕演出藝術的一個最大特點，就是允許交流互動，這就是現場「參與感」：觀眾抗議喝倒彩可能尖叫讚美，可能發洩各種感情。錄音錄像電影取消了這種樂趣，而互聯網，以及各種「允許互動」的技術如彈幕、評語、打賞等，從後門放進了一半的「現場參與感」。

數字媒體藝術除了虛擬性之外，最大的特點，提供了演出藝術本有的「交互行為」帶來的體驗美感或愉悅感。「交互性（interractivity）也是人類包括文學活動在內的一切交流活動中的普遍特性。」〔註8〕它使觀眾從一個被動者的觀看者變成了主動參與者，通過和作品進行互動、參與改變了作品的影像、造型甚至意義。學者對它的描述是「數字媒體與互聯網的結合，使它具有了超大容量、超越時空、雙向傳播、高度共享和平等對話等特徵。」〔註9〕

第二節　歌詩與媒體文本的符號間性

以電影音樂為分析對象，探討此跨媒介藝術體裁與作為電影主媒介文本——連續動態畫面——之間的幾種組合表意方式。作為電影藝術整體一個部分，電影音樂的製作、生產和效果都與電影密切相關。隨著電影的發展，電影音樂的地位越來越重要，也逐漸作為一門獨立的音樂體裁而被學界關注，世界各大電影獎都把電影音樂作為一種獨立的獎項頒發。電影音樂藝術，即如何和電影主文本（畫面，語言及其他音響）形成一個有機的整體，如何與電影主文本聯合編碼，如何成為電影表意重要手段，而對於作曲家來說，如何找到音樂和畫面之間最有效的符號間性，成為電影音樂藝術的最關鍵一步。

一般觀眾都認為電影音樂是為情節「增加氣氛」，然而，音樂是與影像配合，而不是與劇本文字配合，這點可能是一般觀眾所忽略的。美國電影音樂家約翰·威廉姆斯（John Williams）在談及自己的電影音樂創作時說：「我開始作曲始於電影拍攝工作已經完成，我嘗試不讀劇本，因為當你讀劇本時，你不自覺地會有相關影像在腦海裏，而這些影像大抵跟你以後所看到的並不一致，甚至完全不一樣，所以我不讀劇本，我要看畫面。對於電影畫面的節奏變化，我

〔註7〕R.舍普《技術帝國》，劉莉譯，北京：三聯書店，1999年，第38頁。
〔註8〕萊恩·考斯基馬《數字文學：從文本到超文本及其超越》，單小曦、陳後亮等譯，桂林：廣西師範大學出版社，2011年第7頁。
〔註9〕李四達《數字媒體藝術的符號學解讀》，《北京郵電大學學報》，2009年第4期。

會有所驚喜或把警覺提高；相反，如果我沒有看過實質畫面，我永遠不知道下一段如何。原初印象是最重要的，我經常跟導演說，如果可以的話，我寧可不讀劇本，我寧可不看任何過程中的拍攝畫面，而只看觀眾最終所看到的影像版本。」〔註10〕

音樂與「主媒介文本」可以有多種配合方式：主文本內有聲源，主文本內無聲源；音樂與主文本在意義上形成協同關係，音樂與主文本在意義上形成背逆關係。我們不應該將電影音樂看成一種與畫面的簡單疊加，而應該注意到它與電影主文本之間形成有效的戲劇張力。

通常一部電影的主題、氛圍乃至敘事時間已經為作曲家配器、音樂風格的和聲取向，甚至對位方法，給出了限制。中國作曲家譚盾在談論他創作電影音樂經驗時指出：「我們講一個更加具體的『對位』，就是聲音的直接『對位』。我的工作方式是把對白、畫外音，還有其他的資料聲音和我作曲的聲音做成一個四重奏的譜子，所以我作曲之前先把對白列出來，明確它們在哪個點上，再把聲音列出來，這樣可以有效搭配，避開衝突，做對白的時候可以用長音，講話的時候音樂要停掉或者是平的，不要跟它有衝突。這就是中國哲學裏面講的你靜我動。」譚盾甚至指出「《易經》對電影作曲家來說是非常天衣無縫的教材，就像64卦的變換與平衡，在電影作曲當中也同樣受用。」〔註11〕音樂與畫面的關係，遠遠不是「氣氛」那麼簡單，值得仔細分析。

在藝術電影中，通常來說，大多數藝術電影中援引的流行音樂，有其自生的原生語境，並非為電影而作。流行音樂的生產，從簡單的唱片時代以純粹聲音符號為渠道，到現場演唱會，到錄像光盤形式以及當代借鑒現代全媒體化包裝的MV，音樂真人秀等，樣態越來越複雜。在談到一首流行音樂文本時，不只是傳統意義上的音樂和歌詩，還有歌手的個人身份信息，傳媒的作用，甚至連同他成名作，MV化的視覺表演內容，以及某個節點性的具體音樂事件，都捲入到意義之中。這些非音樂核心部分，構成了一首歌的伴隨文本。

當這些歌進入電影後，對熟悉的歌眾來說，伴隨文本信息並不會立刻消失，作為一種「前文本」伴隨著影片的觀看。這些伴隨文本，原本與電影內容無關，可以稱為故事文本無意義的噪音元素。但不可否認的是，現代傳媒經濟體系運

〔註10〕參見香港公開大學電影音樂研究者羅展鳳在對約翰‧威廉姆斯的採訪，《好的電影音樂視它如何為電影服務》，《當代電影》，2012年第3期。

〔註11〕譚盾《影音生命的「對位」格局──淺談電影藝術中的「對位」思考與合作》，《藝術評論》，2012年第6期。

作的痕跡，都通過伴隨文本深刻烙印到文本上。一首歌曲流傳越廣，它的社會聯繫越是複雜繁多，它溢出了音樂主文本之外，指向各種現實相關的語境。

第三節　歌詩「挪用」中的藝術張力

　　這也是流行音樂研究專家大衛・布拉克特特別強調的一點：「建立音樂文本和文化語境之間關係的理論方式，或許更能有效地分析流行音樂。」〔註12〕不得不承認，正常情況下，商業電影中，對流行音樂的挪用，往往會對其溢出社會現實之外的指稱性信息進行「脫敏」和「降噪」處理，以保持視聽敘事與流行音樂琴瑟和鳴，或者意義的順向統一。相反，在藝術電影中，導演的意圖往往會故意保留其甚至相悖的異質性，故意突出這個流行音樂的異質性存在，強化它的風格標出性。藝術電影這一標出行為，會將流行樂的表意模式幻覺中斷，改為特立獨行的「冒犯」姿態：流行音樂段落及其原語境成為異質性元素，導致其慣常的先鋒風格被自反式地解構。

　　流行音樂在電影的價值，正在於它生產了一套反諷編碼體系，增強了作為藝術電影系統的抗解分性。為電影專門準備的原創歌曲，在電影被觀看之前，還沒有人聽到過。電影音樂的裁剪與符碼生產屬於創作環節，在與畫面視覺信息進行嚴絲合縫的緊密結合後，才以敘述的一部分展現給觀眾。然而流行音樂不同，它們在進入電影之前，早已傳唱於大街小巷。觀眾在接觸到帶有流行音樂的電影段落時，本身有一種對該段流行音樂的頑強的前理解，並被內置為接收者的能力元語言。比如韓寒導演的《後會無期》，其中的插曲和主題歌，在音樂上都是現有的挪用，只是舊曲填新詞，故意製造觀眾的熟悉中的陌生感，以強化審美效果。

　　流行音樂的模式有可能會形成強大的符碼力量，干擾敘事性場面的契合度，甚至流行音樂內諸多元素的結構秩序，往往被元語言話語緊密綁定，並植入到觀眾的意識領域中，很難配合這個故事。然而，正是這種行為悖論，流行音樂反而容易被電影吸收，因而成為電影音樂中難以處理卻最有魅力的強編碼元素，形成對藝術電影解讀的挑戰。藝術電影和流行音樂這兩類異質文本，雙重並置於異質語境中，藝術電影才在其自反式的解構過程中，重獲新的文本意義。

〔註12〕David Brackett "Music", in (eds) Bruce Horer & Thomas Swiss, *Key Terms in Popular Music* and Culture, Oxford: Blackwell, 1999, p.139.

　　趙毅衡將電影劃入一種「演示性的敘述文本。」〔註13〕在這種演示性的文本中，重新構築的表演區內，不同於原歌曲的明星演唱，電影中的人物角色以「業餘歌手」身份完成一段對流行音樂的「模仿」演唱行為。在電影中，流行音樂的原文本質素保留為不可缺少的隱性參照，而讓人物演唱者的身體自然情感律動，成為焦點，這時，流行音樂反而有了類似於巴爾特對愉快的文本的閱讀感受：「這是引導身體的藝術⋯⋯其目標不在於信息的明晰，製造情感的戲劇性效果」，「對立的力量不在受到抑制，而是處於生成的狀態：無真正對抗之物，一切皆為複數。」〔註14〕。

　　在這裡，作為音樂符號的二次媒介化的流行音樂，意義重大，既勾連了原唱歌曲的「舊情感」，而熟悉的旋律因為歌者身份的錯亂，又重構了新的肉身。人物「表演」了流行音樂的原歌者，並藉此完成了自己的身份隱喻。流行音樂的二次媒介化，目的並不是展演一首歌曲，本意不在於模仿的逼真，而在於人物在模仿當中的身份變異。正是唱者的身份落差，造成了深遠的意義張力。

　　對流行音樂來說，一旦進入電影中，它也不再是具有獨立於電影的前文本，不再是一個自由運動的符號素，而是借電影敘述框架中的再現，獲得了新的文本意義。

　　流行音樂的意義在於流行，但當流行音樂不再流行，哪怕在長時段之後已然面目全非，它也並不會徹底消失，它可以化為潛意識層面的時代痕跡，成為亟待喚醒的文化積澱。這些過時音樂，有可能越過深遠的時間差，在一個刺激性事件的激勵下得以復活。藝術電影和其中援引的流行歌所處的年代不同，總存在著類似小說敘事學中的「二我差」〔註15〕。今日之我看到了過去之我，既熟悉又陌生。今日之我審視過去之我，兩個自我在對話。當人們接觸到電影中熟悉的流行音樂，聽到演員在表演歌者的時候，這個敘述歌者以代言人身份回顧過去，時代風貌在具體平凡的個體身上留下痕跡，並反思現在的生成的我的歷史結構。過去的流行音樂文本，又借當前電影的播出，被再次媒介化的音樂形式再次召喚，從而製造出時間斷裂，表現出歷史主體之間的差距。

　　這種差距，有時會通過打破音樂文本的內部結構而實現，或舊曲譜新詞，

〔註13〕趙毅衡《廣義敘述學》，成都：四川大學出版社，2013年，第37～39頁。
〔註14〕羅蘭・巴特《文之悅》，屠友祥譯，上海：上海人民出版社，2009年，第41頁。
〔註15〕趙毅衡《比較敘述學導論——當說著被說的時候》，成都：四川出版集團，2013年，第189頁。

或歌詩賦新曲，或給歌詩與音樂解綁，或置換局部符號，或去歌詩，讓歌曲非非語義化。

　　將一種藝術體裁，置於另一種體裁的文本中，生成新的文本，符號學稱為「換框」（reframing）。重構文本語境的換框行為，會使你看到過去未曾看到的藝術文本的含意。這種行為與歷史闡釋正好相反，換框後的新框更複雜也更有深意。〔註16〕藝術電影正是通過對流行樂的非常規的使用，將流行樂中的諸要素，如歌詩，歌手，演唱語境等其他伴隨文本分別予以重新編碼、換框，通過改變慣常語法，打破自然化的音樂敘述，扭曲符號效果等方式，有意疏離原敘述情境。流行音樂文本，此時就成了一種凸顯於情節邏輯之外的標出項，從而獲得了形式上的先鋒姿態。

　　流行音樂常常也被稱為通俗歌曲，在一般觀眾腦海中，總是和膚淺的情感聯繫在一起。實際上，流行音樂之所以流行，正在於它是一種與特定文化語境相聯繫的社會性文本，總是帶有強烈的歷史標識性。因此，一旦植入新的敘述語境，符號意義就會雙重編碼。音樂社會學家西蒙‧弗里斯指出：「流行音樂的本質是對話」〔註17〕，流行音樂在電影的「引用」，就是在新語境中重構新的對話或闡釋。

　　流行音樂被電影引用，造成電影風格的雜糅，拼接，會擴展電影音樂的表現領域，加深電影的主題意義。正如威廉姆斯的感歎：「電影音樂是一種非常有趣的音樂類型，皆因我們可以建立一種聯繫性，交織或黏合著兩種元素：藝術性強及非常複雜的嚴肅音樂，同時今天我們也經常聽到了不起的流行音樂。」〔註18〕約翰‧威廉姆斯並不是讚美流行音樂的偉大，而是深感當它與電影主媒介結合，形成的隱喻關係，帶來令人震撼的聯合符碼意義。

　　比如姜文的電影《太陽照常升起》中，「引用」了一首20世紀五、六十年代一度很流行的《美麗的梭羅河》。它同樣也是一首時代歌曲，也多次被使用在不同的場景中，但與上一首不同的是，它和主文本構成相反的意義效果。

　　《美麗的梭羅河》是一首印尼民歌。節奏悠長舒緩，旋律優美流暢。梭羅河是印尼爪哇島最大的河流，也是印尼人心中的母親河，流淌著歷史和鄉情的

〔註16〕米柯‧鮑爾《解讀藝術的符號學方法》，褚素紅，段煉譯，《美術觀察》，2013年，第10期。

〔註17〕Frith, Simon, *Popular Music: Music and Society*, London: Routledge, 2004. p23.

〔註18〕參見香港公開大學電影音樂研究者羅展鳳在對約翰‧威廉姆斯的採訪，《好的電影音樂視它如何為電影服務》，《當代電影》，2012年第3期。

歌曲。此歌第一次響起，是在瘋媽神秘失蹤，小隊長在河邊尋找，瘋媽空蕩蕩的衣服飄在緩緩流淌的河面上，歌曲接著主題音樂，以畫外音的方式悠揚響起：「美麗的梭羅河，我為你歌唱，你的光榮歷史，我永遠記在心上。旱季來臨，你輕輕流淌，雨季使波濤滾滾，你流向遠方……」樂曲行進的節拍恰好與衣服在河面漂流的節奏吻合，而在情緒和內容上，卻是悖逆的。鏡頭呈現的一個死亡的象徵意象，歌曲卻充滿了向上的歌唱性。正是音樂和畫面兩種對立的符號間性，構成了強烈的張力。從這一音響、畫面的綜合呈現中，觀眾感受到一種深刻的悖論。這正體現了姜文電影的美學思想說：「在我的世界觀裏，美麗和殘酷是並存的。」〔註19〕音畫分立，造成反差強烈的符號間意義，一直受電影音樂大師們親睞。普多夫金就指出，有聲電影的主要因素不是音畫合一，而是音畫分立。他甚至強調，音和畫必須密切地對位，畫面和聲音之間表現意圖的不完全一致才是電影聲音發展的前途。〔註20〕「引入流行音樂」的場景中，音樂與影像主文本敘述之間，卻多數方向相反相對，形成了複雜的關係。正像戴維・諾伊邁耶對電影音樂的分析，「一個聲音強調點……必定會破壞持續的、平和的背景……而造成秩序的斷裂。」〔註21〕如果說代表美和生命的原聲配樂能夠喚起人們對生命的熱愛和對自由的嚮往，代表一種生生不息，而人們耳熟能詳的流行音樂作為「刺點」一再出現，正好與其形成呼應，則代表了一種平常中的無常。

　　電影藝術是現代文化最倚重的一種跨媒介文體，總是作為一個意義合一的整體文本出現，但整體不等於各部分之和，整體先於部分且大於部分之和，並決定各部分的性質，「所見」之物不是實際存在之物，而是「呈現」之物。電影不是各種藝術相加之和，而是被觀眾視聽感覺整合成各種意義組合方式，這些組合已經被我們觀影程序自然化了，一旦仔細分析，就會發現其中的關係驚人複雜。

　　在姜文的《太陽照常升起》，我們可以總結出，流行音樂與「主媒介文本」呈現出四種配合方式。影像文本內有聲源音樂。影像文本內無聲源音樂；音樂與影像文本在意義上形成協同關係，音樂與影像文本在意義上形成背逆關係。

〔註19〕姜文《我堅信我的電影可以反覆看的》，南方都市報，2007-09-14。
〔註20〕多林斯基編《普多夫金論文選集》，羅慧生等譯，北京：中國電影出版社，1985年，第438頁。
〔註21〕戴維・諾伊邁耶，勞拉・諾伊邁耶《動與靜：攝影，影戲，音樂》，見陸正蘭等譯《音樂─媒介─符號》，成都：四川教育出版社，2012年，第9～10頁。

由此形成四種符號間性修辭關係：

明喻：主文本內有聲源，表意上協同，造成跨媒介文本意義深化；比如，梁老師彈唱《美麗的梭羅河》。

隱喻：主文本內無聲源，表意上協同，造成跨媒介文本意義生動；比如，瘋媽在《黑眼睛的姑娘》歌聲中的喊叫。

悖論：主文本內有聲源，表意上背逆，造成跨媒介文本意義複雜化；比如，《美麗的梭羅河》歌聲中飄著死去的瘋媽的衣服。

反諷：主文本內無聲源，表意上背逆，造成跨媒介文本意義多元化。比如，梁老師在《軍民魚水一家親》中被「抓流氓」。

電影音樂作為跨媒介藝術的典型體裁，具有特殊的表意方式，尤其是反諷這種最複雜的符號間性，會給電影文本帶來強烈的意義效果，而電影與音樂聯姻本身，就給這種現代藝術體裁以各種深刻的表意組合可能。

不可否認，流行音樂自誕生以來，就是青年文化的一部分，就如溫斯坦形象的描述：「它們是一對連體嬰兒，之間就像人的髖部和盆骨。」〔註22〕。這些被視為亞文化的文化，並非反文化，它們一樣無法擺脫對主流文化的依附性，它們的存在並不是為了推翻一個他者文化，相反，而是在主流文化的框架下，對其內部元素進行豐富的挪用，替換，或者通過「加強」或「弱化」一些語彙和用法，製造新的意義。這一點並沒有跳出費斯克對流行文化的描述：流行文化的使用者「有權力亦有能力將商品改造為自己的文化」〔註23〕。比如趙薇導演的作品《致青春》，劇本改編自於網絡文學，這本來就是對青年另一種社區文化的借用。電影中有一段晚會演出場景，歌星李克勤的歌曲《紅日》，被電影中的人物角色重新演唱，「命運就算顛沛流離，命運就算曲折離奇，命運就算恐嚇著你做人沒趣味」。歌中的「命運」這一主題，與影片中描寫的這一代人在各種價值衝擊下，對自身文化身份的認同姿態相互映照。

電影中的流行音樂，更是一種「音樂行為」，觀眾通過聆聽那些過去耳熟能詳的歌曲，在現實中為自己建構一個安身的烏托邦。藝術電影援引流行音樂，將其吸收為文本的一部分，並統一於文本身份中，形成整飭的意向性意義，這看起來似乎有利於解讀活動有效性。但電影觀眾面對的是兩種文化身份的

〔註22〕 Deena Weinstein, "Youth", in (eds) Bruce Horer & Thomas Swiss, *Key Terms in Popular Music* and Culture, Oxford: Blackwell, 1999, p.101.

〔註23〕 約翰‧費斯克《理解大眾文化》，王曉珏、宋偉傑譯，北京：中央編譯出版社，2001年，第29頁。

建構力量，媒介的審美心理和體裁文化等級的差異也會干擾觀影者的意義或價值向度。比如對流行音樂的「沉浸」性體驗，會遮蔽電影中的獨立思考和反思能力。當一首耳熟能詳的歌曲以各種變異形式出現時，它總會勾起觀者「傳唱」的衝動，音樂體徵的再現，會抽離出電影原來自反式的敘述情境。

因此，如何在藝術編碼時，就潛在地建構觀眾的這種解釋漩渦的能力，實際上是對電影元語言能力的考驗。電影作為多媒介的符合文本，雖然視聽語言占本體地位，視覺畫面為定調媒介，但總體來看，電影敘述中的多媒介，傳遞的是複調話語。這樣一個多元意義的存在，肯定會干擾著意義表徵的清晰度，從另一個方向看過來，這也保證了電影應該永遠是巴爾特所說的「讀者式」的文本，而不是「作者式的文本」〔註24〕。

從流行音樂角度來看，它本身也是帶有各種伴隨文本的複合文本。當流行音樂被援引到電影中時，不可能只是把歌詩，歌手，樂曲等基本音樂文本要素考慮進來，作為強編碼的流行音樂其伴隨文本也會被綁定在音樂符號結構中。因此，流行音樂在電影中的跨媒介運用，不只是兩個單一媒介符號如何互動，而是應該被看作是兩個複合文本集團如何跨界共同敘述。

兩種異質文本的元語言的衝突不可避免。流行音樂的商業屬性與生俱來，而電影中的流行音樂之所以能被識別，恰恰就在於觀眾對前文本的熟知。電影中對流行音樂文本的援引，必定需要經過精心裝扮，重新編碼，極力降低其識別性，這樣才可能與其通俗性的品質疏離，以保持自己作為電影風格標出性姿態。然而流行音樂諸元素不管如何被改寫，但基本的樂音結構始終有所保留，而這段樂音秩序喚起的旋律，依然會讓那前文本幽靈再現。換句話說，只要電影，尤其是藝術電影援引流行音樂，就難免被人質疑，有向大眾通俗文藝妥協的傾向，用符號學的一個術語來說，電影中的「流行音樂」就成了就是精英文化和大眾文化兩項對立中，導致不平衡的，非此非彼，亦此亦彼的「中項」」，它的使用意義變得更為複雜而豐富。

〔註24〕羅蘭·巴特：《S/Z》，屠友祥譯，上海：上海人民出版社，2000 年，第 158 頁。

第四章　歌詩中的概念比喻：當今
社會的性別性偏移

第一節　歌詩中的「性別性」

　　從某種意義上說，人類文化是性別文化。馮夢龍《情史·序》這樣歸納中國傳統經書：「《六經》皆以情教也，《易》尊夫婦，《詩》首『關雎」，《書》序嬪虞之文，《禮》謹聘奔之別，《春秋》於姬姜之際詳然言之，豈非以情始於男女？」文化中的各種表意方式、各種講述文本，因為表意中的主體意圖性，不可避免地滲透了「性別性」（Genderness），即性別意識，即與性別相關的品質與問題意識。美國文化研究者費斯克提出，性別指男性與女性的文化區別，完全屬於文化而同自然無關。它屬於一種人為與表意的區分；其本質的「來源」既不在這裡，也不在那裡。〔註1〕

　　在各種藝術門類中，性別的清晰明確程度並不一樣。在所有文化文本中，性別性最明顯的莫過歌曲，最複雜的也莫過歌曲，尤其是流行音樂，其根本原因在於流行音樂的文本構造及生產和接受捲入的各種主體關係，比任何其他藝術門類複雜。然而，正由於流行音樂，代表了「流行」與「大眾」的觀念，這兩個集合意義的詞，比其他藝術體裁更容易遮蔽其文本性別性，也更可能把文本性別身份戲劇化，使我們得以窺見文化的內在機制。

〔註1〕費斯克等編《關鍵概念：傳播與文化研究辭典》（第二版），李彬譯注，北京：新華出版社，2004 年，第 117 頁。

流行音樂中，情歌占絕大多數〔註2〕。這在中西流行音樂中清情形相同。美國哥倫比亞大學新聞學院教授戴維·哈久甚至把他的近期著作直接稱為《出售愛情：美國的流行音樂》〔註3〕。很多歌曲帶有性別的文化意指，流行音樂的性別文化建構更為複雜：誰在唱歌？唱誰的歌？唱給誰聽？這些看似簡單的問題，牽涉到一系列性別建構難題。

在所有的藝術門類中，歌唱是最具有影響力的性別實踐活動，歌曲的文化傳播實踐對性別建構有著特殊的意義。流行音樂的生產的目的和本質在於社會的廣泛認同和普遍的流行。流行音樂廣泛運用人稱代言和人物借言形式，然而，這種代言和借言不可能是純個人的抒情，即便是很個人化的歌，也會帶有「公眾化」的，重複性的，集體性的特徵。

在整個歌曲傳播過程中，我們看到的是流動的性別主體，流動的「你，我，他」，甚至「小芳」，「小薇」等替代性的性別形象主體。一些歌曲中的性別模式化意義，也會產生無意識的影響，歌曲中的性別研究在歌曲這種藝術實踐中的意義就格外重大：歌唱不僅反映歌者心中的感情需要，而且也在幫助歌眾建構意義。本文只是從歌詩語言中最常見的「概念對喻」修辭出發，一窺歌曲中的性別意識。

第二節　被忽略的概念對喻

「概念對喻」，組合了兩個學界熟知的概念，一是萊考夫與約翰森（Lakoff & Johnson）提出的「概念隱喻」；另一個是宋人陳騤提出的「對喻」。

萊考夫和約翰遜 1980 年出版的《我們賴以生存的隱喻》（*Metaphors We Live By*）和萊考夫 1987 年出版的《女人、火和危險的事物》（*Women, Fire and Dangerous Things*）兩書詳細討論了「概念隱喻」（Conceptual metaphor）。通常一般的隱喻與詞語結合得很緊，不能脫離特殊的詞語安排，由此常成為「成語」或「熟語」（cliché）。而概念隱喻是一種特殊的隱喻，〔註4〕不拘於某種語言表

〔註2〕筆者曾在拙著《歌曲與性別》一書中，對百度音樂 2010 年 10 月 21 日的 Top500 首歌曲做了個圖表統計，情歌 408 首；其他歌曲 92 首：其中包括勵志歌 41 首，友情歌 3 首，親情等其他歌曲 19 首。參見《歌曲與性別》，北京：中國社會科學出版社，2013 年。

〔註3〕David Hajdu, *Love for Sale: Pop Music in Americ*, Farrar, Straus and Giroux, 2016.

〔註4〕西語 metaphor，可以譯成「比喻」和「隱喻」。筆者認為二者外延不同：「比喻」包括隱喻、轉喻、提喻等各種比喻修辭格。

達方式，在不同民族的語言中效果類似，因為它們是「概念」性的，也可以用表情、圖像、舞蹈、音樂等非語言媒介來表現。

對喻，不是簡單的兩個並列的比喻。宋代陳騤的《文則》是中國古代修辭學最重要的著作之一，其中列舉出十種比喻，第五種為「對喻」：「先比後證，上下相符。」他的例子是《莊子》中的「魚相忘乎江湖，人相忘乎道術。」《荀子》中的「流丸止於甌臾，流言止於智者。」兩個喻本分別各自生發出兩個比喻，形成對照。

這裡論述的「概念對喻」，之所以捲入社會文化問題，正因為它們不可避免地捲入各種使用語境，因而有多種延伸變體。一個常用的概念對喻，說女人與男人，就像藤與樹，可說成「女人是藤」，也可說成「男人是樹」，亦可說成「他們就是藤與樹」，甚至在一定的語境中可以簡單地說「藤與樹」。無論何種說法，對喻的四項關係都很清楚，表現方式卻可以變化多端，這是「概念對喻」成為一個重要藝術手段的原因。這個可以簡寫的概念對喻，在下面這首客家民歌中，衍生枝蔓，反覆詠歎，綿延展開。

　　　　入山看見藤纏樹，出山看見樹纏藤。樹死藤生纏到死，樹生藤
　　死死也纏！

　　　　哥係路邊大榕樹，妹係紫藤樹上纏。樹高一寸纏一寸，樹結藤
　　幹便了然。

藤與樹是中國歌詩中古已有之的原型式概念對喻。《詩經·唐風·葛生》：「葛生蒙棘，蘞蔓于域。予美亡此，誰與獨息」。「葛」即是「葛藤」，藤的一種。女為葛藤，男為樹幹，一旦在歌詩中幾千年反覆使用，就發展為「原型意象」，即「在文學中反覆使用，並因此有了約定性的文學象徵或象徵群」〔註5〕，原型化的概念對喻，只消點出意象，就會在解釋者的記憶符碼集合中引起反應。「原型一旦產生，就具有極強的生命力，在漫長的歷史中不斷複製，不斷強化。它甚至逐漸脫離了具體作品的桎梏，超越了時間與空間，成為一個民族的文化徽號。」〔註6〕

這種成對形成的概念比喻，不僅表現形式千變萬化，其「比喻點」也可以多種多樣，常常超出簡單的「相似性」。用錢鍾書《談藝錄補丁》中提出的術語來說，就是「同喻多邊」，只是概念對喻的多邊超出大部分比喻，含義更為

〔註5〕葉舒憲《神話——原型批評·代序》，西安：陝西師範大學出版社，1987年。
〔註6〕陳建憲《神話解讀》，武漢：湖北教育出版社，1997年，第26頁。

豐富。譬如「藤樹」這個很通俗的概念對喻，可以喻指許多觀念：女次／男主，女邊緣／男中心，女柔軟／男剛強，女細弱／男粗壯，女依賴／男可靠，女糾纏／男被纏，男女共生同死生死相依，如此等等。概念對喻的指向模糊，給歌詩的發揮增加了許多聯想方向，而這種「多邊」也正是概念對喻的力量所在。

　　概念對喻是一種類比思考方式，應當說是全世界各民族的通例。但由於中國文字單音節單字體的特點而造成的對偶美，概念對喻在中國詩詞藝術中，使用得更為廣泛頻繁。

　　漢語的駢儷對偶，在格律文體（詞賦、律詩，對聯等）中幾乎成為一種強制性修辭。兩千多年前劉勰就已經在《文心雕龍・麗辭》開篇指出：「造化賦形，支體必雙，神理為用，事不孤立。夫心生文辭，運裁百慮，高下相須，自然成對。」到二十世紀，郭紹虞在《照隅室語言文字論集》中依然指出「中國語詞因有伸縮分合之彈性，故能組成勻整的句調，而同時亦便於對偶；又因有變化顛倒的彈性，故極適於對偶而同時亦足以助句調之勻整。因此，中國文辭之對偶與勻整，為中國語言文字所特有的技巧。」〔註7〕這正是概念對喻在中國文化中特殊地位的一個精彩追溯。

　　不僅如此，概念對喻還發展成中國人的思想方式。中國傳統文化中的陰陽概念，最早來自自然界中的朝陽和背陰。春秋時期，陰陽被廣泛地用來解釋各種自然現象，到五行說盛行的漢代，陰陽關係上升為宇宙間的根本規律和最高原則。在自然界中，它們是天地、日月、山河、水火、等等。在社會中，它們是貴賤、尊卑、男女、君臣、夫妻、生死、利害等等。而在性別文化中，凡是剛性的、動的、熱的、上位的、外向的、明亮的、亢進的、強壯的等等均為陽；凡是柔性的、寒的、下位的、內向的、晦暗的、減退的、虛弱的等等均為陰，它們相互對立又相互依存。

　　儘管其他民族也有性別對立的原型概念對喻，例如法國女性主義哲學家埃萊娜・西蘇（Helene Cixous）在其著作《新生兒》（1975）中列出的二元對立表。〔註8〕但沒有一個民族把性別對立擴展到陰／陽這樣大規模的宇宙論概念對喻。兩種性別在中國傳統社會文化中分工明確。從初生伊始，男女的性別規定就是地位、職責、文化角色的嚴格區分，社會文化進而加強了兩者不同的行為方式和價值取向。班昭《女誡》云：「陰陽殊性，男女異行；陽以剛為德，

〔註7〕郭紹虞《照隅室語言文字論集》，上海：上海古籍出版社，1985年，第103頁。
〔註8〕轉引自張岩冰《女權主義文論》，濟南：山東教育出版社，1998年，第116頁。

陰以柔為用，男以強為貴，女以弱為美。」中國文化之依賴於原型概念對喻，可謂根深蒂固。通過概念對喻形成的性別文化對照，作為中國哲學和社會倫理的根本出發點，反過來又承傳到歌詩中，成了一個民族文化最基本的構成元素，深入到人們的思想中。本文主要討論中國現當代歌詩中的概念對喻及其變化，但這個現象是中國歌詩始終一貫的特色。

中國文化中的陰陽原型，在歌詩中表現特別明顯，因為歌的基本結構是呼應。「我對你唱」是其基本表意格局，而愛情又是歌曲從古至今的最主要主題。因此，性別概念對喻在歌詩中既是主題內容，又是形式結構。情歌最早的起源，「男女相與詠歌，各言其情」就已經孕育歌的基本呼應結構。正如上文劉勰所說的「自然成對」最早在民歌中出現，這種源頭悠遠的表意形式，因為流傳不息而不斷加固、定型，從而成為歌詩基本表意和結構原則。

歌詩中對喻式的呼應，存在於詞與詞之間，也存在於句行與句行之間，段與段之間，由此構成一種由小到大的順序遞增結構。稍一注意，就會發現每一層呼應，從詞到段，都可以有概念對喻。

20 世紀中國最早的現代歌曲之一，劉半農作詞，趙元任作曲的《叫我如何不想她》中，以天配地，天地相應：

> 天上飄著些微雲，地上吹著些微風，
>
> 微風吹動了我的頭髮，叫我如何不想她？

一百年後，在 21 世紀新的流行音樂中，黃桂蘭作詞，林隆璇作曲的《白天不懂夜的黑》（那英原唱）依然是相似的性別對峙概念比喻：

> 白天和黑夜只交替沒交換　無法想像對方的世界
>
> 我們仍堅持各自等在原地　把彼此站成兩個世界
>
> 你永遠不懂我傷悲　像白天不懂夜的黑
>
> 像永恆燃燒的太陽　不懂那月亮的盈缺

「天」與「地」，「白天」與「黑夜」，是陰陽二元對立的演繹，古已有之，只不過概念對喻的語言多變特點，使它順利進入現當代的語言藝術。可見人類性別思維中的對應聯繫，成為歌的呼應結構中顯性形態，而通過歌曲，原型對立又得到進一步強化。

概念對喻在歌詩已經成為常態結構，成為一種自然的思想方式，以至於可以出現簡寫的「單邊顯現」現象，即只消說到一邊，另外一邊隱於聯想中，使得表現形式更為豐富多彩，含蓄變化。歌詩中的男女形象，本是言說主體對他

者的欲望訴求，是與「我」相對的「你」，因此，也會反照出言說主體的性別形象，這兩者之間是互塑關係。正如朱光潛指出的「用排偶既久，心中就無形中養成一種求排偶的習慣，以至觀察事物都處處求對稱，說到『青山』，便不由你不想到『綠水』，說到『才子』，便不由你不想到『佳人』。」〔註9〕比如這首當代歌曲《棋子》（潘麗玉作詞，楊明煌作曲，王菲原唱）：

> 我像是一顆棋子，進退任由你決定
>
> 我不是你眼中唯一將領卻是不起眼的小兵

歌中出現的「我是棋子」這個隱喻，並加以曲喻性的展開，暗含了概念對喻的另一邊「你是棋手」。當代歌曲的發展，隨著主體意識覺醒，隱喻逐步向主觀化、個性化方面發展，但歌詩基本的呼應結構依然存在。又如近年廣為流傳的一首歌，張超作詞的《荷塘月色》，歌手組合中的女歌手這樣唱道：

> 我像隻魚兒在你的荷塘，只為和你守候那皎白月光
>
> 游過了四季，荷花依然香

女性依然扮演著離不開「水」的「魚」的角色，保持著傳統的「被供應者」姿勢，而男的是供應者，是生命養料的提供者，是生命意義的保證者，但在歌詩中出現的只是「魚」。

第三節　概念對喻的「標出性」偏邊

標出性（markedness），原是語言學術語。20 世紀 30 年代，布拉格學派的俄國學者特魯別茨柯伊（Nikolai Trubetzkoy）在給他的朋友雅科布森（Roman Jakobson）的信中首次提出這個理論。特魯別茨柯伊發現，在對立的清濁輔音，如 p-b，t-d，s-z，f-v 等，兩項之間有相當清晰的不對稱現象：濁輔音因為發音器官多一項運動，從而「被積極地標出」（actively marked），其結果是濁輔音使用次數較少。因此，標出性就是「兩個對立項中比較不常用的一項具有的特別品質」，是二元對立中次要項的特殊品質。

標出性，是二元對立無處不在的現象，存在於各種文化現象中，但形成機制不同。語言學一般從頻率與形態角度來討論標出性；而在文化符號學中，趙毅衡則提出「中項偏邊」原則〔註10〕。「非此非彼」與「亦此亦彼」的場合，

〔註 9〕《朱光潛美學文集》，上海：上海文藝出版社，1982 年，第 188 頁。
〔註10〕趙毅衡《符號學》，南京：南京大學出版社，2012 年，第 283 頁。

被稱為「中項」，中項是文化的正常形態。中項的非標出性，來自於意義上認同正項，從而意義被正項所裹挾，合起來組成文化的「非標出集團」，共同排斥標出項。

例如，從文化符號學角度看，英語中男人 man 與女人 woman 的對立中，man 為非標出項，woman 派生自 man（來自古英語 wifman，即 wife+man）。語言學認為，從認知角度，較長的詞較少用，而因此成為標出項。但是非此非彼的「人類」一詞用 mankind 而不用 womankind，原因不在詞長或認知，其根本原因是現代女性抗議最激烈的文化權力問題，即男性的社會宰制。是男性社會權力，使男性為裹持中項的「正常」詞項，因此，在不知性別或不分性別情況下，用 man 覆蓋全部人。在漢語中，指一批有男有女，或不明性別的人，則用「他們」，而不用「她們」，二元對立就產生了標出性。

在歌詩中，不太會出現「非此非彼——亦此亦彼」的中項偏邊，區分標出性的原則是「文化重要性偏邊」。歌詩中的性別標出性，是一種明顯的「意義偏邊」，這也是中國歌詩自古以來的傳統。流傳於中國西北部的甘肅、青海、寧夏、新疆等地的「花兒」中，就有「哥是金磚妹是瓦」。這顯然與《詩經》中「乃生男子，載寢之床，載衣之裳，載弄之璋……乃生女子，載寢之地，載衣之裼，載弄之瓦。」遙相呼應，男女區分，三千年不變，在文化價值上，就是床與地之別，裳與裼之別，璋與瓦之別。一種價值不對稱還不夠，還要再三對比來強調文化重要性的偏邊。

概念對喻既然是兩個概念對立，就必然有偏邊，使得其中一邊成為標出項，另一邊成為「文化上正常」的非標出項。歌詩中的性別對喻，對建構性別文化的潛移默化的影響極大。我們傾向於將語言視為一種表達的技巧，卻沒有意識到語言首先分類和安排好了產生某種世界秩序。歌中對喻讓我們感覺到自然，實際上它是意識形態的產物，控制了我們對世界的感知體驗，即使這種對喻變形到不容識別。

錢鍾書在《老子王弼注》論卷中有長文，引魏源《古微堂集》：「天下物無獨必有對，而又謂兩高不可重，兩大不可容，兩貴不可雙，兩勢不可同，重容雙同，必爭其功。何耶？有對之中，必一正一副」。魏源發現文化中的對立項之間普遍不平衡。錢鍾書評論說，魏源這段話是「三綱之成見，舉例个中，然頗識正反相對者未必勢力相等，分『主』與『輔』。」〔註11〕他敏感地挑明了

〔註11〕錢鍾書《管錐編》第二卷，《老子王弼本》，北京：三聯書店，2007 年，第 648 頁。

這種文化重要性不平衡偏邊，是意識形態性的。

　　例如動物與植物的概念對喻：歌詩中男女概念對喻的喻體，如果是動物／植物，那麼女性幾乎多為植物，以示靜止。男性大多為動物，以示力量，如此對比鮮有例外。這裡的概念對喻的標出性，來自力量中的主動性。這首青海民歌：

　　　　青石頭青來藍石頭藍，花石頭根裏的牡丹；

　　　　阿哥是孔雀虛空裏旋，尕妹是才開的牡丹。

　　動物／植物的概念對立，在東西方似乎是一致的。瑞士心理學家維雷斯分析，男性和女性這種植物和動物性的類比，來自於人類的原型思維〔註12〕。而日本心理學者小倉千加子在其著作《女性的人生雙六》一書中寫到：「女性是植物，男性是動物，如此對照性的認識植根於深層的文化之中。動物和植物的不同之處在於，植物一直生長在地面，而動物可以按照自己的意願移動。這就是被認為男性有行動的自由，女性沒有行動的自由的理由。因而形成了以植物和動物的隱喻來認識女性和男性的說法。」〔註13〕

　　但不同的民族使用各有特色，在上引歌裏，女性被比作地面上的「牡丹」，男性比作天空中的孔雀，天地遙相呼應，牡丹與孔雀形成對喻。在這裡男性不僅比作有翅膀能行動自由的飛禽，而對「花兒」流傳的青海地區人們來說，牡丹是熟悉的身邊之物，孔雀則是珍奇鳥禽，對當地人只是傳說。

　　因此，標出性的使用雖然是普遍的，但在不同文化或不同語言中變化多端，簡單的二元對立呈現出各種形態，使概念對喻的意義模糊而多元。除了上面討論的動／植概念對喻外，我們至少可以指出其中的幾對概念對照：主動／被動；消費／被消費，依賴／被依賴等等。下面這首高楓作詞作曲的《雙雙飛》（思雨、思濃原唱），頗有《詩經》之風：

　　　　草兒沾露珠，蝴蝶花中飛，何時我與你這樣共相隨。

　　　　風箏線上走，鳥兒把雲追，何時我與你這樣共依偎。

　　「花」處於「蝴蝶」的追逐之中，就像「風箏」在「線」上那樣一則被動一則主動，就像「雲」被「鳥」追那樣一靜一動；就像「草兒」接受「露珠」那樣一接受一給予。這種同意義比喻累加現象，在概念對喻中得到動態的延伸與衍義，而且不斷有新的藝術家在舊對喻中進一步推出新的標出方式。

〔註12〕《童話心理分析》，維雷斯·拉斯特著，林敏雅譯，北京：三聯書店，2010 年，第 17～18 頁。
〔註13〕轉引自武宇林《論「花兒」中的對喻程式化修辭手法》，《西北師大學報》（社會科學版）2002 年 11 期。第 48 頁。

　　在以創新為貴的現當代歌詩中，更是如此。當代商品化社會中，概念對喻中女性傳統形象在歌詩中會有重大變異，但在文化標出的方向上很少有所變動。比如這首《女人如煙》（穆真作詞作曲，魏佳藝演唱）：

> 你說過今生與煙為伴，你說過女人如煙你已習慣
>
> 你說過聚散離合隨遇而安，可我來世還要做你手中的煙
>
> 想我了就請你把我點燃，任我幸福的淚纏綿你指尖
>
> 化成灰也沒有一絲遺憾，讓我今生來世為你陪伴

　　這首歌中「煙／抽煙者」對列，依然是「被消費者／消費者」的類比，只是用比較「時代感」的形象表現出來：女人是供男人點燃消費的香煙。女性「為男人犧牲也心甘」傳統意義，說的更為有趣一些，有「時代感」的只是喻體形象，而不是喻旨意義。再如女歌手劉力揚演唱的《提線木偶》（唐恬作詞，張藝作曲）：

> 破舊的木偶　提著線　被操縱
>
> 玻璃的眼球　表情空洞
>
> 誰提著我的手和誰告別　他掌控我靈魂我的笑臉

歌詩中唱出的女性的被動以及被操縱地位，已經是歷幾千年而不變，這樣的歌詩感歎，讓人覺得十分自然。

　　語言不僅是我們思想的工具，也是我們整理世界經驗的方式。概念對喻中有一種「映現」（mapping）關係：同一個地理對象（例如山與河），可以「映現」為各種不同的表現方式。概念對喻從一個認知域到另一個認知域，從源域向目標域映像，在兩個不同的認知域之間建立起聯繫。在這過程中，源域的結構系統也會映現到目標域中，保留源域的認知布局，其基礎是文化的人在認知中已經積累的相似預設聯想。

　　由此，很多性別研究者認為，語言體系有自己的意識形態，它隱藏在語言結構中。符號學家格雷馬斯對此有一段精彩的描述：「性別學家正是基於此建立了關於父權統治的論點。在這一視野中，如果『生成』語法產生表面現象——符號——是源於一種深層結構，那麼整個過程在本質上就是意識形態的，並在所有層面上顯現。或者我們的假設不那麼絕對，可能藝術形態之蛇只在某些後期生成時刻潛入，旨在修辭——敘述表層將其機制扭曲為意識形態，而不是在基本句法的層面。這種不可見的意識形態會在生成過程的許多層面顯現。」〔註14〕

〔註14〕轉引自埃羅·塔拉斯蒂《存在符號學》，魏全鳳、顏小芳譯，成都：四川教育出版社，2012年，第106頁。

第四節　當代歌詩中概念對喻標出性翻轉

上面三節的討論，似乎是說，幾千年的人類文化的性別差異，已深深滲透到人的意識中，只能無可奈何地接受。

正像女性主義理論家伊利格雷提出的，性別差異「並不是一種事實、一種根基」，相反，「它是一個問題，一個我們這個時代的問題。」〔註 15〕性別文化差異不是固定不變的，在「我們這個時代」成為一個應當思考的問題。思想者有責任去認識，甚至改造這種差異。

隨著當代文化超熟發展進入「後期現代」，可以看到長期處於邊緣地位的標出項，有可能翻轉，造成文化的再次否定變遷。文化與語言的標出性很不相同，語言的標出性往往比較穩定，在歷史上很少變動，而文化的標出性變異的可能性較大。就拿兩性關係來說，史前人類混居為正項，性關係固定是標出的、偶然的。人類「文明化」後，採用各種婚姻改造性關係，從走婚，對峙婚，最後變成一夫一妻家庭制度，而婚外婚前或同性性關係則帶上強烈的道德標出性，成為無奈容忍的亞文化。到性關係容忍度越來越高的當代，婚前婚外性活動標出性在漸漸降低，逐漸進入半正常，很明顯標出性正在變化，儘管我們很難預判今後發展的進程。這是當今的所謂「後現代文化轉型」的一部分，「正常」主流的意義宰制，即所謂「現代性意義霸權」，漸漸削弱。或許標出性不會完全翻轉，傳統穩固的標出性只是漸漸淡化，但從歷史的長期發展的眼光來看，文化標出性的翻轉，或許不可避免。

當代歌詩的發展中，也出現了概念對喻擺脫固定標出性格局的努力。這首歌《囚鳥》，是當代女詞人十三郎為其丈夫歌手張宇打造的一首情歌，一般說，歌手的性別，決定了歌曲在大眾傳播中的「文本性別」。〔註 16〕既然是張宇所唱，這也就是一首男性情歌，唱者「我」的聽者「你」是女性。但這首歌中「鳥」與「城堡」的對喻，翻轉了「正常」的女性與男性的關係。

> 我是被你囚禁的鳥，已經忘了天有多高
>
> 如果離開你給我的小小城堡，不知還有誰能依靠

可以想像，這裡的「小鳥」，可能原先是女詞人十三郎的自況，與男人為

〔註 15〕 露絲・伊利格雷《性別差異的倫理》，轉引自《消解性別》，朱迪斯・巴特勒著，郭劫譯，上海：上海三聯書店，2009 年，第 182 頁。

〔註 16〕 關於歌曲的文本性別之區分方式，見陸正蘭《歌曲與性別：中國當代流行音樂研究》，北京：中國社會科學出版社，2013 年，第 80～90 頁。

「城堡」形成對喻，沒有脫離「依賴／被依賴」的類比模式。但一旦歌手性別顛倒，由男歌手演唱，整個歌的語意場就翻轉過來，因為在當代歌曲以歌星崇拜為中心的文化中，歌手對文本性別幾乎起了絕對的定性作用，也就是說歌曲的「文本身份」往往由「原唱歌手」性別決定。〔註17〕但這與李玉剛男扮女裝唱《新貴妃醉酒》，霍尊故意模糊性別的裝扮和聲音唱《卷珠簾》很不相同。他們演唱的女歌文本身份與扮演的女性身份是一致的，並不能將女歌文本翻轉成男歌文本。正如魯迅先生的嘲諷：「中國最偉大最持久的藝術就是男人扮女人。」〔註18〕此類演唱表演除了滿足這種「觀看」需要外，更進一步強化並定型了他們所唱的「女歌」文化傳統。

　　當代對喻通過性別換唱而造成的原有標出性被顛覆，我們可以把這種標出性翻轉，稱為概念對喻的使用翻轉。造成這種概念對喻標出性模糊化的原因，是「跨性別歌」，即男女歌手通用的歌之大量出現。在傳統中國社會「跨性別歌」是很少的，男讀書人寫「豔詞」，讓女歌手演唱。因此宋詞元曲大部分是「女歌」，表現的也的確是女子心理。但在當代，歌手已經男女數量相當，男女都可唱的「跨性別歌」在當代增加很快，跨性別歌已佔了相當大的比例。〔註19〕這就為標出性的翻轉創造了一個初步條件：價值對立模糊化。

　　性別關係的標出性，其原型思維方式至今沒有根本性的改變，只能說明傳統社會和文化中的思維模式之頑強，但當代文化演變之迅疾，說明標出性並非不能改變。女詞人姜昕作詞，虞洋作曲，姜昕演唱的《我不是一朵隨便的花》，是另一個例子：

　　　　　於是我知道自己不是隨便的花朵，只為夢幻的聲音而綻放
　　　　　希望我是特別的，不隨著時間放棄
　　　　　那些在我的心裏，曾顯得更加重要的聲音

　　女詞人寫出的「我」，立誓做一個「不切實際」的人。由此，被翻轉的不僅是內容詞句，更明顯的是核心的「單邊概念對喻」：既然女子拒絕做「隨便的花朵」，男性聽者「你」也做不成任意採花的人，傳統的概念對喻「花開堪

〔註17〕陸正蘭《歌曲文本的性別符號傳播》，《江海學刊》，2011 年第 5 期。
〔註18〕魯迅《墳·論照相之類》，《魯迅雜文全集》，鄭州：河南人民出版社，1994 年版，第 61 頁。
〔註19〕筆者根據 2010 年 10 月對「百度音樂」TOP500 歌曲的統計，雖然歌的詞曲作者依然男性比女性多（3.6：1），文本性別分明的男歌和女歌卻遠遠比不上「跨性別歌」（19％：17％：44％）。見陸正蘭《歌曲與性別：中國當代流行音樂研究》，北京：中國社會科學出版社，2013 年。第 249～252 頁。

折直須折」至少在這首歌裏被顛覆了。而林夕作詞，王菲演唱的《郵差》：

> 你是一封信，我是郵差，最後一雙腳，惹盡塵埃。
>
> 忙著去護送，來不及拆開，裏面完美的世界。

　　信應當是被動物，被郵差主動搬動遞送，在這首歌裏翻轉過來：女的是郵差，男的是信。而周杰倫演唱的《珊瑚海》乾脆說「海鳥跟魚相愛，只是一場意外」，這種絕對的不對稱性，完全打破了慣有的性別概念對喻。

　　概念對喻是語言整體的一部分，但它並不只是一個工具，而是整個社會精神文化的重要構成方式。文化的世界是由語言構成的，隱喻思維構建了人類的認知，而這種認知反過來又改變著人的文化。既然所有的性別倫理體制都試圖建構一整套性別言說規則，以此控制社會人的性別角色，讓這些分野落在預訂的文化標出性中，那麼本文的論證可以引向一個有意義的結論：歌曲中正越來越多出現的概念對喻標出性翻轉，表徵了當代文化令人深思的重要轉向。

第五章　當代搖滾的陰柔化傾向

第一節　搖滾歌曲的文本性別

　　搖滾是流行歌曲一種特殊的體裁。體裁的最大作用，是指示接收者應當如何解釋眼前的符號文本，引起讀者特定的「注意類型」(type d'attention)或「閱讀態度」(attitude de lecture)〔註1〕。正如美國文論家喬納森・卡勒在《結構詩學》一書中提出讀者對詩的期待一樣〔註2〕，人們對搖滾歌曲也有一種與其他歌曲不一樣的「詩性」期待。起源於 50 年代的西方搖滾，與美國「垮掉的一代」詩歌，有著共通的精神取向。金斯堡等人強調詩的自由發揮、自我解放等反抗理念，在搖滾中都得到精神上的應和：從最早的搖滾樂以及後來的變體，例如重金屬、哥特搖滾、後朋克等，都是以對抗文化體制為主調。

　　歌詩是搖滾歌曲的核心，是搖滾歌曲意義最顯露的載體。許多傑出的搖滾歌手，與一般流行歌手不一樣，自己作歌作詞，因而被稱為「搖滾詩人」，搖滾歌詩因而被稱為「搖滾詩」。電影符號學家克里斯汀・麥茨指出，電影中一部分代碼可以稱為「社會—文化代碼」，它們會超越電影，進入它從中得以產

〔註1〕Gerard Genette, *Figure II*, Paris: Gallimard, 1969.

〔註2〕Jonathan Culler *Structuralist Poetis--Strcturalism, Linguistics and the Study of Literature*, 1976, 129。針對詩的閱讀，美國文論家喬納森・卡勒在《結構詩學》一書中，提出讀者對詩的四種期待。即節奏期待（expectation of rhythm）、非指稱化期待（expectation of non-referentiality）、整體化期待（expectation of totality）以及意義期待（expectation of meaning）。並認為這些期待是讀者受過多年的讀詩訓練與教養取得的，是文化的產物。

生的、更廣大的社會—文化語境，比如，服裝、面部表情等。但是還有一些代碼，是電影獨有的，比如長鏡頭、特寫鏡頭以及電影特殊的編輯技巧等。搖滾歌曲也有兩套符號代碼：一種是和社會語境相通的文化代碼，例如最基本的男性姿態，男性措辭；另一種是歌曲這種特殊的藝術文類所採用的特殊代碼，比如歌曲的「我對你唱」的抒情模式，以及歌曲中主體強度在歌詩、曲調、演唱、製作中的複雜分配。

從文化符號學上說，符號發出者的意圖意義，符號文本意義，與文本接收者的讀解意義，三者是不同的。具體到歌曲文本性別上，創作者的性別，演唱者的性別，聽者理解的性別，可以是三種不同的性別身份。〔註3〕

在歌曲的「文本性別」上，搖滾主要是一種「男歌」。搖滾從起源到發展，都有強烈的「雄性」特徵，其音樂與歌詩都以激昂狂放，張揚個性為主調。搖滾歌和其他流行歌曲一樣，其文本性別並不取決於作者的生理性別：在歌的生產傳播過程中，詞曲作者、演唱者、傳唱者等，參與文本性別建構。絕大多數流行歌曲，詞、曲、演唱者分離，甚至女歌手唱男性詞曲作家為其代創作的「女歌」也極為正常。但搖滾歌手不同，他們大多自己作詞、作曲並演唱，其性別身份相當一貫，因而會加重了符號性別建構中的男性意義。

在歌的傳播過程中，演唱給予歌的文本最突出明顯的傳播性別標記，演唱者是歌的「肉身面孔」。歌的表意性別的其他標記是分析出來的，但演唱者直接把性別強加在歌上。這種「演唱賦形」，是音像錄製技術發達的當代社會特有的，歷史上並不存在。歷史上的歌者，基本上沒有留下名字，即便有記載，也只是記錄某歌手曾唱過某位詩人、詞人的歌，詩詞作者是主導性別元素。進入現代，歌曲一旦經過演唱賦形，後來的演唱者在性別上往往很難更換。男性搖滾詩人創作兼演唱的統治，以及男搖滾歌手聲音建構的主導地位，都加重了搖滾的男性文本的性別氣質建構。這也是男性搖滾占主體而形成男性文化的主要原因。

第二節　搖滾歌曲的性別歷史演變

歌詩是歌曲表意的起點。歌詩性別，因為歌詩表意才出現，但通常以性別

〔註 3〕趙毅衡「身份與文本身份，自我與符號自我」，《外國文學評論》2010 年 2 期，
　　　　第 11～12 頁。

無意識方式出現。但歌詩性別有個很突出的標誌性限定方式，即人稱代詞。歌曲基本的表達方式是呼與應，「我對你唱」是歌曲最基本的抒情模式，歌詩抒情主體與抒情對象的性別規定，往往會在文字中直接呈現。

在華語搖滾歌曲中，儘管搖滾歌曲題材廣泛，最早也是最多的歌曲依然是情歌。搖滾歌曲哪怕是以愛情為主題，也與一般的娛樂情歌有很大不同。大部分搖滾情歌的歌詩只是以愛情為表層意義，寫的是超出愛情本身的社會意義。這種文化含義，既是文本發送者意圖，也是歌眾闡釋模式。搖滾歌曲的創作者、演唱者以及傳唱者等，都知道搖滾特殊的意義期待：它不會只是男女之間纏纏綿綿的情意傾訴。比如中國大陸搖滾運動的開場歌曲，1986 年崔健的《一無所有》（崔健作詞作曲並原唱）：

> 我曾經問個不休，你何時跟我走？
> 可你卻總是笑我，一無所有。
> 我要給你我的追求，還有我的自由，
> 可你卻總是笑我，一無所有。

從歌詩的抒情模式中，我們或許還不能完全確定它的文本性別，但仔細賞析，陝北民歌「信天遊」的粗獷旋律和搖滾曲式的奇異融合，以及男性粗壯嘶啞聲音構建，很快發現歌曲文本性別性朝「男歌」氣質傾斜。

> 這時你的手在顫抖，這時你的淚在流
> 莫非你是正在告訴我，你愛我一無所有？

「一無所有」沒有使一個男人失去愛情，相反，在男人一再強調道白中，女人似乎還是實現了男人的幻想：一無所有的男人更應該被愛，因為男人的價值在他自身。這首歌隱藏著強烈的男性性別強勢。

有論者明確指出：「搖滾建構的王國無疑是一個未受限制的性世界，一個甚至不曾向人類的另一半——女性——提供任何理想或範型的男性世界」。甚至說，「搖滾是一種男性化的藝術，男性是搖滾的主體，而女性則只是客體或對象。」〔註4〕實際上，搖滾歌中的抒情對象——女性，都是一個虛指，作為文化性別範疇的「你」（或「她」），並沒有固定的，具體的形象，卻常常是男性（抒情主體）欲望及幻想主體的投射。這樣的歌不屑於專注「我與你」的愛情，在愛情背後，是一種存在身份定位意義的追問。

的確，從八十年代中期誕生起，搖滾歌曲在中國是一種特殊的文化符號，

〔註4〕周國平、崔健《自由風格》，桂林：廣西師範大學出版社，2001年，第58頁。

總是以一副超越凡俗人世的姿態出現，向著精神的高度飛昇。然後搖滾本身成為對俗世俗事的批判，文化符號成為神話，它的文化含義無限放大，他的男性性別特徵卻被掩蓋了。

儘管崔健承認，《一無所有》最初的創作靈感的確是一首情歌，但誰都不再把這首歌作為情歌來解讀，青年聽眾從中聽出並唱出他們的抗爭意圖，而批評家則特別強調它的文化顛覆意義。的確，搖滾與一般流行音樂很不相同，但是也與假大空的宣傳劃出了界限，它是音樂本身的反叛，它也是對被商業浪潮迅速庸俗化的社會文化的抗議。

但是我們也應當看到，搖滾並不是超越性別的：搖滾歌詩中「我」對「你」的強烈召喚，以及不斷的反覆追問，本身就是一個強烈的男性中心隱喻，透析出歌者內心的焦灼、迷惘、憤怒。這種文化指涉卻通過象徵化的性別欲求得以表現，而這種性別欲求，又是以女性主體性虛構化為前提。

在這裡，正可以用上阿爾都塞提倡的「症候式閱讀」（symptomatic reading）。阿爾都塞認為文本的清晰話語背後隱藏著意識形態的沉默話語，閱讀可以順著作者的意圖，在文本層面上閱讀，更應該注意文本的空白，沉默，失誤，歪曲，看出這些裂隙背後的意識形態真相。阿爾都塞的弟子馬歇雷更是強調「症候式閱讀」要在作品文本的「字縫」中找出「作品與意識形態與歷時之間」的錯位運動造成的痕跡，最後看出首意識形態控制的文本掩蓋的歷史運動。〔註5〕這種故意模糊性別意識，在文化符號學上，也被稱為「中項的非標出性偏邊」，〔註6〕就是看上去無性別的歌實際上偏向文化中被標出的「正常」的男性一邊，從而給男性標準以「正常」的外衣。

男性標準被認為是社會正常標準，這是女性主義研究者很早發現的問題：宏大敘述代替了女性敘述。〔註7〕但是在搖滾歌曲傳播研究中，傾斜和不對稱很少有人討論，這是因為搖滾歌曲不被質疑的「文化」性質，遮蓋了性別政治的壓迫性，似乎沒有飽滿充沛的陽剛之氣，就不配是搖滾。

樂評人金兆鈞的這段話似乎有點意味深長：「古老的歷史中的瞬間輝煌，在千百年後居然成為了中國搖滾們的精神源泉。中國情緒最終在某個特殊的

〔註5〕Pierre Macherey, *A Theory of Literary Production*, London: Routledge & Kegan Paul, 1978, p.67.

〔註6〕趙毅衡《文化符號學中的「標出性」》，《文藝理論研究》，2008 年第 3 期。

〔註7〕相關論述，可參考陳順馨的《眾多當代文學的敘事與性別》，北京：北京大學出版社，2007 年。

角度上，給了以反叛而聞名的搖滾樂以潛意識中的溝通。這種執著無疑地帶有極強的理想主義色彩，也正因此而使搖滾樂獲得了一種遠比現實的憤怒更為深厚的基礎。」〔註8〕

中國搖滾這種表面的「一無所有」，也許並不是一件只能獲得文化史無窮讚美的好事：在抗爭庸俗的掩護下，絕對的男性主宰，似乎已經成為搖滾的題中應有之義。畢竟，在這首歌的抗議姿態中，女性的「你」，是猶豫的，是與濁流站在一起的，是備受責問需要說服的，最後必須認同面對激流敢於挺身而出的男性主體。

20世紀90年代，搖滾歌詩性別陰柔化轉向出現：崔健搖滾歌曲的轉型，似乎也意味著大陸整個搖滾歌曲的轉型。他的這一首《花房姑娘》（崔健作詞作曲並原唱）很能說明問題。

> 你帶我走進你的花房，我無法逃脫花的迷香，
>
> 我不知不覺忘記了方向，
>
> 你說我世上最堅強，我說你世上最善良，
>
> 你不知不覺已和花兒一樣
>
> 你要我留在這地方，你要我和它們一樣，
>
> 我看著你默默地說，噢，不能這樣，
>
> 我想要回到老地方，我想要走在老路上，
>
> 我明知我已離不開你！噢，姑娘！

歌詩中，抒情主體和歌者性別身份統一，都為男性。而與最早的《一無所有》相比，抒情對象，這個「花房姑娘」的女性身份比較具體了，也不再是只配聽「我」吼喊抗議的對象。歌曲更像一首情歌，唱出歌者對姑娘的迷戀又抵禦。但到歌曲的最後，一再反覆的嘶喊「我就要回到老地方，我就要走在老路上。」這些模糊的能指「老路」，竭力沖淡情歌意味，努力指向更多的文化隱喻：叛逆，雖然依舊是自身欲望的一個掙扎，更多是對當下消費文化的一種抵禦，但是陽剛之氣已經顯得力不從心。

和崔健的《花房姑娘》相比，90年代張楚的《姐姐》（張楚作詞作曲並原唱），代表了一個巨大的轉折。這是一個以男性「我」為敘述主體的男歌，但是陽剛之氣被擱在一邊，出現強烈的女性依戀。

〔註8〕金兆鈞《光天化日下的流行——親歷中國流行音樂》，北京：人民音樂出版社，2002年，第295頁。

　　　　我的爹他總在喝酒是個混球

　　　　在死之前他不會再傷心不再動拳頭

　　　　他坐在樓梯上也已經蒼老，已不是對手

　　　　噢，姐姐，我想回家

　　　　牽著我的手，我有些困了

　　　　噢，姐姐，我想回家

　　　　牽著我的手，你不要害怕。

　　這是一個充滿悖論的複雜的敘事性的文本。似是情歌，卻又不是情歌。圍繞著「我」的兩個角色，一個「父親」，另一個是「姐姐」。一個是曾經對我施暴被我痛恨，而現在蒼老得不再是我對手，另一個是曾經遭受欺凌，現在卻是我渴望且依賴的對象。按照一般常理「父親」和「母親」才是一對對稱的範疇，「姐姐」替換了「母親」，實際上是兩種文化隱喻。「姐姐」是我呼喚的對象，也是我鼓勵和期盼的對象，「牽著我的手，你不要害怕」，是「我」期盼聽到的撫慰之聲。「姐姐」是男性自我的一個缺失，長大的男人依戀沒有長大的無需自己負責的年齡。

　　我認為這首搖滾最重要的意義，是中國搖滾性別色彩的轉向：這首《姐姐》從歌者到歌詩甚至到希望，都給搖滾蒙上了一層陰柔的面紗。「姐姐」成了一個拯救者角色，擔負起文化拯救的任務。正因為「姐姐」特殊的身份意義，使得評論家對這首特殊的情歌，給出不同的解釋。

　　同時我們可以看到，張楚的這首歌毫無搖滾特有的反叛倔強，只是試圖達成與現實的妥協，或者說，試圖向現實（即「姐姐」）索取一種略可安慰的疼愛。朱大可的評論很精闢：「這種情歌式的撒嬌，成了信仰危機的一種臨時解決方案……作為一種幻象，女性在張楚的音樂文本中是一種與現實對峙的純潔力量，是一種異於創作者自身的拯救的希望。」〔註9〕

　　在90年代中期，這種女性化是非常稀少的例外，但是到90年代末，中國的大陸搖滾歌詩的陰柔化傾向已經非常明顯。許巍的《在別處》（許巍作詞作曲並原唱）：

　　　　就在我進入的瞬間，我真想死在你懷裏。

　　　　我看到我的另一個身體，飄向那遙遠的地方。

〔註9〕何鯉《搖滾「孤兒」——後崔健群描述》，《今日先鋒叢刊》三聯書店，1997年，
　　　　第5期。

　　我的身體在這裡，可心它躲在哪裏。

　　歌詩寫出了現代人內心深刻的分離，以及精神世界無處歸依的恐懼。表面上它是一首過於直露的情歌，但是歌者軟弱、無助的訴說，使陽剛之氣在最需要的時候忽然「飄向遙遠的地方」。

　　另一首鄭鈞作詞作曲的《回到拉薩》（鄭鈞作詞作曲並原唱）：

　　　　爬過了唐古拉山遇見了雪蓮花，

　　　　牽著我的手兒我們回到了她的家。

　　　　你根本不用擔心太多的問題，

　　　　她會教你如何找到你自己。

　　本來，在大多數搖滾歌曲中，女性就是一個流動的文化隱喻。「搖滾神話」體系的建立，是以「女性」作為一個欲望對象，用來確定男性抒情主體的自我文化身份。在這首歌詩中，「雪蓮花」明顯是女性化的一個代稱，可能是個叫「雪蓮花」的女性，也可能就是承載著異域文化的理想化身，但不可否認，詞作者用「她」來描述，將自己放在一個被「引導」的位置（「牽著我的手」），在現代人壓抑、尋找，愛情理想和社會憧憬融在一起中，呈現出一個毫不「剛強」的男性形象。這時候，搖滾的男性氣質已經消融成一般情歌的萎靡軟弱。

　　21 世紀初，中國大陸搖滾，一部分延續了上世紀 90 年代搖滾情歌化路線，還出現了兩種特別現象：一是出現性別傾向更加含混的歌曲，例如「二手玫瑰」是一支非常奇特的搖滾樂隊，這個全部由東北漢子組成的搖滾樂隊，被譽為近年來「中國最妖嬈的民族搖滾樂隊」。〔註10〕

　　「二手玫瑰」一出場，它的性別顛覆意義就非常耀眼。很快有評論者特別注意到，「『二手玫瑰』這個名字充滿性別的曖昧和時間敘事的隱喻，事實上它卻是以東北『二人轉』及相關民俗為文化依託的男人樂隊的指稱。」

　　樂隊成員都是中國東北人，他們將東北的民間「二人轉」和搖滾融合，創造出很奇異風格，「他們的樂風源自東北民間男女對唱調情的『二人轉』，在抒情、幽默、戲謔的音樂之中，依靠他們獨特的平民化、大眾化、人性化風格，打通了中國搖滾與中國民間藝術的橋樑。」〔註11〕而在表演上，男歌手經常穿著女性服裝，甚至頭戴大紅花，將自己打扮過分突出女性化。「二手玫瑰以妖

〔註10〕李宏傑《中國搖滾手冊》，重慶：重慶出版社，2006 年，第 97 頁。
〔註11〕李宏傑《中國搖滾手冊》，重慶：重慶出版社，2006 年，第 98 頁。

豔和民族味十足著稱，樂隊將東北二人轉的音樂元素與現代搖滾樂嫁接，誇張的表演，樸實戲謔的唱詞，再加上民樂的奇幻運用，使觀眾的視覺和聽覺都充滿了刺激和震撼。」〔註12〕

「妖豔」、「妖嬈」，本是極富女性色彩的詞彙，卻用到一個男性樂隊身上。

體現在歌詩上，這種性別含混的方式更為奇特，比如這首《徵婚啟事》（「二手玫瑰「作詞作曲並原唱）：

> 那天我心情實在不高興啊
> 找了個大仙我算了一卦
> 他說我婚姻只有三年的長啊
> 我那顆愛她的心有點兒慌啊……
> 我做個藝術家　我娶個藝術家　我嫁個藝術家　我回你個藝術家
> 這時我驚奇的發現我是否懷孕了

歌詩中性別混亂，先是男性，又變成女性，然後是男性、女性一起出現，最後卻分不清是哪種性別懷孕，而且有意地用語義混亂的措辭：「發現我是否懷孕」。雖然歌詩想表達的依然是對失落的理想歲月的懷念，但是語存譏諷。李皖的評論倒是一針見血：這是「對一個答案曖昧的問題的曖昧的怪腔怪調的捉弄」。〔註13〕

但偏偏這樣一支自我取消男性氣質的樂隊，卻受到文化界高度的讚揚。有人說這些聲音「讓我們看到了中國搖滾樂返回地上重構自身話語功能的希望所在。」〔註14〕或許，這種希望也包含了對性別話語的重構可能。

面對搖滾歌詩中男性的強烈的欲望渴望和女性的能指缺席，可以套用戴錦華對中國電影的批判：「這些渴望與壓抑的故事，將典型的男性文化困境移置於女性形象，女人又一次成了男人的假面。」〔註15〕搖滾歌曲就是這樣，藉重歌曲這種基本的抒情模式，對「性別化身份」做一種文化位移，從而建立了一套超越情歌的搖滾文化範式。

〔註12〕蘇蕾《二手玫瑰地下搖滾「嫁」主流音樂》，《北方音樂》，第 55 頁。
〔註13〕李皖《男或女，二人轉或搖滾，五年順流而下》，南京：南京大學出版社，2007 年，第 77 頁。
〔註14〕郭發財《枷鎖與奔跑——1980～2005 中國搖滾樂獨立文化生態觀察》，武漢：湖北人民出版社，2007 年，第 266 頁。
〔註15〕戴錦華《不可見的女性：當代中國電影中的女性與女性電影》，《當代電影》，1994 年，第 6 期。

第三節　陰柔化不是女性化

　　21 世紀初女性搖滾的顯示出性別抗爭意識。大陸的女搖滾詩人很早就誕生了。上世紀九十年代初的「眼鏡蛇樂隊」，「指南針樂隊」中，都有女性成員，而且是主唱，也寫歌詩作曲，因此他們是最早一批女性搖滾詩人。但早期的女搖滾詩人走的都是「去性別化」道路，她們作的歌唱的歌沒有特殊的女性色彩，沒有鮮明的女性抗爭意識。

　　21 世紀初，中國大陸新出的一代搖滾女詩人，文化姿態很不同：她們似乎順從社會性別認同，卻在文化縫隙中，找到了女性對抗策略：陰柔化不是女性化。女性必須有「不同的聲音」，要在歌聲中揭露出「聲音如何在關係中發出，如何依據關係展開或被限制」〔註 16〕的性別歷史狀況，並努力把被塑造的、被建構的聲音和女性自己的聲音區別開來。當代流行歌曲歌詩大都是男性詞作家為女性代言的作品。這裡應當特別強調：一般歌的文本性別，通常與歌詩作者的生理性別無關，這與小說、彈詞等敘事文體有很大不同，敘述文本中的敘述者「我」經常與作者在性別上同一，至少讀者的壓倒性印象如此。歌曲中的性別身份很不一樣，敘述學家蘇珊·蘭瑟稱歌曲為「疏離式」（detached）文本〔註 17〕，其作者與文本中「抒情我」性別經常完全不同。這種現象，在中國古代詩詞中就有所體現。例如，宋詞中有大量男性詞作者為女性代言的詞作，即便是一代文豪范仲淹、歐陽修等人也不例外。作詩是「詩言志」，是理想的表意，而寫詞時則大多用女子口吻「豔詞」，內容也都是愛情之纏綿悱惻，聚散離合。葉嘉瑩在探討男性詞人為女性代言這一現象時，認為男性轉向陰柔書寫，展示出男性雙性寫作的潛能，並造成詞體「要眇深微的美」。〔註 18〕劉納的著作中也探討了男性為女性代言問題。〔註 19〕但男性代言的作品和女性自己的作品畢竟有所不同。女性搖滾的脫穎而出，就是對文化的性別符號公式

〔註 16〕K.林克萊特《釋放自己的聲音》，轉引自《不同的呻吟——心理學理論與發女發展》，卡羅爾·吉利根著，肖薇譯，北京：中央編譯出版社，1999 年，第 19 頁。

〔註 17〕見蘇珊·蘭瑟「觀察者眼中的我：模棱兩可的依附現象與結構主義敘事學的侷限」一文，轉引自《當代敘事理論指南》，北京：北京大學出版社，2007 年，第 225 頁。

〔註 18〕葉嘉瑩「論詞學中之困惑與《花間》詞之女性敘寫及其影響」，《中外文學》，1991 年第 9 期。

〔註 19〕劉納《嬗變——辛亥革命時期至「五四」時期的中國文學》，北京：中國社會科學出版社，1998 年。

化壓力提出的強有力的反抗。

搖滾女歌手，是歌壇上異軍突起的一隻隊伍。她們充分利用「搖滾神話」去踐踏這個神話，唱自己的歌，去顛覆很多被男性既定的文化陳規。比如，近年來我們終於看到了女性搖滾打破了這個對「花」的定式意義：姜昕的《我不是隨便的花朵》（姜昕作詞，虞洋作曲，姜昕原唱）就是一個佳例。

> 在那裡我才找到真正的自己
> 於是我知道自己不是隨便的花朵
> 只為夢幻的聲音而綻放
> 雖然一切就像流水奔騰不復返
> 那些聲音不會枯萎

這朵「不隨便的花」，是一朵拒絕凋零的花，拒絕既定命運的花。女性「真正的自己」是花朵，但不是專門被男人擺弄欣賞的花朵，而是為夢想而「綻放的花朵」。儘管女歌手仍擺脫不了「花」的意象，但至少表達出了一種女性自我肯定的「以花抗花」的現代意識。

女搖滾歌手張淺潛的《另一種情感》（張淺潛作詞作曲並原唱）也力圖表現出一種反抗。歌手似乎有些戲弄文化規約性中代表「男性氣質」的「英雄氣概」，歌詩在嘲諷和讚美之間給出了一個模糊答案，結果讓男女感情變成了「另一種情感」：不是一般情歌中聲嘶力竭的渴望與懷念，或者是抱怨與責怪，而是女性的獨立意識。

> 昨晚你怎麼來到我的夢裏面
> 相對無語陌生又安全
> 我想賦予你英雄的氣概
> 可它會在哪兒為我真實的存在

張淺潛的歌詩具有克里斯蒂娃說的特殊的語言力量，能夠發出「語言的內部驅動力……我們可以看到詩的語言經濟學，而在這個詩語言經濟學中，一元的主題將找不到它的立身之地」。[註20]歌詩的這種詩性功能是一種拒絕和分裂，它使文化的定式意義分裂和增衍，它破壞單一意指，來演繹藝術的異質性別傾向，導向多元意義，可以說這是語言內在力量對性別文化秩序的報復。

女搖滾歌手同樣借助情歌的呼喚話語方式，來達到這個邊界。主流文化所

〔註20〕朱迪斯·巴特勒《性別麻煩：女性主義與身份的顛覆》，上海：三聯書店，2009年，第109頁。

支持的文化，不可能得力於另一種形式的文化，而只能來自文化本身被壓抑的被宰制的力量，來自構成文化所掩蔽的女性性別異質性。

奇怪的是：在這個女強人輩出的時代，一方面，傑出女性往往在經濟上，政治上，學術上迴出倫輩，卻無法在情感上獲得解放。換言之，女性在感情中的性別定位，比社會定位要牢固得多；另一方面，流行歌曲屬於大眾文化，而大眾文化本身傾向於保守：女性解放畢竟只是少數精英女性的個人訴求，大部分女性在思想意識上的滯後，並沒有使之產生自我解放的迫切需求，這就使得流行歌曲傳播的性別意識迎合大多數人的需要，而不是少數女性精英的思想和文化姿態。

我們承認，在娛樂化的今天，「流行文化使女性趨向於妥協，因為流行文化與女性政治態度關係不大，而是女性幻想的領域。」〔註21〕即便如此，女性搖滾歌手脫穎而出，她們自覺的努力，就特別值得我們重視，只有依靠她們以及女性歌眾敏銳的「症候式的閱讀」，才能對文化向男性的中項偏離有所糾正。

第四節　搖滾陰柔化的雙重意義

應當強調的是，歌並不能直接「反映」社會現實中的性別關係，而只能很曲折地再現性別政治，因為歌抒寫的是社會中人的具體感情和態度，而感情態度並不一定是現實。

從符號修辭學上看，歌詩有一種強烈的「褒義傾斜」。題材上不傳播社會上認為「不宜」歌唱的內容，遣詞造句上也傾向於使用褒義詞彙。雖然說不出的口的感情往往可以唱出，但歌曲往往並不直接宣洩赤裸裸的欲望。歌詩的這種「褒義傾斜」的心理機制，也讓歌詩闡述者往褒義的方向上傾斜。這樣，一旦宣諸歌詩，文化禁忌相對淡化，歌就成了被社會正常秩序壓抑的集體潛意識的宣洩口之一，歌詩從而也成為分析社會心理傳播的材料寶庫。

從文化符號學角度上看，搖滾作為男性符號，在當今表達的意義越來越曖昧，它的陰柔化傾向也在逐步增強。一方面，這與當今中國文化中男性扮演的社會角色相對應：當男性不想把命運掌握在自己手裏，情願隨波逐流時，80年代搖滾的抗爭，就成為越來越淡漠的記憶；另　方面，搖滾作為「男歌」的典

〔註21〕L. van Zoonen《女性與媒介研究》，曹晉、曹茂譯，桂林：廣西師範大學出版社，2007年，第200頁。

型，它的陰柔化傾向卻是一種從既定性別文化語碼中解放自己的努力。儘管這個過程還很漫長，還遠遠沒有達到性別意識的理性深度，更沒能動搖消費社會對性別的更加定型化的壓力，但這個趨勢卻具有特殊意義。

當代文化中，搖滾作為一種被期待的男歌範式，它的陰柔化趨向更容易引人注目。但綜觀流行歌曲，男歌的陰柔化早已經鋪開。這就是我們在內篇探討男歌和跨性別歌時，不斷遇到的「判斷受阻」：男歌中過多的「怨男情結」，跨性別歌中的男、女歌手對歌曲文本性別身份的爭取。

在歌曲這種藝術幻想領域中，文本身份順從的是感情的需要，本能的需要。我們甚至可以說，歌曲文本的性別身份意義，是一個文化中的集體潛意識，而不是一種清晰的、理性的導向。歌曲的性別意識，是我們作為「文化的人」幾千年來性別關係中代代相承的意義方式。在當代流行歌曲中，男歌的陰柔化也預示著人類的性別性在慢慢發生變異。在這種性別意識變遷的過程中，對傳統男性文化來說，「陰柔化」既是一種「自我療傷」的方法，同時也是這治療過程中不得不留下的「性別傷痕」。

第六章　歌詩的敘述轉向：新情感倫理的出現

第一節　歌詩的兩種構造成分：抒情與敘述

中國歌詩傳統以抒情為主，此說已成定論。〔註1〕敘事歌詩不僅出現晚，而且數量少，在中國詩史的討論中，不占重要地位。〔註2〕尤其當專用的敘述形式：講史、平話、曲藝、戲曲、小說出現之後，用詩講故事就成了特例。〔註3〕

〔註1〕有兩點最值得注意。第一點是西方學者已看出一切詩都是抒情的，悲劇詩和史詩也還各是抒情詩的一種。首倡此說者為法國美學家優佛羅瓦（Jouffroy），意大利美學家克羅齊（Croce）主張此說尤力。第二點值得注意的就是西方學者現已看出凡是抒情詩都不能長，長篇詩不必全體是詩。這一說倡於美國詩人愛倫・坡（Edgar Allan Poe）。他說：「『長詩』簡直是一個自相矛盾的名詞。」他以為《荷馬史詩》和《失樂園》之類的長篇詩，都是許多短詩湊合起來，其中有許多不是詩的地方。近代考據學者對於史詩如何形成一個問題所得的結論亦頗與愛倫・坡的學說暗合。古代史詩都是許多短篇敘事詩的集成的。

〔註2〕這裡提及的中國漢語詩歌傳統，不包括中國少數民族史詩，據少數民族學學者考證，被稱為「三大史詩」的藏蒙史詩《格薩爾》、蒙古族史詩《江格爾》和柯爾克孜族史詩《瑪納斯》，內涵豐富，情節曲折，結構恢宏，氣勢磅礴，皆為幾十萬詩行的鴻篇巨製，當之無愧地躋身於人類最偉大的英雄史詩之列。除「三大史詩」外，在中國的北方和南方，學界還發現並記錄了數以千計的史詩與史詩敘事片段，北方的蒙古、土、哈薩克、柯爾克孜、維吾爾、赫哲、滿等民族，以及南方的彝、納西、哈尼、苗、瑤、壯、傣等民族，都有源遠流長的史詩傳統和篇目繁多的史詩敘事，這些史詩至今以口頭演、說、唱等方式在本土傳承和傳播。

〔註3〕在約五萬首《全唐詩》中，《長恨歌》、《琵琶行》、《秦婦吟》等明白無誤的長敘事詩，非常少見，即使加上《三吏三別》、《新樂府》這樣的「小敘事詩」，比例也非常小。

如果我們只考查歌詩，那麼常被稱為「歌行」敘事歌詩更是少數，在曲子詞和宋詞元曲之中，敘事歌詩幾乎無跡可尋。

延續這個傳統，中國現代歌詩也以抒情為主，真正的敘事歌詩很少。朱光潛在其《長篇詩在中國何以不發達》一文中指出，「中國詩和西方詩的發展的路徑有許多不同點，專就種類說，西方詩同時向史詩的、戲劇的和抒情的三方面發展，而中國詩則偏向抒情的一方面發展」。這個總結一直被看成是無可辯駁的歸納。

然而，偏向抒情不等於說中國歌詩中沒有廣義的敘述性。敘述性在中國古代歌詩中處處可見，只是數量少，而且與抒情混雜，被遮蔽而不顯〔註4〕。

《毛詩序》中的名言「詩言志，歌永言」，過於簡要。聞一多先生曾對此作過詳盡考證，他在 1939 年撰寫的《詩與歌》說：「無文字時專憑記憶，文字產生後，則用文字記載以代記憶。故記憶之記又孳乳為記載之記。記憶謂之志，記載亦謂之志，古時幾乎一切文字記載皆曰志。」〔註5〕所以，「詩言志」也就是：詩用語言來記載事件。《詩經‧國風》中就有不少明顯具有敘事性質的詩，如《生民》、《公劉》、《谷風》、《氓》等。但《詩經》中的敘事，和真正的敘事詩還是有很大不同，馮沅君 1937 年 5 月 16 日發表於《大公報‧文藝》上的《讀〈寶馬〉》一文中講到：「《詩經》裏頗有幾首近於史詩的篇章，……這些詩未嘗不穆穆皇皇。但讀起來，我們卻覺得它們不夠味。」

馮沅君的不滿事出有因：在中國傳統的抒情和敘事詩中，敘述與抒情一直是混雜的，兩者成分比例不同，混雜方式也不同。就如清代葉燮指出：「盈天地間萬有不齊之數，總不出理、事、情三者。……六經者，理、事、情之權輿也。合而言之，則凡經之一句一義皆各備此三者而互相發明，分而言之，則《易》似專言乎理，《書》、《春秋》、《禮》似專言乎事，《詩》似專言乎情，此經之原本也。」葉燮所說的「理」、「事」、「情」三者可以兼有，只不過在不同的文體中，各有側重。

〔註4〕中國古代最長的一千七百四十五字的敘事詩《焦仲卿妻》，朱光潛評論：「衡其性質，不過是一種短篇敘事歌（ballad），而不能稱為長篇敘事詩（epic）。」與《焦仲卿妻》齊名，被稱為「樂府雙璧」的另一首著名的敘事詩《木蘭辭》：「旦辭爺娘去，暮宿黃河邊。不聞爺娘喚女聲，但聞黃河流水鳴濺濺。旦辭黃河去，暮至黑山頭。不聞爺娘喚女聲，但聞燕山胡騎鳴啾啾。」這段一半敘述行程，一半描寫心情，敘述與抒情混雜。

〔註5〕聞一多《歌與詩》，載《神話與詩》，上海世紀出版集團，2006 年，148 頁。

　　因此，在所謂抒情歌中，無論傳統詩詞，還是現當代歌詩，很難找到沒有敘述成分的文本，正如在敘事歌中，很難找到沒有抒情成分的歌詩，而大部分歌詩，實際上都位於這兩個極端之間。

　　既然如此，為何學界依然認為至今為止的中國歌還是以抒情為主？本書要論述的一個事實是，近年來，隨著當代歌詩創作的多元化發展，中國歌曲中，原先被抒情主導所遮蔽的敘述成分越來越顯露，敘述性的各種特徵都逐漸凸顯。這並不是中國歌詩構成成分變化，而是相當一部分歌曲中的主導成分的變化。〔註6〕但是這種變化意義深長，它構成了中國歌詩的「敘述轉向」，使中國歌詩向一個全新的階段演變。

　　本書討論的不是敘事歌與抒情歌，而是從歌詩的敘述性與抒情性出發，探討它們的搭配方式如何影響整首歌的品質，以及當代歌曲的敘述表意對當代文化新的格局產生的作用在區分歌詩的敘述性和抒情性時，我們通常都把非敘述的句段，都稱為「抒情」。王夫之說，「即事生情，即語描繪」。實際上，從一首歌的句段上看，可分為三種：敘述（narrative），描述（description），評述（commentary）。除了明顯的敘述外，描述可包括景色、物狀、人物、心情等，也只有描寫心情可以算作抒情。而評述也會混雜著敘述和抒情。因此，不能說非敘述的句段就是抒情。這樣的二分法，很容易引導人們向抒情偏移。

　　這個貌似清晰的討論中，還出現一個巨大的問題：既然敘事歌可以包含抒情的句段而依然被稱為敘事歌，那麼抒情歌包含多少敘述句段，卻依然被稱為抒情歌呢？這個分界線劃在哪裏？除了這個量上的區分，是否還有某種質的考慮？抒情歌是否能包含某種敘事句段？而不可以包括另一些樣式的句段？

　　這就讓我們必須從頭考慮一個基本的問題：什麼是敘述？把這個問題說清楚之後，我們才能逐一回答上述的各種問題。

　　敘述，是人類組織個人生存經驗和社會文化經驗的普遍方式。敘述的最基本定義：「敘述主體把有人物參與的情況變化，即事件，組織進一個意義文本，期待接受主體認知此文本中的倫理與時間方向。」〔註7〕敘述強調「有人物參與的變化」。沒有「人物」與「變化」這兩點的文本，是「陳述」而不是「敘述」。敘述描寫的是「人物在變化中」，這是人類文化的根本性表意行為。

〔註6〕羅曼・雅克布森「論主導」，趙毅衡編《符號學文學論文集》，天津：百花文藝出版社，2004年，第7～14頁。
〔註7〕趙毅衡「三種時間向度的敘述」一文。見趙毅衡《意不盡言》南京：南京大學出版社，2009年，第8～23頁。

敘述中的所謂「人物」，即一個「角色（character），不一定是人格，「人物」邊界的確有點模糊：既然擬人的動物，甚至物（例如在科普童話中，在廣告中）都是人物，「人物」必須是「有靈之物」，也就是說，他們要經歷變化，具有一定的倫理感受和意圖目的。如果廣告中描述的牙膏，為某種倫理目的（例如保護人類的牙齒），「甘願」經受某種變化（例如改變自己的成分），這牙膏就是「人物」，這廣告就有敘述。如果只說某某牙膏「變化了」，有了新的有效成分，那就不是敘述。比如為聯想產品做的廣告歌《最近》（作曲：林宇中，作詞：姚若龍，原唱：張韶涵）：「最近我們發現默契，我們一樣不怕在雪地追尋，一相信就不放棄。」體現的是人物的行為和倫理要求，因此是敘述。所以說，人物和變化是敘述必然有的要素，否則敘述與陳述無從區分，如果呈現「無人物事件變化」的機械功能、化學公式、宇宙演變、生物演化、生理反應等也能被視為敘述，歌的敘述意義就會喪失。

第二節　歌曲的意圖時間性

敘述，首先必須有話語時間意圖方向。班維尼斯特（Emile Benviniste）曾將話語的意圖方向對應三種「語態」：過去向度著重記錄，類似陳述句；現在向度著重演示，結果懸置，類似疑問句；未來向度著重說服，類似祈使句。三者的區別，在於敘述意圖與期待回應之間的聯繫方式。

歌詩與詩最接近，按雅克布森的「文本六功能」說法，詩性，即「符號的自指性」。這與托多羅夫的「符號不指向他物」之說相應。但歌詩又不同於詩，歌的主導功能落在引發發送者的情感與接受者的反應，歌詩必須在發送者的情緒與接受者的意動之間構成動力性的交流。所以它的意圖時間性是朝向未來的。

這一點，歌詩與小說、電影等一些記錄過去事件的體裁很不相同：歌詩能將過去、現在與未來這三種內在的時間意圖性交織在一起。現在是歌曲表意的演出方式（我此刻對你唱）所佔的時間；將來是歌曲主導功能意動性（我希望你回應）所期盼的時間；而過去，則是歌詩敘述化後出現的「被敘述時間」。也就是說，歌詩中被敘述的人物、情節、故事都可以在這三種時間向度上自由轉換：過去事件是回溯，現在事件是「歌唱的此刻」正在發生的事，未來事件是「我」希望發生的，尤其希望「你」來採取行動。歌在三個時間方向的敘述

不僅能自由轉換而且特別自然。比如這首梁宏志詞曲，鄧麗君原唱的《恰似你的溫柔》：

> 某年某月的某一天就像一張破碎的臉
>
> 難以開口道再見就讓一切走遠
>
> 到如今年復一年我不能停止懷念
>
> 懷念你懷念從前但願那海風再起
>
> 只為那浪花的手恰似你的溫柔

此歌把過去、現在、未來三個時段的意圖時間對照得非常明顯，再比如艾敬的《我的1997》（艾敬詞曲兼原唱）：

> 我的音樂老師是我的爸爸二十年來他一直呆在國家工廠
>
> 媽媽以前是唱評劇的她總抱怨沒趕上好的時光
>
> 我十七歲那年離開了家鄉瀋陽，因為感覺那裡沒有我的夢想
>
> 讓我去花花世界吧給我蓋上大紅章
>
> 1997 快些到吧八百伴究竟是什麼樣
>
> 1997 快些到吧我就可以去 HONG KONG
>
> 1997 快些到吧讓我站在紅勘體育館
>
> 1997 快些到吧和他去看午夜場

歌曲從過去說到現在，再說到將來，但我們看到，這三個時間向度是相對於歌詩的「預設現在時」而言。這裡牽涉到一個重要概念，什麼是歌的「預設現在時」？沒有這個「預設現在時」做參照，就無法區分過去、現在、將來這三個時間之維。可以說，歌的「現在」就是演唱的此在時，這是由歌的現場表演性特點決定的，也可以說，是歌作為特殊體裁自限。

「我對你唱」這一傳達模式，實際也為歌詩提供了一個外在的演出性的現時在場的表述框架。這一點在前面已經論述過。此表述框架看似是抒情式的，更是敘述式的，因為在這個敘述框架內，歌詩敘述的意圖時間，不一定限定在現在時，它可以回溯到過去，甚至歌唱現在和未來。從這意義上說，這首歌中的「1997年」，實際上是個可以虛化的時間，相對於「歌唱現在」而言的，即1995年（此歌是1995年創作且首唱的），1997年是未來；對於今天歌唱或引用此詞的時間，1997年依然是未來。可見一首歌雖然可以在三個時間維度之間轉換，但歌的意圖時間都是未來的。

即使是敘述的事件發生在過去，或者從過去出發的敘述，它的時間意圖也

-293-

是向著未來的，比如汪峰作詞作曲兼原唱的《春天裏》，從最後反覆演唱的一句體現出來：

> 還記得許多年前的春天那時的我還沒剪去長髮
> 沒有信用卡也沒有她沒有 24 小時熱水的家
> 可當初的我是那麼快樂雖然只有一把破木吉他
> 在街上在橋下在田野中唱著那無人問津的歌謠……
> 如果有一天我老無所依請把我埋在埋在春天裏

反過來，趙英俊作詞作曲並演唱的《方的言》，從現在開始敘述，回到過去，最後還是面向未來：

> 車站曾經是小酒館有緣拼桌在你對面
> 你說的話總是要轉彎聽不清姓方還是姓范
> 你說明天要走更遠不想人生留下遺憾
> 小的地方人更有尊嚴活出個樣子給自己看
> 吃飯，你家鄉怎麼念學得地道我就與那兒有關
> 再斟滿不覺已天色將晚揮揮手就當萬語千言
> 再見，不知道那一天你的夢想應該早已實現

即便是敘述將要發生的事情，比如齊秦的《大約在冬季》（齊秦詞曲兼原唱）：

> 輕輕的你我將離開你請將眼角的淚拭去
> 慢慢長夜裏未來日子裏親愛的你別為我哭泣

可以說，敘述過去的事件，是比較「正規的」敘述，這也是小說最典型的敘述，因為事件一般發生在過去，哪怕是科幻或其他「未來懸猜小說」（speculative novel of the future），事件也發生在未來的過去。當敘述的事件發生現在或將來時，抒情和敘述的混雜性會更為複雜。「抒情」的本質是靜止的，而敘述則必須在時間中展開某種變化，不管是過去已經發生的故事，還是現在和將要發生的願望。可以這麼基本歸納：被敘述事件的時間很重要，落在過去敘述性比較明確，落在未來次之，落在現在歌曲或段落，由於時間不明，很容易被當作情景描述。

第三節　敘述三素的凸顯

敘述性出現在歌曲中時，就會出現所謂的「敘述三素」，即人素、時素與

地素。歌曲借這些元素與表現對象建立關係，尤其與我們的「經驗現實」或「文本間現實」建立關係。儘管在同一首歌裏這三種要素並不一定會都需要出現。

時素

即歌曲敘述事件的時間點。比如，歌曲《年輕的朋友們來相會》（作詞：張枚同，作曲：谷建芬，原唱：任雁）中，「我們八十年代的新一輩」中的「八十年代」就是一個鮮明的時素。再如歌曲《松花江上》（詞曲：張寒暉。原唱：程志）中反覆吟唱的「九・一八」。但我們看到這兩種時素非常特定，它錨定在時代、歷史上。但大多數當代歌詩，時間的錨定更為具體，比如三毛作詞的《七點鐘》（李宗盛作曲，齊豫原唱）：

> 今生就是那麼地開始的走過操場的青草地走到你的面前
> 不能說一句話拿起鋼筆在你的掌心寫下七個數字
> 點一個頭然後狂奔而去守住電話就守茲日如年的狂盼
> 鈴聲響的時候自己的聲音那麼急迫是我是我是我是我是我
> 七點鐘你說七點鐘好好好我一定早點到

此歌中的「七點鐘」，是某個人人生經歷的一個具體的點，此時的時素，就不再具有宏觀歷史的錨定意義，而更為個人化。刀郎作詞的《2002 年的第一場雪》（刀郎作曲兼原唱）也是一個較好的例子：

> 2002 年的第一場雪比以往時候來的更晚一些
> 停靠在八樓的二路汽車帶走了最後一片飄落的黃葉

歌曲「2002 年」，「停靠在八樓的二路汽車」，這樣具體的時間、地點，幾乎成為符號學中所謂「理據性滑落」的語句，也就是說可以被任意城市地名所取代而意義不變。但此歌往下的語句卻完全拋開了敘事，投入抒情，這樣開頭「過分具體」的場景可以說是神來之筆，「坐實」了本是一般化的愛情場面，以及感覺描寫的具體可信度：

> 忘不了把你摟在懷裏的感覺比藏在心中那份火熱更暖一些
> 忘記了窗外北風的凜冽再一次把溫柔和纏綿重疊

應該說，相當多歌曲中的時素和地素，都要盡力擺脫籠統化和一般化，比如這首《小媳婦回娘家》（孫儀作詞，湯尼作曲，鄧麗君原唱）：

> 風吹著楊柳嘛小河裏水流得兒
> 誰家的媳婦她走得忙又忙呀原來她要回娘家

　　這裡的時素（春天）和地素（小河）雖然一般化，但這種敘述因素可以產生疏離性的「虛點敘述」，與經驗世界錨定關係並不清晰。因此，時素的錨定能力，要看世俗的特定性，而歌詩的敘述往往需要其他要素幫助。

人素

　　也就是歌曲中出現的人物。一旦歌曲中的人物錨定，我們便由此瞭解歌曲中的內容背景。人素一樣可以分成「特定」與「一般」兩種，而且由於歌曲的特殊性質，在傳統歌曲中，特定式的人素並不多見，有時見到，也多為英雄或偉人身份，而且往往在標題中就點明了人素，如《嘎達梅林》（王躍作詞，宋文彤作曲，德德瑪原唱）。《春天的故事》（蔣開儒作詞，王佑貴作曲，董文華原唱）中的「有一位老人」，已經點的不能再明白。但這一類歌曲因為人物的特殊身份，歌曲會明顯地向頌歌的抒情性靠攏。

　　20 世紀 30 年代的《黃河大合唱》（光未然作詞，冼星海作曲）組曲中「黃河對唱」的「張老三」、「王老七」，顯然是一種類型人物，是中國農民的代稱。90 年代李春波的《小芳》（李春波詞曲兼原唱），儘管在流傳的過程中，意圖岐出，被當作城市農民工對留守鄉村的戀人情歌。而創作者的本意，是寫給上山下鄉時期知識青年留守農村的戀人的。但不可否認，一旦特指性的人物和某個共同的歷史場景中有了某種錨定關係，歌詩的故事，就是講一類人的故事，而不是一個人的故事。比如，閆肅作詞，姚明作曲的《前門情思大碗茶》（李谷一原唱）：

> 我爺爺小的時候，常在這裡玩耍，高高的前門，彷彿挨著我的家。
> 一蓬衰草，幾聲蛐蛐兒叫，伴隨他度過了那灰色的年華。
> 吃一串冰糖葫蘆就算過節，他一日那三餐，窩頭鹹菜就著一口大碗茶。

　　而在當代歌曲中，歌詩的敘述性不僅靠人素的特定性增強，人物身份下移，更強調「有人物參與的變化」，即「人物在變化中」。只有「人物」而沒有「變化」的文本，通常就會落入「陳述」或抒情模式，而不能稱為「敘述」。《娘子》（周杰倫作曲兼原唱）被認為是臺灣歌詩作家方文山「中國風」的發軔之作，《娘子》一炮走紅，通常的意見是這首歌詩有中國風魅力，其實並不完全如此。方文山歌詩的敘述，給這首歌添加了更大魅力：

> 我說店小二三兩銀夠不夠　景色入秋漫天黃沙涼過
>
> 塞北的客棧人多牧草有沒有我馬兒有些瘦
>
> 天涯盡頭滿臉風霜落寞近鄉情怯的我
>
> 相思寄紅豆相思寄紅豆無能為力的在人海中漂泊心傷透
>
> 娘子她人在江南等我淚不休語沉默

　　讓一個現代的「我」做敘述者（不管是否被看做是詞作者自己，還是演唱者周杰倫，還是每個歌眾），敘述「我」與一個遠古的「娘子」的感情故事，這在容易寫得陳腔濫調的情歌中，是非常引人注目的創新。在此我們只能說，方文山在此巧妙地開闢了一種特別的敘述修辭途徑，筆者稱之為「穿越式敘述」。這種「穿越式敘述」有點類似於當下網絡流行的愛情穿越小說：讓敘述主體「我」或被敘述主體「你」，穿越於不同的時空中，完成故事的奇蹟。

　　在「我對你說」的歌詩基本表意框架中，敘述者「我」只能在此刻，不可能回到過去，也不可能到達未來，但人物「我」可以通過被敘述，跳過這個時間障礙，進入不同的時空維度。而敘述者「我」與人物「我」的差別（即一個「我」中包含著兩個不同的言說和經驗主體，例如敘述者「我」回憶童年時候的「我」），在小說敘述研究中是一個重要課題，被稱為「二我差」。〔註8〕歌詩敘述過短，這個「二我差」不容易清楚地體現出來，但是這個差別在穿越式敘述中，可以被戲劇化。敘述創造的情景越特殊，敘述的張力就越強烈。

　　在人素的運用上，歌詩中也可以出現小說中常用的特種「人物」（character），即並不是真正的「人物」，卻具有人格性的「角色」。歌詩的這種的敘述效果，打破了一般的「我對你唱」模式，實際上，是我在給你講另一個人的故事。比如前面舉例的《胡同裏有隻貓》（方文山作詞，周杰倫作曲，原唱溫嵐）。歌詩是敘述者對我們講述的關於一隻貓的故事，這個故事中的「人物」不是人，卻是一隻具有「人格」的貓，它是推動情節的一個重要角色。然而，歌詩的敘述意圖，並不是讓歌停留在「貓」的故事中，而是通過這個故事，邀請歌眾加入自己的闡釋，在更高的層次上，進行思想和情感交流。此時，人素已經越出了歌曲的一般「你」、「我」、「他」的言說模式，人物的靈活使用，大大增強了歌詩的敘述力量。

〔註8〕「二我差」的定義，見趙毅衡《當說者被說的時候：比較敘述學導論》（北京：中國人民大學出版社，1998年，第147頁）：「一個成熟的『我』，回憶少不更事的『我』在人世的風雨中經受磨煉認識到人生真諦的經過。成熟的我作為敘述者，當然有權，也有必要，對這成長過程作評論、干預和控制」。

方文山有一首頗有「歌詩寫做法」色彩的「素顏詩」《管制青春》：「我用第一人稱將過往的愛與恨抄寫在我們的劇本我用第二人稱在劇中痛哭失聲與最愛的人道離分我用第三人稱描述來不及溫存就已經轉身的青春。」從一般歌詩中的人素錨定到人物角色的推進，不僅是歌詩人素的創新，更是歌詩敘述性增強的明顯體現。

在當代歌曲中，我們還能聽到人素安排更為具體而真實的歌曲，比如，譚維維詞曲並演唱的《譚某某》，幾乎是自己的一個簡單自傳。像這樣直接把自己或他人寫進歌題還很多：《心有林夕》（藍小邪作詞，鄭楠作曲，林宥嘉原唱）、《周大俠》（方文山作詞，周杰倫作曲及原唱）、《我不是黃蓉》（李敏、王蓉作詞，王蓉作曲兼演唱）、《我不是李宇春》（老貓詞曲，梓旭演唱）……周杰倫為其主演的電影《大灌籃》中的主題曲直接就叫《周大俠》。在歌中直接寫進當代人名字的也很多，比如周杰倫的歌中有這樣的歌詩，「你問中國風，最好去問方文山」。林文炫作詞，胡彥斌作曲並演唱的《男人 KTV》中，「張學友唱出我的情節……陳奕迅那首歌是唱的他自己」。人素越具體，歌越是個性化。歌詩說出自己的故事，其敘述就順理成章。

地素

相對時素、人素來說，歌詩中地素只在一種歌曲中至關重要，這就是當今服務於旅遊文化而發展出的「形象歌曲」。因為「形象歌曲」是作為一種地域文化的標識性符號來使用的，因此，地素錨定是形象歌曲中不可缺少的因素。但通常來說，由於形象歌曲的目的在於宣傳，它藉重歌曲是一種歌眾不斷重複傳唱的藝術這一天然優勢，通過反覆使用，達到象徵符號效果，得以大範圍地流通，所以形象歌曲更多是抒情式的，它佔用了地素而不敘述故事。比如《延安頌》（鄭律成作曲，莫耶作詞，李雙江演唱）、《太陽島上》（邢籟、秀田、王立平作詞，王立平作曲，鄭緒嵐原唱）、《太湖美》（任紅舉作詞，龍飛作曲，黃靜慧原唱）、《鄉愁大理》（李廣平作詞）。但在當代歌詩中，地素成為一個故事中必不可少的因素，它參與故事的敘述，比如汪峰的《晚安，北京》（汪峰詞曲兼原演唱），還有朴樹的《白樺林》（朴樹詞曲兼原唱）：

有一天戰火燒到了家鄉小夥子拿起槍奔赴邊疆
心上人你不要為我擔心等著我回來在那片白樺林
噩耗聲傳來在那個午後心上人戰死在遠方沙場

> 她默默來到那片白樺林望眼欲穿地每天守在那裡
>
> 她說他只是迷失在遠方他一定會來來這片白樺林

歌中的」白樺林」，是戰爭歲月中一對年輕戀人忠貞愛情的見證，也是戰爭的殘酷和愛情的浪漫強烈對比效果的重要依託。方文山作詞的《上海1943》（周杰倫作曲兼原唱），歌題上地素和時素就凸顯出歌詩的敘述效果，此歌並不是為上海做作形象宣傳，而是一段歷史中的愛情故事：

> 消失的舊時光一九四三在回憶的路上時間變好慢
>
> 老街坊小弄堂是屬於那年代白牆黑瓦的淡淡的憂傷
>
> 消失的舊時光一九四三回頭看的片段有一些風霜
>
> 老唱盤舊皮箱裝滿了明信片的鐵盒裏藏著一片玫瑰花瓣

這首歌詩似乎是一段回憶式的敘述，一個個表現「上海 1943」的畫面：「小弄堂」、「白牆黑瓦」，在這個更具體化的地素上，「老唱盤」、「舊皮箱」、「裝滿了明信片的鐵盒」，「一片玫瑰花瓣」這些意象一一推進，雖然沒有鮮明的人素出現，但是因為地素造成的空間錨定，無法使人不聯想這背後若隱若現的故事，甚至是一個曾經兩地相思、充滿傷感的愛情故事。

可以看到，時素、地素、人素這「三素」，是催生歌詩敘述品格的一些基本要素。雖然「三素」並不必然導致講故事，但是它們都有一般與特殊之分：特殊者因為靠近「真實歷史」，敘述性就比較強，越是「特殊」的時素、地素、人素，對於敘述性的貢獻越強；越是掌握對時素、地素、人素的種種變異，歌詩的敘述性就越明顯，歌詩的故事性也越強烈。反之，一旦「三素」的特殊性降低，歌詩也就容易進入一般化，情節就漸漸一般化，甚至可能與情景描述很難區分，容易落進抒情模式。當代歌曲的敘述轉向，首先體現在敘述「三素」，尤其是特殊性強的「三素」的凸顯上。

第四節　素的量化與分類

一首歌，往往是抒情與敘述混合，就像上一節舉出的刀郎《2002 年的第一場雪》，一段敘述，加一段抒情。敘述句段的比例，是一首歌與其他歌相比，敘述性強弱的明顯標誌。歌曲的敘述轉向，表現為歌中的敘述句段（也就是講故事部分）比例上增加，即敘述語句占全義的比例增大。

歌曲往往是複雜的混雜物：歌曲的各部分，在極端的「敘述性」與極端的「抒情性」之間，排成一個連續的光譜，我們無法明確地劃開範疇種類。雖然

這個比例，不容易數量化，因為即使我們能看出某些句段在講故事，敘述性也可能會有強有弱。但根據敘述部分的比例，本書可以將歌曲分成四類——純敘事歌，強敘事歌，弱敘事歌，純抒情歌——這樣就可以跳出傳統研究中，將歌曲分成抒情和敘事兩大類，有了一個程度變化的序列，本書就可以更好地觀察到當代歌曲的發展和變化。

純敘事歌

也就是從頭到尾基本上是在說故事，整首歌幾乎全部是敘述句段，傳統經典的例子是《孔雀東南飛》與《木蘭辭》，當代歌詩中上文引的《七點鐘》也應該算。歌曲《歌唱二小放牛郎》更是一個三素俱全，並有完整故事：

> 牛兒還在山坡吃草放牛的卻不知哪兒去了
> 不是他貪玩耍丟了牛那放牛的孩子王二小
> 九月十六那天早上敵人向一條山溝掃蕩
> 山溝裏掩護著後方機關掩護著幾千老鄉
> 正在那十分危急的時候敵人快要走到山口
> 昏頭昏腦地迷失了方向抓住了二小要他帶路

歌詩中有事件發生的時素、地素和人素的混合，整首歌卻全部是敘述句段，幾乎所有的句段都是在講故事，它是一首純敘事歌。由張楚詞曲兼演唱的《姐姐》也是一首很好的例子。此歌講述的是自己的成長經歷，人素時素非常具體，講訴我和父親、姐姐的關係：

> 這個冬天雪還不下站在路上眼睛不眨
> 我的心跳還很溫柔你該表揚我說今天還很聽話
> 我的衣服有些大了你說我看起來挺嘎
> 我知道我站在人群裏挺傻我的爹他總在喝酒是個混球
> 在死之前他不會再傷心不再動拳頭
> 他坐在樓梯上也已經蒼老已不是對手
> 噢姐姐我想回家牽著我的手我有些困了
> 噢姐姐我想回家牽著我的手你不要害怕

強敘事歌

這類歌曲，我們也常常稱為敘事歌。指歌中的大部分段落是在講故事，但是有部分是抒情：除了局部的段落，前後貫通一個完整的敘事。比如上文論述

到的《白樺林》、《春天裏》，我們也可以從下面的例子中看出其構成，比如黃磊的《等等等等》（許常德作詞，顏志琳作曲，黃磊原唱）：

　　　　這原是沒有時間流過的故事在那個與世隔絕的村子

　　　　翠翠和她爺爺為人渡船過日十七年來一向如此

　　　　有天這女孩碰上城裏的男子兩人交換了生命的約誓

　　　　男子離去時依依不捨的凝視翠翠說等他一輩子

　　　　等過第一個秋等過第二個秋等到黃葉滑落

　　這歌詩裏只有一個特殊人素「翠翠」，儘管「爺爺」「城裏的人」是一般化稱呼；「與世隔絕的村子」作為地素也很一般，時素基本上被文本自我否定：「沒有時間流過」。但聽眾知道這是根據沈從文《邊城》改編的故事，小說的情節自動填實了歌詩中「三素」的特殊性，增加了這首歌的敘述性。再比如唐映楓作詞，劉昊森作曲並演唱的《縫紉機》：

　　　　你腳下的縫紉機在轉呀轉呀嘎噔兒轉呀轉呀轉

　　　　九二年在市場開小店為街坊鄰居做衣裳

　　　　你的那個娃娃剛會走路才長齊牙沒曾想長大

　　　　隔壁理髮店的孫姨說他長得跟你可像啦

　　　　日子好比那蔭綠老窗頁上蒙塵又脫膠的窗花

　　　　潮漲的海港你牽我走過遠岸月季正發芽

歌詩將「我」的成長過程，和縫紉機的主人的歷史相連，歌詩實際上製造了一種巴赫金所說的複調對話藝術：通過講述「縫紉機」年代「你」和「我」的成長故事。

　　強敘事歌應當屬於敘事歌，實際上也是當代歌曲「敘述轉向」的中堅力量。歌的兩種基本方式，本有不同的傳播交流功能，能夠混合兩者，效果一般比較好。這一點對我們後面的討論至關重要，先記於此。關於強敘述歌，我們還可以舉出很多例子，韓紅的這首《天亮了》（韓紅詞曲兼演唱）寫的是一個真實的故事〔註9〕：

　　　　那是一個秋天風兒那麼纏綿讓我想起他們那雙無助的眼

〔註9〕據當時報導，廣西的一個旅行團，在貴州遊玩時坐纜車發生了事故，很多人遇難，當時活下來的幾乎全是孩子。其中有一夫婦，帶著年幼的兒子，當纜車從高空墜落的時候，夫妻本能地把孩子托起，結果夫妻雙雙遇難，孩子卻只是受了點輕傷。韓紅聽到這個故事後，寫了這首歌，並在第二年的 315 晚會上播出、演唱，引起轟動。

就在那美麗風景相伴的地方我聽到一聲巨響震徹山谷

就是那個秋天再看不到爸爸的臉他用他的雙肩托起我重生的起點

強歌曲敘述了一個完整的故事，儘管有些細節不詳，但我們知道這是一首在危難時刻，父親用生命挽救自己孩子的感人故事。歌詩中「用他的雙肩托起我重生的起點」，在這裡並不是一種抒情式的比喻，而是具體情節的一部分。一旦歌曲的詞句脫離一般化，歌中的「三素」就有了特殊的含義。

也有不少強敘事的歌曲，歌詩中並沒有比較完整的故事，而是由歌題，歌序（歌前面的說明）來加強敘述性。比如陳富、陳哲作詞，解承強作曲的《一個真實的故事》（朱哲琴演唱），歌題已表明是要敘述一個關於殉職的青年女馴鶴師徐秀娟的故事，雖然正歌歌詩中人素並不具體，但在歌曲開始的朗誦詞中，故事已很明顯。

這類歌詩有點類似於某些宋詞。宋詞研究專家張海鷗曾指出「早期的詞調有許多又是詞題，具有點題敘事性；詞題的主要功能是引導敘事；詞序是詞題的擴展，是對詞題引導敘事的延展，又是對正文之本事、創作體例、方法等問題的說明或鋪墊；詞正文的敘事與其他敘事文體不同，其特點是片斷的、細節的、跳躍的、留白的、詩意的、自敘的。」他的觀點是：「詞不可能無事，即便是以寫景、抒情為主的詞，也存在著敘事因素。」按照這樣理解，歌題中加入敘述是可以成立的。

弱敘事歌

與強敘事歌對應的，是弱敘事歌。這種敘事歌最難辨別，因為其中的敘事性很容易被忽視，往往被認為是抒情歌，這也是有道理的。弱敘事歌可以從三個方面辨別：其一，「三素」一般化，沒有特別的指稱對象，故事沒有特殊性；其二，敘述的事本身不清楚，歌曲內沒有情節；其三，大部分篇幅是非敘述句段。

這樣的歌，往往是聽起來有一點敘事的味道，有一點若有似無的故事，似乎敘述部分只是一個藉口，或是一個「借物起興」之法，與後文關聯不大。我們可以以馬金星作詞，劉詩召作曲的《軍港之夜》為例：

軍港的夜啊靜悄悄海浪把戰艦輕輕地搖

年輕的水兵頭枕著波濤睡夢中露出甜美的微笑

海風你輕輕地吹海浪你輕輕地搖，

遠航的水兵多麼辛勞回到了祖國母親的懷抱

讓我們的水兵好好睡覺

　　這是 20 世紀 80 年代初的一首歌曲，最早由軍旅歌手蘇小明演唱。歌曲一開頭就列出了地素（軍港），時素（夜），人素（年輕的水兵）；寫出了故事情節（年輕的水兵頭枕著波濤，睡夢中露出幸福的微笑）。細數這些敘述句段，占的篇幅卻極少，是明顯的弱敘事歌曲，但在當時這點敘述性已經顯得特別。這首歌在當時的一些重要報刊雜誌上（包括《解放軍歌曲》、《人民音樂》）受到批評。仔細審視，那些所謂對軍人不健康情感的指責，恰好源於歌中的生動且富於人性的情節敘述。

　　20 年後，這類弱敘述歌曲几乎成了歌曲的常態，在數量上和強敘述歌曲平分秋色，可以舉出很多例子：《十年》（林夕作詞，陳小霞作曲，陳奕迅原唱）、《香水有毒》（陳超詞曲、胡楊林原唱）、《十七歲》（劉德華、徐繼宗作詞，徐繼宗作曲，劉德華原唱）、《我也很想他》（彭學斌詞曲，孫燕姿原唱）、《絕望的生魚片》（方文山作詞，任賢齊作曲兼原唱）、《改變 1995》（黃舒駿詞曲兼原唱）、《灰姑娘》（鄭鈞詞曲兼原唱）、《夢醒時分》（李宗盛詞曲，陳淑樺原唱）等等。可以稍微長段地引證唐磊的《丁香花》為分析例子：

> 你說你最愛丁香花因為你的名字就是她多麼憂鬱的花多愁善感的人啊
>
> 當花兒枯萎的時候當畫面定格的時候多麼嬌嫩的花卻躲不過風吹雨打
>
> 飄啊搖啊的一生多少美麗編織的夢啊就這樣匆匆你走了留給我一生牽掛
>
> 那墳前開滿鮮花是你多麼渴望的美啊你看啊漫山遍野你還覺得孤單嗎
>
> 你聽啊有人在唱那首你最愛的歌謠啊塵世間多少繁蕪從此不必再牽掛

　　據說這是詞曲作者及原唱者唐磊本人親身經歷過的一場淒切的網戀。如果不找作者本人考據一番，歌眾無法弄清事實。但不管有沒有此真實故事，也不管真實故事如何動人，我們依然感覺到故事只是歌曲的一個背景，敘事句段不占主導，因此，這是一首弱敘事歌。同樣，那英的《征服》（袁惟仁詞曲）也有這樣弱敘事歌特點：

> 終於你找到一個方式分出了勝負輸贏的代價是彼此粉身碎骨
>
> 外表健康的你心裏傷痕無數頑強的我是這場戰役的俘虜

就這樣被你征服切斷了所有退路我的心情是堅固我的決定是糊塗

在這類弱敘事歌中，故事若隱若現，沒有明確的「三素」，但依然讓人感覺到情感線索編織起來的情節結構。

歌曲中有一類歌曲比較特殊，它們常常帶有其他文本的支持，即所謂「伴隨文本」支持，在這樣歌曲中一般性的情感，往往與另一個我們熟悉的文本有特殊聯繫，變成特殊性的「三素」，比如喬羽作詞的古典女性人物系列，《孟麗君》（喬羽作詞，劉文金作曲，李谷一原唱），《秦可卿之一，之二》（喬羽作詞，高如星作曲，吳雁澤原唱），《貂蟬》（喬羽作詞，王佑貴作曲）等。因為這些歌中人物都是歷史或小說中人們熟悉的人物，也就是說，這些歌曲文本都有前文本的支持，歌曲的敘述性會藉此明顯增強。

另外，載體語境（即歌作為插曲的原敘述體裁）先作為另一種「伴隨文本」，也起著強化敘事的作用。比如脫離語境而流傳的歌曲（即歌劇、戲劇、電影、電視說唱的插曲，主題歌）。哪怕沒有敘述段落，也讓人感到有敘述性。例如電影《杜十娘》的插曲，喬羽作詞的《籠兒不是鳥的家》（原唱朱逢博）；電視劇《孝莊秘史》中的主題曲《你》（陳濤作詞，張宏光作曲，屠洪剛原唱）等等。我們可舉羅大佑詞曲的《滾滾紅塵》（陳淑樺原唱），是同名電影的插曲：

起初不經意的你和少年不經世的我

紅塵中的情緣只因那生命匆匆不語焦灼

想是人世間的錯或前世流傳的因果

終生的所有也不惜換取剎那陰陽的交流

來易來去難去數十載的人世分易分聚難聚愛與恨的千古愁

此歌的敘述段落很少，可能只有前兩句有微弱的敘述因素，但一般歌眾都知道這部電影，都覺得它在影射這個故事：歲月紅塵中的愛情故事。語境載體作為伴隨文本的作用不可忽視，即使絕對抒情的歌中，也會銘刻著「故事」的影子。比如 20 世紀 80 年代初的電視劇《蹉跎歲月》的主題曲《一支難忘的歌》（葉辛作詞，黃准作曲，關牧村演唱）：

青春的歲月像條河歲月的河會唱歌會唱歌

一支歌一支深情的歌一支撥動著人們心弦的歌

一支歌一支深情的歌幸福和歡樂是那麼多

整首歌完全是抒情段落，但重唱的每段歌詩，在關鍵詞上變化：「深情」，改成「沉著」，改成「難忘」，因為有電視語境的支撐，歌眾容易明白其中的故

事。21 世紀初的電影《夜宴》中的主題歌《我用所有報答愛》換了一個視角，似乎在評論，也在講述電影的故事，儘管歌本身全是抒情句段：

> 只為一支歌血染紅寂寞只為一場夢摔碎了山河
>
> 只為一顆心愛到分離才相遇只為一滴淚模糊了恩仇
>
> 我用所有報答愛你卻不回來歲月從此一刀兩段永不見風雨風雨
>
> 風雨

歌曲含義的起承轉合，似乎也應了電影的主要情節和結局。方文山作詞，周杰倫作曲並演唱的《菊花臺》，因為是電影《滿城盡帶黃金甲》的插曲，歌詩即便沒有明顯的敘述，但因為電影故事的背景，自動補入了歌詩中「三素」的特殊性，歌中的「你」，就很難和電影中指稱的主人公的情感經歷分開，這實際形成了歌詩的「雙語境」敘述效果：

> 你的淚光柔弱中帶傷　慘白的月兒彎彎勾住過往
>
> 夜太漫長凝結成了霜　是誰在閣樓上冰冷地絕望
>
> 雨輕輕彈朱紅色的窗　我一生在紙上被風吹亂
>
> 夢在遠方化成一縷香　隨風飄散你的模樣
>
> 菊花殘滿地傷　你的笑容已泛黃　花落人斷腸　我心事靜靜躺
>
> 北風亂夜未央　你的影子剪不斷徒留我孤單在湖面成雙

「你」出現在歌中時，就幾乎是是指電影主人公的悲劇經歷。當敘述成為一首歌的主導成分時，就使用了不同於抒情歌的表意模式。實際上，電影主題曲或插曲可以有意脫離敘述，用純抒情鋪墊電影中的環環緊扣的故事敘述，當代電影創作團隊，都明白歌曲的這種對比機制。

純抒情歌

當代中國歌詩的大規模敘述轉向，並不意味著純抒情歌不存在了。實際上沒有任何敘述的純抒情歌曲依然大量存在，只不過比過去比例少了。2008 年北京奧運會主題歌《我和你》（陳其鋼作詞作曲，劉歡、莎拉布萊曼原唱），就是一首純抒情歌曲：

> 我和你心連心同住地球村為夢想千里行相會在北京
>
> 來吧朋友伸出你的手我和你心連心永遠一家人

再比如喬羽作詞，張丕基作曲，被同名電視節目作為主題歌的《夕陽紅》（佟鐵鑫原唱）：

最美不過夕陽紅溫馨又從容夕陽是晚開的花夕陽是陳年的酒

夕陽是遲到的愛夕陽是未了的情有多少情愛化作一片夕陽紅

娃娃作詞，陳衍利作曲的《光的樓梯》（陳淑樺原唱），也是用一組比喻做排比的抒情歌曲：

你的愛是音樂是早晨聽的德布西是咖啡的香和糖的甜蜜

是黃昏時讓我想念的氣息你的愛是一道光是通往未來的樓梯

是曲折的路也充滿樂趣讓我在孤獨時爬上去躲避

這種純抒情歌曲，幾乎沒有任何敘事的句段，但也不是直抒胸臆，而是反覆用各種比喻排比說明或形容某種感情，比直接表白富於詩意，但顯然也難於創新。因為歌詩所用的比喻多為明喻，很難像現代詩一樣，通過深奧的、非常個人化的隱喻來意指情感世界，因此比較容易落入模式化的情感概念。

從敘事強弱對歌曲重新進行分類，我們可以說，純敘事歌，強敘事歌，弱敘事歌與純抒情歌之間，敘事段落和敘事因素逐漸減弱。正如本章一開始所述，任何歌曲都無法脫離敘事和抒情兩種成分，任何民族、時代的歌曲都是如此。可以說中國歌詩缺乏史詩傳統，這並不等於說中國歌詩缺乏敘述傳統，文學史家在《詩經》中找到的「純抒情」傳統，實際上是低估了其中的大量敘事，尤其是《國風》民歌中的大量敘事。

比起傳統中國歌曲，從當代歌曲中的敘事成分極大地增加了。在當代歌曲中這兩種構成成分的比例發生了重大改變，敘事成分逐漸占主導地位，從而帶來了當代歌詩風格上的重要變化，即「敘述轉向」。

第五節　敘述與流行音樂的交流本質

現在我們進入關鍵性的問題：為什麼當代中國流行音樂會出現敘述轉向？

首先，流行音樂的目的在於意動。歌的基本結構是呼應，是「我對你說」，盼望著你回應。這是歌曲基本的交流模式。用雅克布森著名的符號表意六因素論推導，[註10] 歌是「意動性的」（conative），即當符合表意側重於接收者時，

〔註10〕羅曼‧雅克布森「語言學與詩學」，趙毅衡編《符號學文學論文集》，天津：百花文藝出版社，2004 年，第 169～184 頁，原文見 Roman Jakobson, "Closing Statement：Linguistics and Poetics", in Thomas A Sebeok (ed), *Styleand Language*, Cambridge Mass: MIT Press, 1968.

符號出現了較強的意動性，即促使接收者做出某種反應。其最極端的例子是命令、呼喚句、祈使句。意動性是無法檢驗，無法用正確與錯誤的方式來加以判斷的。意動性似乎很特殊，實際上卻是許多符號過程都帶有的性質。托爾斯泰在小說《克萊采奏鳴曲》中詛咒音樂的情緒力量，借人物之口評論說：「我聽完樂曲（指貝多芬的同名音樂作品）之後感覺到不能控制的興奮，無法使心情平靜下來。就像士兵一聽到進行曲就立刻踩步子威武地前進，就像我們一聽到舞曲就會心情舒暢地跳舞，一聽到彌撒曲就知道去領聖餐。在這些事例中，音樂的作曲都達到了某種目的……所以，音樂是可怕的，我很贊成中國由國家掌管音樂的做法。」〔註11〕歌曲作為最典型的意動性文本，目的也在於吸引歌眾。

　　然而，即便是看似豐富多彩的情歌，主題類型也比較簡單，據說三千年來只有六種：鍾情的震動，追求的渴望，盟誓的許願，擁有的幸福，失戀的痛苦，失去的悲悼。情歌反覆訴說的無非就是這些感情。與此正成對比的是，故事是具體的，是變化無窮的。情歌之所以幾千年沒有寫盡，而且今後幾千年也寫不盡，不是因為感情是永恆的，而是因為這些感情的表現方式千變萬化：不僅是詞語的文字花樣翻新，更因為是敘述的事件之永遠不同。因此，敘述更能滿足歌詩的「呼應結構」要求。

　　其次，敘述在流行音樂的交流中可以起到特殊的作用。當歌進入社會流通，開始其文化流程，歌的呼應交流就成為流通的渠道。歌曲的最主要文化功能是不同主體藉此進行交往，尤其當語言不夠表達感情或情緒時，更需要歌以呼求應，作為交流的中介。也就是說，歌必須感動接收者到如此程度，以致於他或她唱起來。不僅應聲唱（如在演唱會上歌眾的反應），而且在一個人自處時不由自主地哼唱起來。即使不是每首歌都能成功地做到這一點，但至少每首歌都在朝這個目標努力，這是歌之為歌的本質要求。而要讓歌曲的接收者唱起來，除了音樂動人，一是要讓對方覺得歌詩中說的很類似他或她所體驗到的感情，或是歌中的事件有點類似他或她的個人經歷或夢想做的事。我們往往只見到前者（感情相通），而沒有注意到後者（事件類似），沒有看到感情是寄身於故事的。

　　其三，敘述從本質上說是反單向度的。敘述往往用經驗細節說明某種感情或願望的實現過程，從而把感情客觀化，把很可能簡單化的感情變成一種複雜

〔註11〕《托爾斯泰中短篇小說選》，南京：譯林出版社，2004 年，第 78 頁。

經驗。而敘述表現的是一種經驗的型構：具體事件與經驗相聯繫，讓感情成為經驗者的體驗。因此敘述使意義有一個生成過程，而不是直接強加給聽眾。

最後，當這種感情被情節表達出來時，或是被聽眾所體驗出來時，就具有一定的觀察距離。抒情歌詩大多是主觀的、單向度的、排除異質成分的，而敘述歌詩是向世界敞開的，不僅可以傳達當代人「只可意會、難以言表」的細膩感情，還可以表達更複雜的思想和理念。比如這首閻肅作詞、姚明作曲的《說唱臉譜》（謝津原唱）：

（流行音樂風格）那一天爺爺領我去把京戲看，

看見那舞臺上面好多大花臉，

紅白黃綠藍，咧嘴又瞪眼，

一邊唱一邊喊，哇呀呀呀呀，

好像炸雷唧唧喳喳震響在耳邊。

（戲劇風格）藍臉的竇爾礅盜御馬，

紅臉的關公戰長沙，

黃臉的典韋，白臉的曹操，

黑臉的張飛叫喳喳……

（念唱風格）說實話京劇臉譜本來確實挺好看，

可唱的說的全是方言怎麼聽也不懂。

慢慢騰騰咿咿呀呀哼上老半天……

三種不同的音樂風格，三種不同的歌詩文本，綜合成一種複雜的歌詩文本，新舊文化的衝突，在不同文本風格中展開對話，正如格式塔心理學所論：整體不等於部分之和。正是敘述的品格，生動而深刻表現出作品的價值和意義。

其四，從記憶特點看，流行音樂作為一種交流工具，需要讓交流者留下深刻印象，最好能記住、能復述、能自己來唱。在這個方面，敘述有遠遠超出抒情的優勢：敘述能幫助記憶。應該說，比起音樂旋律來，歌詩並不容易記住。浙江電視臺幾年來一直在舉行「我愛記歌詩」競賽節目，可見其事之難。心理學家圖爾文認為人的記憶有兩種，一種是「情節型記憶」（episodic memory），是組合型的，記住的是個人的，個別的，與具體時間地點有關的事件；另一種「語義型記憶」（semantic memory）是聚合型的，儲存的是組織過的、抽象的、脫離具體時間地點的範疇。〔註12〕通常，一個人的記憶是兩種同時進行，但情

〔註12〕Endel Tulving, *Elements of Episodic Memory*, Oxford: Clarendon Press, 1983.

節性的記憶更容易記住。這也是現代廣告文本，為了獲得好的記憶效果，力求組成一個有情節過程的故事，也就是有一個「組合結構」（syntagmatic structure）。〔註 13〕歌曲顯然也是如此。史詩、彈詞、評書，文本雖然很長，之所以能被記住演唱，還是得益於歌詩的敘事成分。

敘述接近當代歌詩呼應交流的本質。歌詩中敘述性增加趨勢，與外國歌曲的影響關係不大（因為傳入中國的外國歌曲，往往以一些歌詩簡單的「抒情歌曲」為主。敘事歌一般來說比較長，段落比較多，主要是難於翻譯），而與中國當代文化生活的迅速現代化有關，也與中國人生活經驗的複雜化有關，我們甚至從中可以觀察到中國人的思維結構正在出現重大變化。

福柯有句名言在此可以套用：「重要的不是故事講述的年代，而是講述故事的年代。」20 世紀的中國，前 80 年的歷史，啟蒙、革命、國家等現代性話語與抒情有著深層的關係。正如王德威的總結：「『抒情性』的政治維度，其內裏則與主體的建構，與國人的拯救，與歷史創傷的彌合密切相關。由此，『抒情』也是一種『情感結構』，既與政教論述相通，也是生存情境的編碼形式。」〔註 14〕從這個角度看，當代歌曲的敘述轉向，標示了中國民眾思維方式，即「生存情境的編碼形式」的重大轉向：人們不再輕易接受現成的結論，開始從情節化的敘述中作獨立的思考。

在人和人之間，人和社會、自然之間，建構的不是集體性，而是「主體間性」基礎上的「共同主體性」。最完整地表述這種理想的共同主體性的，是法蘭克福學派新方向的開拓者哈貝馬斯。哈貝馬斯的交往理論，其核心就是人與人之間通過語言行為相互理解，而這樣一種理解的可能，恰恰在於在社群中構成的「前理解」。「生活世界構成行動環境的直觀性前理解的脈絡，同時生活世界給理解過程提供了富源」。哈貝馬斯還指出：「語言行動不只是服務於說明（或假定）各種情況與事件，言語者以此同客觀世界中某種東西發生關聯。語言行動同時服務於建立（或更新）個人關係」。

要尋找這種理想的語言行為，敘述是最合適的，它可以讓敘述者處於文本的中心，敘述給了自我一個支撐點，為自己構築了一個從自身通向他者和世界的經驗形式和交流空間。敘述不僅成為歌曲新的發展方向，實際上也是當代文

〔註 13〕Val Larsen, "The Timely and the Timeless: Syntagmatic and Paradigmatic Sign Relations in Advertisement Montage", *Advances in Consumer Research*, vol 32, 2005, pp 162～163.

〔註 14〕德威《抒情傳統與中國現代性》，北京：三聯書店，2010 年，第 16 頁。

化中各種體裁（例如，廣告、新聞，甚至心理治療）共同的轉向，不是歌詩正在越出傳統的邊界，而是敘述轉向正在改變著未來的文學史。然而，為了抵達這個最終的意義，唯一可以依靠的只能是有多樣解釋可能的敘述。這是當代中國歌曲「敘述轉向」的歷史背景。

第六節　流行音樂敘述中的情感倫理

許多學者認為近年批評界的重要趨勢是「倫理轉向」（EthicalTurn）。〔註15〕它和歌詩的敘述有什麼關係？歌詩的敘述轉向似乎是個形式問題，倫理轉向強調內容或意識形態。實際上，它們是一個問題的兩個方面。

因為敘述化，才彰顯了倫理問題。敘述化不僅是情節構築，更是藉敘述給與經驗一個倫理目的論。有不少學者指出，只有用敘述，才能在人類經驗中貫穿必要的倫理衝動：敘述的目的是意義，但首先是道德意義。1995 年，文學批評家牛頓的名著《敘述倫理》〔註16〕已經提出兩者的合一。敘述學家費倫在與中國學者唐偉勝的對話《倫理轉向與修辭敘述倫理》中，也提出這兩者是同一個轉向的兩個方面：「讀者的倫理判斷是閱讀（讀者的「二度敘述化」）過程中不可能減省的部分」。〔註17〕

敘述倫理，與抒情相比頗為複雜：一段故事如果是「第三人稱」，可以讓男性敘述者說，也可以讓女性敘述者說，因為敘述者從定義上說並不談論自己。但歌詩的性別傾向就在這種地方微妙地表現出來。敘述的主體與抒情的主體很不一樣，他或她似乎隱藏在所講的故事後面，沒有直接訴說自己的想法，這使他的主體性比較隱蔽。

但任何敘述文本背後都有一個身份集合，主體性依然曲折地表現出來。大家耳熟能詳的《在那遙遠的地方》，講的故事是男性如何追求女性，因此不可

〔註15〕近年除了倫理轉向，尚有其他各種「轉向」的說法：後皮亞傑（Post-Piaget）時代的心理學，自稱經歷了「語用轉向」（Pragmatic Turn），講述轉向（Discursive Turn），甚至一度把「存在」（existence）稱為「文在」（texistence）。而法學上有過「闡釋轉向」（Interpretative Turn）。可以看出，這些都是敘述轉向的分流。

〔註16〕Adam Zachary Newton: *Narrative Ethics*, Harvard University Press, 1995。神經心理學家加扎尼加 2005 年的著作《倫理頭腦》Michael Gazzaniga, *The Ethical Brain* （Dana Press, 200）一書中總結得更為清楚。這本課題跨越了科學，哲學，人文學的界限，引起廣泛的轟動。

〔註17〕Tang Weisheng, "The Ethical Turn and Rhetorical Narrative Ethics"，《外國文學研究》2007 年 3 期。

能是女性歌；《後來》描寫女性的哀怨，不可能是男性歌。這些歌曲背後都有性別主體的聲音。歌的敘述人被歌手賦形，歌本身決定了適合某種性別的歌手演唱。在通常情況下，歌曲的文本性別，與歌手的生理性別在大多數情況下保持一致。

從大的趨勢來看，敘事與抒情本身，有一種性別差別：敘事歌從各民族的史詩傳統開始，就傾向於客觀講述，傾向於男性文本性別，也傾向於讓男歌手給與賦形性別。這一點在中國歷史上也一樣明顯，史傳的文本性別，傳統上是男性文本，《詩經》的雅頌，往往是宮廷儀式，男性文本居多。而漢代樂府歌，歌曲的文本性別傾向於女性，容易聽出女性的聲音。

從歌曲的「呼應結構」來說，抒情歌是直接的「我對你說」，其中的人物關係對應立即得到體現；而敘事歌趨向是迴避直抒胸臆，而借用事件來曲折地表現，在表意程序上比較複雜，因此不再是「我對你說」，而是「我告訴你我的故事」，甚至是「我告訴你他的故事」，這樣就捲入了更複雜的人際關係，跳過了直接的對應。

感情在語言表達中可以是直接訴說的，語句連接是線性的，無時間的，因而甚至很抽象，但實際上感受本身感情卻是異常具體，只能存在於具體性之中。這兩者的落差，並不是直抒胸臆就能達到。例如游鴻明《樓下那個女人》（林利南作詞，游鴻明作曲），此歌上半段戲劇化地用男聲主唱，女聲穿插作為表演，表演式地展開一段故事，《新不了情》被分成幾段，分別被鑲嵌到歌曲要講述的故事中，實際上，是把這個聲音，轉換成「樓上的女人」的情感視角。因為「我」的描述，是我的感受，但不可能全知全能，甚至存在著因為視角不一樣，而存在著不同的理解。比如，在女人癡迷不悟的時候，我卻認為她是「一隻小鳥」，「終生被囚禁」。在整首歌中，歌唱主體被分成兩個或更多元的主體，製造了多聲部的主體形態。而下半段進入敘述：

> 我是第一個和她說話的人這也成為大樓裏的八卦新聞
>
> 聽說那男人有家世出身是豪門她的身份則是作他背後的女人
>
> 如果是這樣的關係太傷人又為何要甘心的將自己綁捆
>
> 當感情糾纏到難以放手讓多少有情人都為愛消沉
>
> 終於第一次見到她的男人靠著車門她的雙肩微微抽動
>
> 微暗的燈光看不見臉上的表情不知道今夜是否還會聽見她的歌聲

歌中的第一句「我是第一個和她說話的人，這也成為大樓裏的八卦新聞」，

人的行為，哪怕只是「說話」，馬上承擔了道義後果，這就為整首歌敘述的暗戀關係，增加了許多倫理的沉重，而且這種感情的細膩色彩，無法直接宣諸言詞。

再看這首周筆暢演唱的《瀏陽河 2008》（李焯雄作詞，朱敬然作曲），這首歌以 R&B 曲風為主，融合了傳統中國湖南民歌《瀏陽河》的經典旋律，把兩代歌手李谷一和周筆暢的聲音合錄，形成一種時間流動性的對話。

> 瀏陽河　彎過了幾道彎　幾十里水路　到湘江
> 那是哪一年　蟬聲的夏天那隻小手　學會了告別　也伸嚮明天
> 一首歌是一條河　流過寂寞流入夢讓我經過你那些的經過　也勇於不同
> 聽你唱過　瀏陽河　彎過了幾道彎彎成了新月回家路上　媽媽的目光
> 聽你唱過　瀏陽河彎　過了幾道彎勾起多少惆悵與多少希望在心上

正是通過這兩種不同視角的講述，我們感受到情感敘述的張力。敘述性本身的品格，保證歌詩敘述的複雜功能，以便達到人類在更深層次上的溝通與交流。

敘述被某些論者稱為一種修辭〔註 18〕，目的在於不必直接說出，因為接收者能利用自己的組織事件的能力，讀懂情節，讀懂情節包含的意義。敘述構築了人物經歷的時空變化（即所謂情節化 emplotment），人物參與使這個世界成為「人的世界」（不像「野渡無人舟自橫」這樣的風景描寫可以儘量拒絕人的干預），因此敘述使人的行為與其道義後果戲劇化了。

〔註18〕關於敘述為什麼可視為一種修辭，見韋恩・布斯《修辭的復興》，南京：譯林出版社，2009 年，第 86 頁。

結語　當代歌詩發展趨勢

　　半個多世紀來，文化在全世界發生了巨大變化，整個文化局面發生劇變，有人稱之為後現代社會，後工業社會。這種全局問題不在本書的討論之列，卻是我們研究中國歌詩不得不參照的大背景。

　　在這個大背景上，文化的全球化與多元化互為對抗與依存。當代的中國歌詩，如果沒有世界範圍歌曲的潮流做背景，我們的理解就只能是皮相的，我們就不能明白中國的主流歌曲，中國的流行歌曲，甚至中國的搖滾、中國的說唱、中國的城市民謠等，為什麼不是歐美風克隆，崇洋媚外，而是文化交流中自然激蕩的產物，依然保持中國風格，中國氣派。也只有在這個大背景上，我們才能明白，為什麼漢語的歌唱自然走到一起來了。先前被政治分開的區域，現在又唱同一首歌，甚至相當多的歌迷說不清某首歌甚至來自哪個歌手，是來自大陸，還是中國香港、臺灣等其他華語地區，是哪個地區作詞作曲，哪個地區的人主持的公司在製作推行。應當說，在歌曲生產流程中，三個地區經常是不分彼此的。香港著名詞人黃霑去世時，三地歌眾與歌曲界一同哀悼「我的中國心」，沒有人認為這僅是一首香港地區歌，雖然歌手張明敏是中國臺灣人，大家都知道，這是一首中國歌，黃霑是一個中國歌詩人。

　　值得強調說明的是，歌是最典型的本地文化產品接受全球影響。電影，繪畫、攝影等，幾乎所有的藝術文類，都可以直接搬用國外文化產品，好萊塢模式可以在中國大行其道，搶奪中國市場，同時激勵中國電影業競爭機制地發展。歌曲不同，儘管在歌曲生產與傳播中可以看到，隨著急劇全球化的文化產業，當今歌詩的包裝形式，流傳方式，已經極其「全球式商業化」，甚至音樂

都可能受全球影響，但整個歌的創作和傳播流程的兩端，起端是歌詩，目標是歌眾，這點不變，中國歌曲就永遠是一門中國藝術。歌詩用屬於各個民族的語言寫成，因此歌曲必然是本地文化產品，是所有華人共享，對其他國家始終是隔一層。其他國家的影響，不管如何強大，也始終要經過中國藝術家的過濾，每首歌曲可以算是最穩定地堅持「中國性」的藝術門類。

歌詩作為一種聲音和文字符號，它在社會交流中更容易形成社群意識，民族意識，文化認同，就如波德里亞所說，符號「主要不是有『使用』或『交換』價值，更重要的是具有『認同』價值。」〔註1〕儘管不同社會階層的人有不同的生活品位，面對同一首歌會產生不同的審美體驗，但作為共享漢語聆聽和演唱經驗的文化方式，歌曲是「文化中國」重要的凝聚力量，是繼承和發揚中國詩教和樂教傳統以及歌詩民族性的最有效途徑，歌詩特有的表意效果，依靠「文化中國」這樣一個國家民族群體參與，變成強大而實在。

歌詩作為一種特殊的文化形態，在中國傳統數千年的禮樂文化中，它扮演了重要作用，它的基本功能是娛樂，但娛樂從來不是它唯一功能。它還具有再生功能、解放功能、平衡功能以及社會的、充滿幻想的和神話的功能。〔註2〕因此，歌詩是政治的，歷史的，文化的，尤其在20世紀中國社會現代化的文化語境中，它的政治功能、歷史功能、文化功能表現得比其他藝術形態更為明顯。中國歌詩的「風雅頌」傳統，歌詩的「興觀群怨」功能源遠流長，它在民族化、傳統化、詩性化的路上，在不同的時代，不同的文化空間中，會繼續發揮著不可替代的意義功能。

〔註1〕保羅・杜蓋伊、斯圖爾特・霍爾等《做文化研究——索尼隨身聽的故事》，霍煒譯，商務印書館，2003年，第90頁。

〔註2〕（德）克奈夫等：《西方音樂社會學現狀——近代音樂的聽賞和當代社會的音樂問題》，金經言譯，北京：人民音樂出版社，2002年，第191～192頁。

參考文獻

1. 安德森，本尼迪克特《想像的共同體：民族主義的起源與散佈》，吳叡人譯，上海世紀出版集團，2005 年。
2. 巴赫金《巴赫金全集》（六卷），錢中文編，白春仁等譯，石家莊：河北教育出版社，1998 年。
3. 巴雷特，奧利弗·博伊德&紐博爾德，克利斯編《媒介研究的進路》，汪凱、劉曉紅譯，北京：新華出版社，2004 年。
4. 巴特，羅蘭《S/Z》，屠友祥譯，上海：上海人民出版社，2000 年。
5. 百科全書出版社，1989 年。
6. 班尼特，安迪《流行音樂文化》，曲長亮譯，北京：北京大學出版社 2012 年。
7. 包兆會《我動我暈眩：流行音樂》，昆明：雲南人民出版社，2004 年。
8. 北京漢唐文化發展有限公司編著《十年：1986～1996 中國流行音樂記事》，北京：中國電影出版社，1997 年。
9. 比格爾，彼得《先鋒派理論》，高建平譯，北京：商務印書館，2002 年。
10. 比格內爾，喬納森《傳媒符號學》，白冰黃立譯，成都：四川教育出版社，2012 年。
11. 彼德斯，約翰《交流的無奈：傳播思想史》，何道寬譯，北京：華夏出版社，2003 年。
12. 波德里亞，讓《消費社會》，劉成富、全志鋼譯，南京大學出版社，2000 年。

13. 波茲曼，尼爾《娛樂至死》，章豔譯，廣西師範大學出版社，2010 年。

14. 布爾迪厄，皮埃爾《關於電視》，許鈞譯，瀋陽：遼寧教育出版社，2000 年。

15. 布爾迪厄，皮埃爾《藝術的法則：文學長的生成與結構》，劉暉譯，北京：中央編譯出版社，2011 年。

16. 布林德爾，雷金納德·史密斯《新音樂——1945 年以來的先鋒派》，黃枕宇譯，北京：人民音樂出版社，2001 年。

17. 布斯，韋恩《修辭的復興》，穆雷等譯，南京：譯林出版社，2008 年。

18. 蔡仲德《〈樂記〉〈聲無哀樂論〉注譯與研究》，杭州：中國美術學院出版社，1997 年。

19. 蔡仲德《中國音樂美學史》，北京：人民音樂出版社，2003 年。

20. 滄浪雲，李煞《教我如何不想他民國音樂人》，北京：團結出版社，2010 年。

21. 曹旭《古詩十九首與樂府詩選評》，上海：上海古籍出版社，2002 年。

22. 曾力田主編《中國音樂傳播論壇》，北京：北京廣播學院出版社，2004 年。

23. 曾遂今《音樂社會學》，上海：上海音樂學院出版社，2004 年。

24. 曾遂今《中國大眾音樂》，北京：北京廣播學院出版社，2003 年。

25. 陳本益《漢語詩歌的節奏》，臺灣：文津出版社印行，1993 年。

26. 陳鋼主編《上海老歌名典》，上海：上海辭書出版社，2002 年。

27. 陳沆《詩比興箋》，上海：上海古籍出版社，1981 年。

28. 陳建華、陳潔編著《民國音樂史年譜 1912～1949》，上海：上海音樂出版社，2005 年。

29. 陳建憲《神話解讀》，武漢：湖北教育出版社，1997 年。

30. 陳淨野《李叔同學堂樂歌研究》，北京：中華書局，2007 年。

31. 陳力丹、易正林編《傳播學關鍵詞》，北京：北京師範大學出版社，2009 年。

32. 陳聆群、洛秦主編《蕭友梅全集》，上海：上海音樂學院出版社，2004 年。

33. 陳倩《西方流行音樂發展概況》，天津：天津教育出版社，2010 年。

34. 陳思和《中國當代文學史教程》，上海：復旦大學出版社，1999 年。

35. 陳衛星《傳播的觀念》，北京：人民出版社，2004 年。

36. 陳學恂編《中國近代教育文選》，北京：人民教育出版社，1983 年。

37. 陳一萍編《先行者之歌》，武漢：武漢大學出版社，2009 年。

38. 陳煜斕《現代音樂文學導論》，鄭州：河南人民出版社，2006 年。

39. 陳原、余荻編《二期抗戰新歌二集》，曲江：藝術圖書社，1941 年。

40. 晨楓《中國當代歌詩史》，桂林：灕江出版社，2006 年。

41. 晨楓主編《百年中國歌詩博覽》，合肥：安徽文藝出版社，2011 年。

42. 程民生等著《音樂美縱橫談》，上海：上海音樂出版社，2000 年。

43. 赤潮編《流火：1979～2005 最有價值樂評》，蘭州：敦煌文藝出版社，2006 年。

44. 褚斌傑《中國古代文體概論》，北京：北京大學出版社，1984 年。

45. 達內西，馬賽爾《酷：青春期的符號和意義》，孟登迎、王行坤譯，成都：四川教育出版社，2011 年。

46. 戴維斯，斯蒂芬《音樂的意義與表現》，宋謹等譯，長沙：湖南文藝出版社，2007 年。

47. 戴揚，丹尼爾《媒介事件》，麻爭旗譯，北京：北京廣播學院出版社，2000 年。

48. 單小曦《媒介與文學》，北京：商務出版社，2015 年。

49. 德波，居伊，《景觀社會》，王昭風譯，南京：南京大學出版社，2006 年。

50. 德里達，雅克《文學行動》，趙興國譯，中國社會科學出版社，2000 年。

51. 杜芳琴，王向賢主編《婦女與社會性別研究在中國 1987～2003》，天津：天津人民出版社，2003 年。

52. 渡邊護《音樂美的構成》，張前譯，北京：人民音樂出版社，1996 年。

53. 費倫，詹姆斯《作為修辭的敘述：技巧、讀者、倫理、意識形態》，北京：北京大學出版社，2002 年。

54. 費斯克，約翰《傳播研究導論：過程與符號》（第二版），許靜譯，北京：北京大學出版社，2008 年。

55. 費斯克，約翰《電視文化》，祁阿紅譯，北京：商務印書館，2010 年。

56. 費斯克，約翰《理解大眾文化》，王曉珏、宋偉傑譯，北京：中央編譯出版社，2001 年。

57. 費斯克，約翰等編《關鍵概念：傳播與文化研究辭典》（第二版），李彬譯，北京：新華出版社，2004 年。

58. 馮俊《後現代主義哲學演講錄》，北京：商務印書館，2003 年。

59. 馮夢龍《山歌》，南京：江蘇出版社，2000 年。

60. 馮文慈《中外音樂交流史》，長沙：湖南教育出版社，1998 年。

61. 馮長春《中國近代音樂思潮研究》，北京：人民音樂出版社，2007 年。

62. 弗蘭契娜，弗蘭西斯&哈里森，查爾斯編《現代藝術和現代主義》，張堅、王曉文譯，上海：上海人民美術出版社，1988 年。

63. 弗里德蘭德，保羅《搖滾：一部社會史》，佴康等譯，江蘇人民出版社，2013 年。

64. 福柯，米歇爾《規訓與懲罰》，劉北成、楊遠嬰譯，北京：三聯書店，1999 年。

65. 付林《中國流行音樂 20 年》，北京：中國文聯出版社，2003 年。

66. 格雷西亞，喬治·J.E《文本性理論：邏輯與認識論》，汪信硯李志譯，北京：人民出版社，2009 年。

67. 葛濤《唱片與近代上海社會生活》，上海：上海辭書出版社，2009 年。

68. 龔兆言《歷代詞論新編》，北京：北京師範大學出版社，1984 年。

69. 古田敬一《中國文學的對句藝術》，李淼譯，長春：吉林文史出版社，1989 年。

70. 管謹義《中國古代歌曲概論》，天津：百花文藝出版社，1998 年。

71. 郭發財《枷鎖與奔跑——1980～2005 中國搖滾樂獨立文化生態觀察》，武漢：湖北人民出版社，2007 年。

72. 郭紹虞，王文生《中國歷代文論選》（四冊），上海：上海古籍出版社，1998 年。

73. 郭兆勝《音樂藝術散論》，北京：華樂出版社，2000 年。

74. 國家音樂家協會《為給工農兵服務的音樂藝術》，北京：音樂出版社，1967 年。

75. 國務院文化組革命歌曲徵集小組編《戰地新歌（第三集）》，北京：人民文學出版社，1974 年。

76. 國務院文化組革命歌曲徵集小組編《戰地新歌（第四集）》，北京：人民文學出版社，1975 年。

77. 國務院文化組革命歌曲徵集小組編《戰地新歌（第五集）》，北京：人民文學出版社，1976 年。

78. 國務院文化組革命歌曲徵集小組編《戰地新歌（續集）》，北京：人民文學

出版社，1973 年。

79. 國務院文化組革命歌曲徵集小組編《戰地新歌》，北京：人民文學出版社，
   1972 年。

80. 海登，珍尼特·希伯雷&羅森伯格，B·G·《婦女心理學》，昆明：雲南
   人民出版社，2001 年。

81. 韓高年《詩賦文體源流新探》，成都：四川出版集團巴蜀書社，2004 年。

82. 漢斯立克，愛德華《論音樂的美》，楊業冶譯，北京：人民音樂出版社，
   1980 年。

83. 何丹等《電視文藝》，北京：中國廣播電視出版社，2001 年。

84. 何鯉《搖滾「孤兒」──後崔健群描述》，《今日先鋒叢刊》，三聯書店，
   1997 年。

85. 何曉兵、郭振元《音樂電視導論》，北京：中國廣播電視出版社 2001 年。

86. 賀綠汀《賀綠汀音樂論文集》，上海：上海音樂出版社，1981 年。

87. 赫爾德，J·G《論語言的起源》，北京：商務印書館，1998 年。

88. 赫斯蒙德夫，大衛《文化產業》，張菲娜譯，北京：中國人民大學出版社，
   2016 年。

89. 湖北人民出版社編《抗日歌魂──1931～1945 救亡圖存流行歌曲》，武
   漢：湖北人民出版社，2005 年。

90. 扈海鵬《解讀大眾文化》，上海：上海人民出版社，2003 年。

91. 黃漢華《抽象與原型》，上海：上海音樂學院出版社，2004 年。

92. 黃奇智編著《時代曲的流光歲月：1930～1970》，香港：三聯書店（香港）
   有很公司，2000 年。

93. 黃遵憲《人境廬詩選·山歌卷》，北京：中華書局，1985 年。

94. 霍爾，斯圖爾特《表徵──文化表象與意指實踐》，徐亮、陸興華譯，北
   京：商務印書館，2003 年。

95. 霍爾，約翰·R&尼茲，瑪麗·喬《文化：社會學的視野》，周曉紅、徐彬
   譯，北京：商務印書館，2004 年。

96. 霍納，布魯斯&斯維斯，托馬斯主編《流行音樂與文化關鍵詞》，陸正蘭、
   劉小波譯，成都：四川成都出版社，2016 年。

97. 吉登斯，安東尼《現代性與自我認同》，趙旭東等譯，北京：三聯書店，
   1998 年。

98. 加塞特，奧爾特加《大眾的反叛》，劉訓練、佟德志譯，長春：吉林人民出版社，2004 年。

99. 姜椿芳等編《中國大百科全書・音樂舞蹈卷》，北京：中國大百科全書出版社，1989 年。

100. 金兆鈞《光天化日下的流行：親歷中國流行音樂》，北京：人民音樂出版社，2002 年。

101. 靳學東《中國音樂導覽》，北京：人民音樂出版社，2001 年。

102. 居其宏，喬邦利《改革開放與新時期音樂思潮》，北京：中央音樂學院出版社，2008 年。

103. 居其宏《共和國音樂史》，北京：中央音樂學院出版社，2010 年。

104. 居其宏《新中國音樂史（1949～2000）》，長沙：湖南美術出版社，2002 年。

105. 凱爾納，道格拉斯《媒體文化》，丁寧譯，北京：商務印書館，2004 年。

106. 凱瑞，詹姆斯，《作為文化的傳播》，丁未譯，北京：華夏出版社，2005 年。

107. 考斯基馬，萊恩《數字文學：從文本到超文本及其超越》，單小曦、陳後亮等譯，桂林：廣西師範大學出版社，2011 年。

108. 克蘭，戴安娜《文化生產：媒體與都市藝術》，趙國新譯，南京：譯林出版社，2001 年。

109. 朗多爾米，保《西方音樂史》，朱少坤等譯，北京：人民音樂出版社，2002 年。

110. 朗格，蘇珊《情感與形式》，劉大基等譯，北京：中國社會科學出版社，1986 年。

111. 朗格，蘇珊《藝術問題》，北京：中國社會科學出版社，1983 年。

112. 勒龐，古斯塔夫《烏合之眾》，馮克利譯，北京：中央編譯出版社，2004 年。

113. 黎遂《民國風華：我的父親黎錦暉》，北京：團結出版社，2011 年。

114. 李皖《搖滾 1955～1999 英漢對照》，長沙：湖南文藝出版社，1998 年。

115. 李怡《中國現代新詩與古典詩歌傳統》（增訂三版），北京：中國人民大學出版社，2015 年。

116. 李彬《符號透視：傳播內容的本體詮釋》，上海：復旦大學出版社，2003 年。

117. 李航育《唱片經典》，北京：三聯書店，1997 年。

118. 李宏傑《中國搖滾手冊》，重慶：重慶出版社，2006 年。

119. 李靜《樂歌中國——近代音樂文化與社會轉型》，北京：北京大學出版社，2012 年。

120. 李嵐清《上海：中國近現代音樂的搖籃》，上海：文匯出版社，2010 年。

121. 李特約翰，斯蒂芬《人類傳播理論》，史安斌譯，北京：清華大學出版社，2009 年。

122. 李皖《男或女，二人轉或搖滾，五年順流而下》，南京：南京大學出版社，2007 年。

123. 李皖《搖滾 1955～1999 英漢對照》，長沙：湖南文藝出版社，1998 年。

124. 李希特，艾利卡·費舍爾《行為表演美學——關於演出的理論》，余匡復譯，上海：華東師範大學出版社，2012 年。

125. 李小江等著《文學、藝術與性別》，南京：江蘇人民出版社，2002 年。

126. 李業道《呂驥評傳》，北京：人民音樂出版社，2001 年。

127. 李鷹《校園民謠》，北京：中國人民大學出版社，2006 年。

128. 李應華《西方音樂史略》，北京：人民音樂出版社，2000 年。

129. 李爭光《歌詩創作藝術》，長春：吉林大學出版社，1990 年。

130. 李忠勇，何福瓊《歌詩寫作常識》，北京：人民音樂出版社，1979 年。

131. 李自修、王逢振、盛寧編《最新西方文論選》，桂林：灕江出版社，1991 年。

132. 麗薩，卓菲婭《音樂美學新稿》，於潤洋譯，北京：人民音樂出版社，1992 年。

133. 麗莎，卓菲婭《論音樂的特殊性》，於潤洋譯，上海：上海文藝出版社，1980 年。

134. 梁茂春，明言編著：《中國近現代音樂史 1949～2000》，北京：人民音樂出版社，2008 年。

135. 梁啟超《飲冰室詩話》，北京：人民文學出版社，1959 年。

136. 林庚《新詩格律與語言的詩化》，北京：經濟日報出版社，2000 年。

137. 林樹明《多維視野中的女性主義文學批評》，北京：中國社會科學出版社，2004 年。

138. 劉達麗主編《共和國的歌聲》，濟南：山東畫報出版社，2009 年。

139. 劉懷榮宋亞莉《魏晉南北朝樂府制度與歌詩研究》，北京：商務出版社，2010 年。

140. 劉靖之《中國新音樂史論（增訂版）》，香港：中文大學出版社，2009 年。

141. 劉納《嬗變——辛亥革命時期至「五四」時期的中國文學》，北京：中國社會科學出版社，1998 年。

142. 劉晴波主編《楊度集》，長沙：湖南人民出版社，1986 年。

143. 劉雪庵《劉雪庵作品選》，北京：中國文聯出版社，2002 年。

144. 劉堯明《詞與音樂》，昆明：雲南人民出版社，1982 年。

145. 劉再華、賀慧宇《詩通》，長沙：湖南大學出版社，2003 年。

146. 龍榆生《中國韻文史》，上海：上海古籍出版社，2002 年。

147. 魯樞元《超越語言》，北京：中國社會科學出版社，1994 年。

148. 陸揚《德里達——解構之維》，武漢：華中師範大學出版社，1996 年。

149. 陸侃如、馮沅君《中國詩史》，天津：百花文藝出版社，2000 年。

150. 陸凌濤、李洋《吶喊：為了中國曾經的搖滾》，桂林：廣西師範大學出版社，2003 年。

151. 陸凌濤《百年回聲：流行音樂與時代》，北京：中央編譯出版社，2001 年。

152. 陸揚、王毅《大眾文化與傳媒》，上海：三聯書店，2001 年。

153. 陸正蘭《歌詞學》，北京：中國社會科學出版社，2007 年。

154. 羅爾，詹姆斯《媒介、傳播、文化——一個全球性的途徑》，董洪川譯，商務印書館，2005 年。

155. 羅鋼、劉象愚編《文化研究讀本》，北京：中國社會科學出版社，2000 年。

156. 羅鋼、王中忱《消費文化讀本》，北京：中國社會科學出版社，2003 年。

157. 羅基敏《文話音樂》，桂林：廣西師範大學，2003 年。

158. 洛地《詞樂曲唱》，北京：人民音樂出版社，2001 年。

159. 呂進《對話與重建》，重慶：西南師範大學出版社，2002 年。

160. 呂進《新詩文體學》，廣州：花城出版社，1990 年。

161. 呂進《中國現代詩學》，重慶：重慶出版社，1997 年。

162. 呂驥《呂驥文選》，北京：人民音樂出版社，1988 年。

163. 呂驥編《新音樂運動論文集》，哈爾濱：光華書店，1949 年。

164. 邁爾，倫納德《音樂的情感與意義》，何乾三譯，北京：北京大學出版社，1991 年。

165. 麥克盧漢，馬歇爾《理解媒介——論人的延伸》，何道寬譯，北京：商務印書館，2000 年。

166. 麥奎爾，丹尼斯《大眾傳播模式論》，祝建華譯，上海：上海譯文出版社，2008 年。

167. 麥奎爾，丹尼斯《受眾分析》，劉燕南、李穎、楊振榮譯，北京：中國人民大學出版社，2006 年。

168. 曼海姆，卡爾《重建時代的人和社會：現代社會結構的研究》，張旅平譯，北京：三聯書店，2002 年。

169. 毛翰《詩美創造學》，重慶：西南師範大學出版社，2002 年。

170. 毛丹編選《中國群眾歌曲選》（第三輯——解放戰爭時期），上海：工農兵讀物出版社，1954 年。

171. 毛丹編選《中國群眾歌曲選》（第一輯——救亡運動時期），上海：工農兵讀物出版社，1953 年。

172. 毛翰《歌詩創作學》，北京：中國社會科學文獻出版社，2015 年。

173. 茅原《未完成音樂美學》，上海：上海人民出版社，1998 年。

174. 孟繁華《傳媒與文化領導權》，濟南：山東教育出版社，2003 年。

175. 苗菁《中國現代歌詩流變概觀 1900～1976》，北京：中國社會科學出版社，2007 年。

176. 閔家胤主編《陽剛與陰柔的變奏》，北京：中國社會科學出版社，1995 年。

177. 明言《20 世紀中國音樂批評導論》，北京：人民音樂出版社，2002 年。

178. 聶耳《聶耳全集》，北京：人民音樂出版社，1985 年。

179. 諾伊邁耶，戴維·主編《音樂—媒介—符號》，陸正蘭等譯，成都：四川教育出版社，2012 年。

180. 潘知常《反美學》，上海：學林出版社 1995 年 12 月。

181. 皮爾斯，C.S《皮爾斯：論符號》，趙星植譯，成都：四川大學出版社，2015 年。

182. 錢尼，戴維《當代文化概覽》，戴從容譯，南京：江蘇人民出版社，2004 年。

183. 錢仁康《學堂樂歌考源》，上海：上海音樂出版社，2001 年。

184. 錢志熙《漢魏樂府的音樂與詩》，鄭州：大象出版社，2000 年。

185. 錢志熙《漢魏樂府藝術研究》，北京：學苑出版社，2011 年。

186. 錢中文編《巴赫金全集》（六卷），白春仁等譯，石家莊：河北教育出版社，1998 年。

187. 錢鍾書《錢鍾書集・管錐編》北京：三聯書店，2002 年。

188. 錢鍾書《談藝錄》，北京：中華書局，1943 年。

189. 錢鍾書《談藝錄》，北京：中華書局，1943 年。

190. 錢鍾書《管錐編》，北京：三聯書店，2007 年。

191. 喬羽《喬羽文集・文章卷》，北京：新華出版社，2004 年。

192. 喬建中《中國經典民歌鑒賞指南》，上海：上海人民音樂出版社，2002 年。

193. 喬建中《中國音樂》，北京：文化藝術出版社，1999 年。

194. 喬建中編著《中國經典民歌鑒賞指南》（上、下），上海：上海音樂出版社，2002 年。

195. 喬伊納，大衛《美國流行音樂》，鞠薇譯，人民音樂出版社，2012 年。

196. 喬羽《喬羽文集》，北京：新華出版社，2004 年。

197. 瞿琮《歌詩審美小札》，北京：人民音樂出版社，1986 年。

198. 熱奈特，熱拉爾《熱奈特論文集》，史忠義譯，天津：百花文藝出版社，2001 年。

199. 人民音樂編輯部編《怎樣鑒別黃色歌曲》，北京：人民音樂出版社，1982 年。

200. 任半塘《敦煌曲初探》，上海：文藝聯合出版社，1954 年。

201. 瑞澤爾，喬治《後現代社會理論》，謝立中等譯，北京：華夏出版社，2003 年。

202. 薩莫瓦約，蒂費納《互文性研究》，邵煒譯，天津：天津人民出版社，2003 年。

203. 上海文藝出版社編《田漢光末然歌詩選》，上海：上海文藝出版社，1985 年。

204. 施拉姆，威爾伯《傳播學概論》，何道寬譯，北京：中國人民大學出版社，2010 年。

205. 施議對《詞與音樂關係研究》，北京：中國社會科學出版社，1989 年。

206. 石磊《中國近代軍歌初探》，北京：解放軍文藝出版社，1986 年。

207. 石祥《月下詞話》，桂林：廣西民族出版社，1993 年。

208. 石磊《中國近代軍歌初探》，北京：解放軍文藝出版社，1986 年。

209. 舒克爾，羅伊《流行音樂的秘密》，韋瑋譯，世界圖書出版公司 2013 年版。

210. 斯道雷，約翰《文化理論與大眾文化導論》，常江譯，北京：北京大學出版社，2009 年。

211. 斯特里納蒂，多米尼克《通俗文化理論導論》，閻嘉譯，北京：商務出版社，2001 年。

212. 斯威伍德，阿蘭《大眾文化的神話》，馮建三譯，北京：三聯書店，2003 年。

213. 宋素鳳《多重主體策略的自我命名：女性主義文學理論研究》，濟南：山東大學出版社，2005 年。

214. 蘇賈，愛德華·W《後現代地理學——重申社會理論中的空間》，王文斌譯，商務印書館，2004 年。

215. 孫蕤《中國流行音樂簡史 1917～1970》，北京：中國文聯出版公司，2004 年。

216. 孫繼南、周柱銓《中國音樂通史簡編》，濟南：山東教育出版社，2005 年。

217. 孫繼南《黎錦暉與黎派音樂》，上海：上海音樂學院，2007 年。

218. 孫繼南《中國近代音樂教育史紀年 1840～2000》，上海：上海音樂學院出版社，2012 年。

219. 孫康宜《文學經典的挑戰》，南昌：百花洲文藝出版社，2002 年。

220. 孫鵬《流行音樂金典榜》，天津：百花文藝出版社，2007 年。

221. 孫蕤編《中國流行音樂簡史 1917～1970》，北京：中國文聯出版社，2004 年。

222. 孫玉石主編《中國現代詩導讀（1917～1938）》，北京：北京大學出版社，1989 年。

223. 塔爾德，加布里埃爾《傳播與社會影響》，何道寬譯，北京：中國人民大學出版社，2005 年。

224. 塔拉斯蒂，埃羅《存在符號學》，魏全鳳、顏小芳譯，成都：四川教育出版社，2012 年。

225. 泰勒，查爾斯《自我的根源：現代認同的形成》，韓震等譯，南京：譯林出版社，2006 年。

226. 唐圭璋《詞話叢編》，北京：中華書局，1986 年。

227. 陶東風《社會轉型期審美文化研究》，北京：北京出版社，2002 年。

228. 陶辛《流行音樂手冊》，上海：上海音樂出版社，1988 年。

229. 陶亞兵《中西音樂交流史稿》，北京：中國大百科全書出版社，1994 年。

230. 童剛、趙大新編《記憶的符號：中國電影百年尋音集》，北京：中國唱片總公司，2005 年。

231. 汪毓和《中國近現代音樂史》，北京：人民音樂出版社，2002 年。

232. 王珂《百年新詩詩體建設研究》，上海：三聯書店，2006 年。

233. 王力《漢語詩律學》，上海：上海教育出版社，2002 年。

234. 王易《詞曲史》，南京：江蘇教育出版社，2005 年。

235. 王澄翔《走過流行音樂的四分之一世紀》，上海：上海畫報出版社，2004 年。

236. 王德威《抒情傳統與中國現代性》，北京：三聯書店，2010 年。

237. 王國維《宋元戲曲史》，上海：上海古籍出版社，1998 年。

238. 王小盾、楊棟編《詞曲研究》，武漢：湖北教育出版社，2004 年。

239. 王小盾《漢唐音樂文化論集》，臺北：學藝出版社，1991 年。

240. 王小盾《隋唐五代燕樂雜言歌辭研究》，北京：中華書局，1996 年。

241. 王小琴《音樂倫理學》，北京：光明日報出版社，2011 年。

242. 王曉驪、劉靖淵《解花語──傳統男性文學中的女性形象》，石家莊：河北人民出版社，2001 年。

243. 王曉儷《唐宋詞與商業文化關係研究》，北京：中國社會科學出版社，2004 年。

244. 王一寧、楊和平主編《二十世紀中國音樂美學·文獻卷》（1900～1949），北京：現代出版社，2000 年。

245. 王勇，鮑靜《海上留聲──上海老歌縱橫談》，上海：上海音樂出版社，2009 年。

246. 王毓和《中國近現代音樂史》，北京：人民音樂出版社，2002 年。

247. 王岳川《中國鏡像：90 年代文化研究》，北京：中央編譯出版社，2001 年。

248. 韋森《文化與秩序》，上海：上海人民出版社，2003 年。

249. 文碩《近代中國音樂劇史》（上、下）北京：西苑出版社，2012 年。

250. 聞一多《聞一多全集》，武漢：湖北人民出版社，2004 年。

251. 翁穎萍《非自足性語言研究──以現代歌詞為例》，杭州：浙江大學出版

社，2011 年。

252. 吳劍《何日君再來——流行歌曲滄桑史話》，哈爾濱：北方文藝出版社，
2010 年。

253. 吳予敏主編《多維視界——傳播與文化研究》，北京：北京大學出版社，
2001 年。

254. 吳劍、劉東升編著《中國音樂史略》，北京：人民音樂出版社，2004 年。

255. 伍春明《「時代曲」與「救亡歌」——20 世紀上半葉中國流行歌曲的人文
解讀》，北京：人民出版社，2010 年。

256. 伍國棟《中國民間音樂》，杭州：浙江教育出版社，1995 年。

257. 西美爾，齊奧爾格《時尚的哲學》，費勇等譯，北京：文化藝術出版社，
2001 年。

258. 夏灩洲《中國近現代音樂史簡編》，上海：上海音樂出版社，2004 年。

259. 夏野《中國古代音樂史簡編》，上海：上海音樂出版社，1989 年。

260. 項仲平，王國臣《廣播電視文藝編導》，杭州：浙江大學出版社，2003 年。

261. 肖鷹《體驗與歷史——走近藝術之境》，北京：作家出版社，2003 年。

262. 曉光、虞文琴等編《中國當代詞壇文叢》（《詞刊》增刊），北京：中國音
樂家協會雜誌，2000 年。

263. 謝柏梁《中國當代戲曲文學史》，北京：高等教育出版社，2006 年。

264. 休伊特，伊凡《修補裂痕：音樂的現代性危機及後現代狀況》，孫紅傑譯，
上海：還凍師範大學出版社，2006 年。

265. 修海林、羅小平《音樂美學通論》，上海：上海音樂出版社，1999 年。

266. 修海林編《中國古代音樂史料集》，北京：世界圖書出版社，2000 年。

267. 徐新建《民歌與國學》，成都：巴蜀書社，2006 年。

268. 許學夷《詩源辯體》，北京：人民文學出版社，2001 年。

269. 許自強《歌詞創作美學》，北京：首都師範大學出版社，2000 年。

270. 薛范《歌曲翻譯探索與實踐》，武漢：湖北教育出版社，2002 年。

271. 薛良等編《趙元任音樂文集》，北京：中國文聯出版公司，1994 年。

272. 薛天緯《唐代歌行論》，北京：人民文學出版社，2006 年。

273. 勳伯格，阿諾德《和聲的結構功能》，茅於潤譯，上海：上海文藝出版社，
1981 年。

274. 鄢化志《中國古代雜體詩通論》，北京：北京大學出版社，2001 年。

275. 延森，克勞斯・布魯恩《媒介融合：網絡傳播、大眾傳播合一人際傳的三重維度》，劉君譯，上海：復旦大學出版社，2014 年。

276. 顏峻《灰飛煙滅：一個人懂得搖滾樂觀察》，廣州：花城出版社，2006 年。

277. 楊匡漢《中國新詩學》，北京：人民出版社，2005 年。

278. 楊蔭瀏《中國古代音樂史稿》（上、下），北京：人民音樂出版社，1981 年。

279. 姚斯，H・R・＆霍拉勃，R・C・《接受美學與接受理論》，周寧、金元浦譯，瀋陽：遼寧人民出版社，1987 年。

280. 葉舒憲《詩經的文化闡釋》，武漢：湖北人民出版社，1994 年。

281. 伊尼斯，哈羅德《傳播的偏向》，何道寬譯，北京：中國人民大學出版社，2003 年。

282. 義曉《他們為何大紅大紫／新世紀中國流行音樂偵探》，武漢：武漢出版社，2005 年。

283. 殷孟倫《子雲鄉人類稿》，濟南：齊魯書社，1985 年。

284. 尤靜波《中國流行音樂通論》，北京：大眾文藝出版社，2011 年。

285. 於艾香《邊走邊唱：中國流行音樂》，濟南：山東文藝出版社，2004 年。

286. 於今《狂歡季節：流行音樂世紀颶風》廣州：廣東人民出版社 1999 年。

287. 於林青《中國優秀歌曲百首賞析》，北京：人民音樂出版社，2000 年。

288. 於潤洋《現代西方音樂哲學導論》，長沙：湖南教育出版社，2003 年。

289. 余銓《歌詩創作簡論》，北京：上海文藝出版社，1980 年。

290. 余丹紅編著《放耳聽世界——約翰・凱奇傳》，上海：上海音樂出版社，2001 年。

291. 余甲方《中國近代音樂史》，上海：上海人民出版社，2006 年。

292. 余志鴻《傳播符號學》，上海：上海交通大學出版社，2007 年。

293. 俞玉滋、張援編：《中國近現代學校音樂教育文選：1840～1949》，上海：上海教育出版社，2000 年。

294. 袁靜芳、俞人豪編譯《民族音樂學論文集》，北京：中國文聯出版公司，1985 年。

295. 詹姆遜，弗雷德里克《文化轉向》，胡亞敏等譯，北京：中國社會科學出版社，2000 年。

296. 張藜《歌詩之路》，北京：文化藝術出版社，1984 年。